NO LONGER PROPERTY OF
ANYTHINK LIBRARIES/
RANGEVIEW LIBRARY DISTRICT

Mirror mirror

Mirror mirror

CARA DELEVINGNE

CON
ROWAN COLEMAN

Traducción de Julia Alquézar y Rosa Sanz

Obra editada en colaboración con Editorial Planeta – España

Título original: *Mirror, Mirror*

Copyright © Cara and Co Limited 2017
© 2017, Julia Alquézar y Rosa Sanz, por la traducción
© Shutterstock, por las imágenes

© 2017, Editorial Planeta S.A. – Barcelona, España

Derechos reservados

© 2017, Editorial Planeta Mexicana, S.A. de C.V.
Bajo el sello editorial DESTINO M.R.
Avenida Presidente Masarik núm. 111, Piso 2
Colonia Polanco V Sección
Delegación Miguel Hidalgo
C.P. 11560, Ciudad de México
www.planetadelibros.com.mx

Diseño de portada: Loulou Clark y LJS / Orion Books
Imagen de portada: Mano © Shutterstock; Ilustración © Storm Achill
Foto Cara Delevingne: © Anthony Harvey / Getty Images

Primera edición impresa en España: noviembre de 2017
ISBN: 978-84-08-17834-7

Primera edición impresa en México: noviembre de 2017
ISBN: 978-607-07-4586-7

No se permite la reproducción total o parcial de este libro ni su incorporación a un sistema informático, ni su transmisión en cualquier forma o por cualquier medio, sea éste electrónico, mecánico, por fotocopia, por grabación u otros métodos, sin el permiso previo y por escrito de los titulares del *copyright*.

La infracción de los derechos mencionados puede ser constitutiva de delito contra la propiedad intelectual (Arts. 229 y siguientes de la Ley Federal de Derechos de Autor y Arts. 424 y siguientes del Código Penal).

Si necesita fotocopiar o escanear algún fragmento de esta obra diríjase al CeMPro (Centro Mexicano de Protección y Fomento de los Derechos de Autor, http://www.cempro.org.mx).

Impreso en los talleres de Litográfica Ingramex, S.A. de C.V.
Centeno núm. 162-1, colonia Granjas Esmeralda, Ciudad de México
Impreso en México -*Printed in Mexico*

Introducción

La adolescencia y el paso de la niñez a la edad adulta constituyen uno de los periodos más interesantes de nuestra vida: es tiempo de caos, de locura, de hormonas, de cambios constantes y extremos. Se trata de un momento crucial, lleno de dramatismo y emociones fuertes, que nos convierte en los adultos que estamos destinados a ser.

La mayor parte de la gente se refiere a esta época como la mejor de su vida, y es cierto que suele ser una etapa sin preocupaciones y repleta de aventuras y felicidad. Sin embargo, también puede ser tremendamente difícil y complicada, en especial si no encajas en ningún sitio con facilidad.

Ahora que las redes sociales tienen un papel tan determinante en nuestra vida cotidiana, ser joven resulta más duro que nunca, sobre todo por la creciente presión a la que nos vemos sometidos por tratar de parecer perfectos. Es un mundo en el que la gente se apresura a juzgar a los demás sin tomarse la molestia de entenderlos ni de tener en cuenta lo que les pueda estar pasando.

Cuando empecé a escribir *Mirror, Mirror*, quería contar una historia que mostrara una visión realista de la turbulenta montaña rusa emocional que acompaña los años de adolescencia y crear unos personajes con los que todo el mundo pudiera identificarse. Deseaba que fuera un libro sobre el poder de la amistad y que mostrara que rodearte de la gente a la que quieres y en quien confías es lo que te hace ser fuerte.

Ante todo, me gustaría decirles a mis lectores que no pasa nada si aún no tienen claro quiénes son. Está bien ser único y diferente, porque ya son perfectos tal como son. Mientras sepan qué es lo que los hace felices y dejen que los guíe el corazón, todo irá bien. Sean ustedes mismos pase lo que pase. Aprendan cuáles son sus puntos fuertes y no olviden que tienen el poder de cambiar el mundo en su interior.

Con cariño,
CARA

Agradecimientos

Muchas personas han trabajado en la creación de *Mirror, Mirror* y me gustaría expresar mi agradecimiento más profundo a la extraordinaria Rowan Coleman, que ha convertido la escritura de esta novela en una experiencia maravillosa. En Orion, quiero expresar mi agradecimiento de manera especial a Anna Valentine, Sam Eades, Marleigh Price, Lynsey Sutherland, Elaine Egan, Lauren Woosey, Loulou Clarke, Lucie Stericker y Claire Keep. En Harper Collins US, estoy agradecida a Lisa Sharkey, Jonathan Burnham, Mary Gaule, Alieza Schivmer, Anna Montague, Doug Jones y Amanda Pelletier. Gracias también a mi equipo en WME: Sharon Jackson, Joe Izzi, Matilda Forbes Watson, Mel Berger y Laura Bonner. Gracias a mi buena amiga Storm Athill, por el increíble diseño de la portada.

Dos meses antes...

Volvíamos a casa de madrugada, con los brazos entrelazados, arrastrando los pies; el calor del verano impregnaba la atmósfera. Rose llevaba la cabeza apoyada en mi hombro, y me rodeaba la cintura con el brazo. Recuerdo perfectamente esa sensación, el ritmo desacompasado con el que su cadera chocaba con la mía, su piel cálida y suave.

Estaban a punto de dar las cinco; la luz del día que comenzaba, indómita y dorada, hacía que cada callejuela sucia resplandeciera como si fuera nueva. Habíamos visto amanecer muchas veces al regresar a casa tras largas noches de fiesta, que alargábamos hasta que se nos cerraban los ojos de sueño. Antes de esa en concreto, la vida parecía por fin de color de rosa, como si fuera nuestra, y nosotros suyos, y llenábamos cada segundo con algo nuevo, algo que nos pareciera importante.

Sin embargo, aquella noche fue distinta.

Me dolían los ojos, tenía la boca seca y el corazón desbocado. No queríamos volver a casa, pero ¿qué otra opción nos quedaba? No teníamos ningún otro lugar adonde ir.

—¿Por qué ahora? —preguntó Rose—. Todo estaba fluyendo bien. Estaba contenta, era feliz. ¿Por qué tuvo que pasar esto ahora?

—No es la primera vez que pasa, ¿verdad? —dijo Leo—. Por eso les da igual a esos cerdos. «Ya lo había hecho antes, hombre», dicen. Se lleva dinero, llena la mochila de comida del refri, agarra su guitarra y desaparece durante un par de semanas. Es su *modus operandi*.

—Pero no lo había vuelto a hacer desde que empezamos con Mirror, Mirror —protestó Rose—. Sí, antes le daba por cortarse, desaparecer y toda esa mierda, pero lo dejó cuando hicimos el grupo. Estaba... estábamos bien. Mejor que bien.

Me miró en busca de apoyo, y no tuve más remedio que darle la razón. Nuestra vida entera había dado un giro hacía un año. Antes del grupo, cada uno estaba perdido a su manera, pero entonces sucedió algo. Juntos la hacíamos, éramos fuertes, duros como una piedra y envidiablemente *cool*. Y creímos que Naomi también se sentía así, y que no volvería a tener la necesidad de huir. Hasta la noche anterior.

Aquella noche recorrimos la ciudad hasta el amanecer.

Regresamos a todos los lugares que habíamos frecuentado con ella.

A los lugares que sí les mencionábamos a nuestros padres, y también a los que nos callábamos.

A los antros a los que no deberíamos haber podido entrar por ser demasiado jóvenes, donde hace calor y apesta a sudor y hormonas, y en los que tenemos que abrirnos paso entre una multitud jadeante de gente bailando, sólo por la esperanza de verla.

Nos deslizamos entre las sombras, por callejones detrás de los bares donde podías conectar si hablabas en voz baja con chicos nerviosos de ojos oscuros que ofrecían bolsitas de hierba. Esa noche dijimos que no.

Visitamos lugares tras puertas sin letreros en los que tenías que conocer a alguien para poder entrar. Sótanos oscuros donde aún se podía fumar hasta que el aire se llenaba de humo y la música estaba tan alta que te zumbaban los oídos, te vibraba el pecho y el suelo temblaba rítmicamente bajo tus pies.

Fuimos a todos esos lugares y a muchos más. El parque de los bloques donde hacíamos el ridículo. La orilla del río, extraña y rodeada de edificios de departamentos de millonarios. El puente de Vauxhall, nuestro puente, el que hemos cruzado en tantas ocasiones hablando a gritos para oírnos por encima del tráfico, es tan importante que parece un amigo más, algo así como un testigo.

Al final nos dirigimos a la casa de apuestas abandonada que tiene la puerta trasera rota y un colchón en la trastienda, donde van algunos cuando quieren intimidad. Algunos, pero yo nunca, porque la soledad es una de las cosas que más odio en este mundo.

Las horas de la noche fueron pasando, y en ningún momento dudamos de que la encontraríamos, de que se trataba de otra de sus bromas, lo que hacía cuando se sentía triste y quería llamar la atención. Estábamos seguros de que nuestra mejor amiga y compañera de banda estaría en algún lugar que sólo conocíamos nosotros. Ahí, esperando a que la encontráramos.

Y es que no se puede existir un día y desaparecer al siguiente. No tiene ningún sentido. Nadie se desvanece sin más, sin dejar rastro.

Eso era lo que nos decíamos aquella noche en la que salimos en su busca, y la siguiente, y todas hasta que nuestros padres nos dijeron que no siguiéramos, que ya volvería a casa cuando estuviera preparada. Y, como ya se había escapado muchas veces, la policía también dejó de buscarla.

Sin embargo, para nosotros era distinto, no nos parecía que fuera igual que las veces anteriores, porque ella no era la misma de aquel entonces. Pero no nos hicieron caso, con sus caras de aburrimiento y sus libretas en blanco. ¿Qué iban a saber ellos?

Así que nos dedicamos a buscar y buscar a Naomi, mientras los demás se habían rendido hacía mucho tiempo. Removimos cielo y tierra.

Pero no estaba en ningún lado.

Sólo encontrábamos los lugares en los que había estado.

1

Hoy, la vida sigue, como dice todo el mundo.

Hay que levantarse otra vez, ir a clase, volver a casa y pensar en estupideces como los exámenes, que están a la vuelta de la esquina. Sólo nos queda «esperar, rezar y confiar», y un montón de patrañas que no paran de contarnos.

La vida sigue, pero eso es mentira, porque Naomi puso el tiempo en pausa la noche que desapareció. Pasan los días y los meses, las estaciones y todas esas mierdas, pero nada más. En realidad no pasa nada. Es como si lleváramos ocho semanas aguantando la respiración.

Hay una cosa que han dejado de decir: ya no repiten que volverá a casa cuando esté preparada. Y veo a Ashira, su hermana mayor, en la escuela, cabizbaja e impenetrable, como si no quisiera que nadie se le acercara. Y a sus padres dando vueltas por el supermercado, mirando cosas sin verlas. Aunque es Nai la que ha desaparecido, son ellos los que parecen ausentes.

Sí, es verdad que de vez en cuando le daba por fugarse para que todos fueran detrás de ella, lo hacía porque durante un tiempo pensaba que esa clase de psicodramas la ayudarían. Pero ya había pasado mucho de eso, y ya no era como

15

antes. Ella no querría angustiar a sus padres así, ni que Ash estuviera siempre ansiosa, a la espera de malas noticias. Nai es complicada, pero quiere a su familia, y el sentimiento es recíproco. Es como una especie de faro que nos atrae a todos, como polillas embelesadas por las llamas. En su familia vaya que se preocupan los unos por los otros.

Naomi jamás les haría eso, y a nosotros tampoco. Pero nadie hace caso, ni la policía, ni tan siquiera su madre, porque es más fácil pensar que Nai es una zorra sin sentimientos.

Por eso, a veces me gustaría que encontraran su cadáver de una vez.

Así de imbécil soy. De vez en cuando desearía que estuviera muerta sólo para saberlo.

Pero nada. No lo han encontrado. Y la vida sigue.

Lo que significa que hoy le hacemos una prueba a un bajista para sustituir a Naomi.

Durante un tiempo, parecía que íbamos a separarnos. El resto de Mirror, Mirror (Leo, Rose y yo) nos vimos un día para ensayar y empezamos a preguntarnos si no sería mejor dejarlo, y hasta coincidimos en que era lo que habría hecho ella. Pero luego nos quedamos los tres plantados, sin movernos, sin recoger, y supimos sin que hiciera falta decirlo que no podíamos renunciar al grupo. Separarnos significaría dejar atrás lo mejor que teníamos en nuestras vidas, y sería como olvidarla a ella para siempre.

Naomi fundó el grupo, o al menos fue la que lo transformó de una mierda de ejercicio de clase en algo real, importante incluso. Gracias a ella los demás encontramos una vocación, porque a ella se le daba genial tocar. Era una bajista estupenda, pero increíblemente buena: todo el mundo se volvía loco al oírla tocar. Además, sabía componer unas canciones alucinantes. A mí no se me da del todo mal, y cuando tocaba con ella sonábamos como profesionales, pero Nai tiene algo, esa cualidad especial de tomar un tema aburrido y gris y volverlo único y brillante. Antes de Mirror, Mirror, no sabía que tuviera ese superpoder, pero ahora sí, porque se lo dijimos. Y cuanto más se lo repetíamos, mejor tocaba. Cuando tienes un superpoder así, no tienes por qué huir...

El día que estuvimos a punto de separarnos, vino al salón de ensayo el señor Smith, nuestro profe de música. Fue durante las vacaciones de verano, y prácticamente teníamos la escuela para nosotros gracias a él. Nos había dado permiso, y se pasó las vacaciones sentado leyendo el periódico mientras discutíamos y tocábamos. Pero esa vez entró y esperó a que dejáramos de hablar y lo miráramos, entonces me di cuenta de lo cambiado que estaba. El señor Smith es una de esas personas arrolladoras, pero no sólo porque sea alto y esté fuerte, como si hiciera pesas y todo. También es por su personalidad; le gusta la vida, le caemos bien nosotros, sus alumnos, y eso no es muy común. Con él te dan ganas de hacer cosas, te anima a aprender, y todo se debe a esa energía que no suele verse a menudo en los adultos. Es como si todo le importara de verdad.

Sin embargo, ese día parecía desalentado, como si su carácter y las buenas vibras que siempre transmitía se hubieran evaporado. Resultaba aterrador verlo así, porque siempre se mostraba muy entero. Además, me conmovió de un modo que no puedo explicar; hizo que me cayera aún mejor. Significaba mucho que se preocupara tanto por la desaparición de Nai, que le importara de verdad. Aparte de su familia y de nosotros, parecía ser una de las pocas personas que se preocupaban por ella.

Y no sé qué les pareció a los demás, pero cuando lo vi ese día, quise ayudarlo tanto como sabía que él quería ayudarnos a nosotros.

—¿En serio están pensando en separarse? —preguntó.

Nos miramos, y durante un segundo nos sentimos como antes de ser amigos, raros y solos, y la idea de volver atrás nos pareció espeluznante.

—Ya no es lo mismo sin ella —le argumenté.

Él se pasó una mano por el pelo, levantando sus mechones rubios.

—Los entiendo. Pero se arrepentirán si se separan ahora, se los aseguro. Estoy muy orgulloso de los cuatro..., bueno, de los tres, y de todo lo que hacen juntos. No quiero que lo pierdan, ni por ustedes, ni por Nai. Ahora mismo no pueden hacer mucho por ella, pero deberían hacer que nadie la olvide hasta que vuelva. Para que no dejen de buscarla. Se me ocurrió una idea. Podemos organizar un concierto en la escuela con el fin de recaudar fondos para ayudar a su familia a seguir con la búsqueda, para que su nombre le siga sonando a la gente. Hacer que todo el mundo nos mire, bueno, a ustedes, y vea cuánto nos importa Naomi. Eso es lo que pretendo, chicos, pero no puedo hacerlo sin ustedes. ¿Se apuntan?

Y sí, por supuesto que le dijimos que nos apuntábamos.

Era lo único que se nos ocurría.

Y seguimos ensayando todo el verano los tres, pero la fecha del concierto se acercaba, y entonces nos dimos cuenta de que teníamos que buscar un nuevo bajista. Vaya mierda.

Naomi era... es... la mejor bajista con la que he tocado, cosa rara porque es una chica, y las mujeres no suelen ser tan buenas. No es sexista, sino un hecho. Para tocar bien el bajo hace falta estar muy dispuesto a ser invisible, y a las chicas —bueno, a las normales— les gusta que las miren.

Pero hoy debo seguir adelante. Tengo que espabilarme. Salgo a rastras de la cama y miro el montón de ropa arrugada que hay en el suelo.

Para Leo es fácil, es el típico chico que sale de la cama y está guapísimo.

Cuando levanta su guitarra parece un dios, y las chicas lo adoran. La verdad es que no me parece justo que un chico pueda tener tanta seguridad en sí mismo a los dieciséis, como si de la noche a la mañana se hubiera convertido en todo un hombre: alto, musculoso y con la voz grave.

Yo, por el contrario, sigo aún en una fase extraña, vivo en ella o, más bien, soy esa extraña fase. Si hubiera un *emoji* para describirla, sería mi cara. De hecho, he aceptado que seguiré igual cuando tenga cuarenta y cinco años y esté a punto de morir.

Quiero verme *cool* como Leo, aunque me resulte imposible verme igual de genial con una camiseta blanca lisa, *jeans*, sudadera y tenis blancos impecables. En realidad ser *cool* no se me da muy bien, sólo lo que se me pegue por juntarme con Leo.

Rose también está radiante, pero porque es preciosa, y no tiene ni que molestarse siquiera para serlo. Trae mechas californianas rubias en el pelo castaño oscuro; no está tan delgada como otras chicas, pero sus tetas y sus caderas tienen hipnotizados a todos los chicos del colegio Thames.

Eso no es todo: también se pone un kilo de maquillaje, a pesar de verse mejor sin él. Tal vez lo haga por eso. Se peina hacia atrás y se hace agujeros en las medias a propósito. Rose sabe lo que le queda bien, y, cuando se aplica, carga el aire de electricidad estática y detona millones de pequeñas bombas a su paso.

Otras chicas tratan de imitarla, pero no hay muchas como ella. Juro por Dios que es la única chica que conozco a la que todo le importa una mierda.

Y cuando canta... las paredes vibran. La envidia se desata. Las erecciones se multiplican.

De los cuatro miembros de nuestra magnífica familia de inadaptados, Naomi era... es la que más se parece a mí. Si Leo y Rose son los reyes de la indiferencia ante esa mierda de la popularidad, Nai y yo somos la realeza de los *freaks*.

Ella, con sus lentes de montura gruesa que le cubren la cara con forma de corazón y ocultan sus dulces ojos cafés. Sus camisas abrochadas hasta el último botón y sus faldas plisadas más largas que las de nadie. Sus zapatos cómodos, bien atados y lustrosos. En el fondo, su descoordinación deliberada y sus excentricidades son toda una declaración de principios, una muestra de originalidad sin concesiones.

Naomi y yo íbamos a veces a la biblioteca durante el recreo y no hacíamos otra cosa que sentarnos a leer, inmóviles y en silencio. Eran momentos de serenidad absoluta. Entonces pasaba por delante algún fulano pretencioso y Nai me miraba por encima de su libro y arqueaba una ceja. Éramos dos *superfreaks* que irónicamente habían llegado hasta los primeros puestos de la carrera por la popularidad.

Y cuando tocaba el bajo... Por Dios, jamás había oído a nadie que tocara tan bien. Conmigo a la batería, llevábamos el ritmo del grupo y le dábamos el toque especial que busca cualquiera que se sube a un escenario.

No tengo ganas de pensar en lo que voy a ponerme, así que al diablo: camisa a cuadros, *jeans*, camiseta blanca debajo; mi uniforme habitual. *Look* de leñador, como lo llama Rose.

Por lo menos ya no tengo que preocuparme por el pelo, porque me lo rapé casi todo.

Pelos de zanahoria.

Cabeza de panocha.

Pelo púbico.

Son cosas que me han llamado por tener el pelo rojo y además rizado. Según me dice Rose, podría arreglármelo. Se muere de ganas por echarme algún producto para alisarlo, pero yo me niego. Y se ofrece a teñírmelo de negro cada tres días más o menos, pero también paso. Tengo el pelo rojo. El mundo tendrá que aceptarlo.

Además, si tuviera el pelo negro, no podrían seguir llamándome Red, y mi apodo es lo único *cool* que tengo.

Lo que hice fue cortármelo mucho el día antes de que Nai desapareciera. No se lo dije a nadie, fui a la peluquería y le pedí que me rapara por los lados, pero que me lo dejara largo por arriba, lo suficiente para que me cayera sobre los ojos y rebotara y se agitara cuando tocara la batería. Mi madre se pasó una hora entera regañándome cuando lo vio. Y no es broma: dijo que parecía que acababa de salir de una cárcel de máxima seguridad.

Cuando mi padre regresó a casa tras pasar toda la noche en una de sus «reuniones del Ayuntamiento», ella se puso a regañarlo porque no me dijo nada.

Fue peor cuando me perforé la oreja cuatro veces, así que desde entonces no me molesto en contarles las cosas que hago para sentirme yo. No me compensan los sermones que me dan.

Ya me había dado cuenta hacía mucho tiempo de que mis padres no me iban a salvar, curar ni ayudar. Están los dos tan absortos en su propia autodestrucción que mi hermanita Gracie y yo somos poco más que daños colaterales. Lo creas o no, una vez que fui consciente de eso, mi vida se volvió mucho más sencilla.

Claro que me cuesta obviar que mi madre me odia y mi padre es un cerdo, pero lo intento con todas mis fuerzas.

Mirror, Mirror Lyrics

¿Adónde se fue?

El sol brillaba a su paso,
su sonrisa irradiaba poder.
Nunca se arrepintió de nada,
pero sólo se quedó un rato.

¿Adónde se fue la chica que quiero?
¿Adónde se fue la chica que anhelo?
Adonde se fue no puedo encontrarla.
Pero la seguiré buscando, seguiré buscando...

Hasta el final.

2

Rose domina la situación en el salón de ensayo y les calla la boca con una sola mirada asesina a todos esos imbéciles que creían que podrían aprender a tocar el bajo en una semana.

—Madre mía, Toby —le dice a su última víctima—. Después de esa mierda, no te tocaría ni con un palo en lo que me queda de vida. ¿Y así dedeas a tu novia?

—Lo siento, hombre. —Leo se encoge de hombros—. ¿Y si intentas... no tocar nunca más?

Mientras Toby se marcha, rojo como un tomate, echo un vistazo al pasillo y miro la cola que se formó. Me impresiono. Antes era un ser inadaptado que todo el mundo ignoraba, pero ahora hay gente haciendo cola para entrar en mi banda. Es una sensación agradable y desagradable al mismo tiempo. Fue Nai quien nos ayudó a fundar este grupo, es nuestra mejor compositora, el centro de todo. Sus canciones y sus letras son lo que hace que la gente se pare a escucharnos. Y, ahora, la gente hace cola para sustituirla.

Deseo formar parte de este grupo con toda mi alma, lo necesito. Y me temo que eso me convierte en una persona horrible.

Los aspirantes la van cagando uno tras otro, y yo los veo irse, a salvo tras mi batería, hasta que no quedan más que dos.

Por un lado está Emily, una chica guapa y con ese estilo que tanto les gusta a los chicos de mi edad. No es tan buena como para intimidar, pero sí lo bastante como para pasarse el día mirándola y componer poemas sobre su pelo y esas cosas.

En cuanto entra por la puerta, sé que a Rose no le gustará. No hace falta que diga nada, es evidente por el relampagueo que cruza sus ojos. Ella es la guapa del grupo, y no hay lugar para dos.

Y es una lástima, porque cuando empieza a tocar, descubro que es buena. Siento cómo se va adaptando a mi ritmo, infiltrándose entre cada golpe de mis baquetas. Es una sensación agradable, muy agradable, casi íntima. Me descubro contemplando sus ojos azules con una sonrisa, porque cuando toco la batería es el único momento en el que me permito demostrarle a una chica que me gusta sin querer morirme por ello. Ella me devuelve la sonrisa y, sin darme cuenta, se me escurren las baquetas de las manos y caen al suelo con un estruendo.

—Lo siento, bonita —dice Rose sin dedicarle una mirada siquiera—. Me temo que no va a funcionar, pero no estuvo mal.

Emily no reacciona, se limita a encogerse de hombros con mucha gentileza y me sonríe otra vez antes de irse.

—Me gustaba —digo—. ¿Puedo quedármela?

Rose me suelta un puñetazo en el bíceps, y el dolor me llega hasta el hombro. Tiene fuerza, la chica.

—¡Carajo, Rose! ¡Te pasas!

—Qué me voy a pasar... —niega con la cabeza—. Carajo, Red, deja de pensar con la entrepierna. No organizamos esto para que te ligues a la primera cualquiera que entre por la puerta.

—Emily no es una cualquiera —dice Leo—. A mí me gustó.

—Son idiotas y no saben pensar en otra cosa. Con que tengan tetas, ya les da igual lo demás.

Leo y yo intercambiamos una mirada intentando no sonreír.

—¿No es así como te convertiste en la reina de la escuela? —murmura Leo.

Rose le da un golpe en la nuca.

Después llega Leckraj, un niño cualquiera de secundaria. Me recuerda a mí a los trece años: sin puta idea de cómo enfrentarme a la jungla del colegio Thames. Su bajo es casi más grande que él, pero al menos sabe tocar como si estudiara en el conservatorio. No tan bien como Emily, ni de broma como Naomi, pero servirá. Y parece que no nos queda más remedio, porque era el último de la fila.

—Bueno, Leckraj, te voy a enseñar la partitura del bajo de *Chaqueta mental*. Y luego...

—Chicos, ¿pueden detenerse un momento?

De repente, el señor Smith está a la mitad del salón, y da la impresión de estar pegado al piso por culpa de una descarga eléctrica que lo mantiene de pie. Nunca he visto una expresión como la de su cara en este momento, como si supiera que el fin del mundo está cerca. Su cara me da miedo. Se me revuelve el estómago. Es algo malo, va a ser algo malo.

Nadie dice nada.

No hace falta.

Es como si el aire que nos rodea se hubiera espesado, inundara mis pulmones y detuviera el tiempo. No puedo respirar.

Ya sabemos lo que vino a decirnos.

—¿La encontraron? —un susurro se escapa de mis labios, pero suena como si lo dijera a un millón de años luz de distancia.

Él asiente, sin poder mirarnos a la cara.

—¿Está...? —Esta vez es Leo, con los ojos clavados en Smith, esperando recibir el hachazo.

—Está... —El señor Smith parece ahogarse un instante mientras niega con la cabeza.

Por fin nos mira, con lágrimas en los ojos, la boca torcida, y tardo un momento en darme cuenta de que...

... está sonriendo.

—Está viva —dice.

3

El mundo se esfuma bajo mis pies. Durante un segundo recuerdo su cara, como la última vez que la vi, su sonrisa, el resplandor de sus ojos, y sólo quiero estar con ella.

—Bueno, y ¿dónde está? —pregunta Rose, ansiosa—. Tenemos que ir a verla ya, ahora mismo. ¿Dónde está? ¿Está en su casa? ¿Está aquí?

—En Saint Thomas —responde el señor Smith.

Rose niega con la cabeza.

—Mierda.

Y yo:

—¿En el hospital? ¿Qué le pasó?

Leo aprieta los dientes.

—¿Le hizo daño alguien? ¿Quién carajos se atrevió?

—Escuchen... —El señor Smith levanta las manos como si tratara de calmar a un puñado de niños gritones—. Sé que es mucho para asimilar, por eso quise venir a decírselos cuando informaron a la escuela. También hablé con sus padres, y están de acuerdo en que los lleve para allá a ver si nos lo explican todo como es debido. Pero hay algo más que deben saber.

—Pero ¿dónde estaba? —pregunta Rose antes de que pueda pronunciar otra palabra—. Sabrán dónde estaba.

—¿Dijo por qué se fue? —Leo habla en voz baja, rebosante de ira—. ¿Explicó por qué se escapó?

—¿Qué le pasó? —Otra vez yo—. ¿Dijo lo que le pasó?

El señor Smith se encoge de hombros mientras se sienta en la esquina del escenario, sin dejar de mirar al suelo. Sé que está pensando en cómo darnos las noticias, intentando comprenderlas él mismo, escogiendo las palabras con cuidado. Intenta protegernos, y eso no es bueno.

—Le... le ha pasado algo en las últimas horas. Unos pescadores la encontraron enganchada a unas cuerdas en el embarcadero del puente de Westminster. En el río. Estaba inconsciente, y apenas respiraba. Una cuerda le mantenía la cabeza por encima del agua..., pero está malherida. Tiene un traumatismo en la cabeza, aún no se sabe qué tan grave es.

Rose me suelta la mano y da dos pasos hacia él, tan rápido que creo que va a pegarle. Él levanta la cara poco a poco y le sostiene la mirada.

—¿Qué significa eso?

—Significa que hay muchas probabilidades de que no sobreviva.

De la alegría a la desesperación en un instante. Vuelvo a ver su cara, y me pregunto cómo es posible encontrar a alguien y perderlo en el mismo momento.

En una ocasión, cuando tenía diez años, y dado que había acabado muchas veces en el hospital, vinieron a verme los de los servicios sociales. La primera vez me había roto la muñeca jugando con el perrito de los vecinos: dio un salto, me caí de espaldas y me golpeé la mano con un macetero de piedra al aterrizar. Crac. El sonido me produjo náuseas. Después me lastimé el tobillo jugando futbol cuando Kevin Monk me hizo una plancha. Eso me dolió tanto que sentí que me iba a morir. Y, por último, me fracturé un par de costillas al caerme de un árbol durante una carrera para ver quién llegaba más rápido hasta arriba. Pero, por lo menos, gané.

Lo más curioso es que disfrutaba de aquellas visitas a urgencias. Me gustaban las largas esperas porque me aseguraban que mi madre o mi padre estarían sentados a mi lado y se quedarían conmigo el tiempo que hiciera falta hasta que me atendieran. Aunque mi padre siempre se estaba perdiendo alguna reunión importante, y aunque mi madre, embarazada de Gracie, estuviera incómoda y cansada, durante esos momentos los tenía para mí. Me escuchaban de verdad, hablábamos, nos reíamos y me dejaban jugar con sus celulares. Cuando me caí del árbol, tuve que quedarme a pasar la noche en observación, por si acaso tenía algo en la cabeza. Mi madre pagó para que pudiéramos ver la tele y se sentó a mi lado toda la noche, tomándome de la mano y con una bolsa enorme de Doritos apoyada en su estómago.

Cuando la trabajadora social vino a casa, se puso a hablar conmigo en la mesa de la cocina mientras mi madre se mordía las uñas. Yo no entendía por qué estaba tan preocupada, pero no me gustaba verla de aquella manera. No quería que sufriera, así que le describí los accidentes a la mujer, uno tras otro, con muchos detalles: perro, futbol, árbol. Luego tuve que repetírselo, y otra vez más cuando mi madre no estaba presente, hasta que por fin recogió sus cosas y se fue.

—¿Cómo está mi torbellino? —me dijo mi madre al entrar, poniéndome la mano en la cabeza y acariciándome el pelo.

Después me preparó un chocolate caliente con malvaviscos, y recuerdo haberme preguntado qué había hecho bien.

La última vez que estuve aquí fue cuando nació Gracie; mi padre nos guio a través de un laberinto de pasillos hasta una habitación llena de cortinas, donde estaba mi madre sentada al borde de su cama con ruedas mientras mi hermanita berreaba a todo pulmón, roja como un tomate. Cuando estoy triste, me acuerdo de ese día: los cuatro alrededor de la cama, unidos, como una familia. El olor del pelo de Gracie. La sonrisa de mi padre. El aspecto cansado pero feliz de mi madre. Siempre tengo presente ese día, porque fue la última vez que sentí que éramos una familia.

Sí, esa fue la última vez.

Mientras seguimos al señor Smith por el hospital, todo pasa ante mis ojos como si fuera un espectáculo de realidad virtual mal hecho, con sus pisos relucientes y sus pasillos infinitos. En el aire flota un olor penetrante que se me pega a la garganta. El silencio en el elevador, el sonido de nuestras suelas de goma al caminar, las luces parpadeantes sobre nuestras cabezas.

Y entonces llegamos a una habitación, y sabemos que nuestra mejor amiga está dentro. Y que puede que se esté muriendo.

Veo a los padres de Nai abrazados en el pasillo, con la cabeza apoyada en el cuello del otro. La mujer se aferra a la camisa de su marido como si temiera ahogarse si se soltara.

—Señora Demir.

Rose toma la palabra, se adelantó y dejó al señor Smith junto al elevador. Normalmente los llamaríamos Max y Jackie, pero dadas las circunstancias, quedaría un poco raro.

Nada más verla, la madre de Nai se acerca a Rose y la une a su abrazo. La seguimos Leo y yo, y nos fundimos en un abrazo colectivo con las personas que siempre nos han recibido en su casa a cualquier hora, sin hacernos sentir nunca que molestábamos.

Me pierdo un momento en el calor y la oscuridad del abrazo, cierro los ojos ante la amenaza de las lágrimas, con la firme determinación de no dejar que nadie vea el miedo que siento. Después, el momento se desintegra mientras nos separamos, y vuelvo a parpadear bajo las franjas de luz del techo.

El señor Smith se quedó un poco atrás, contemplando la escena.

—¿Cómo está Naomi? —pregunta.

Jackie niega con la cabeza, y Max se voltea hacia la ventana, a través de cuyas persianas se distingue una figura inmóvil sobre una cama. Me parece normal verlo riendo a carcajadas, con un brillo en sus ojos oscuros, y ese temblor característico en la panza cada vez que cuenta un chiste pésimo. Me duele verlo así, con la cara demacrada y aspecto de estar agotado.

Creo que debería ponerme a su lado, pero no puedo. Me da terror lo que pueda ver.

¿Qué es un traumatismo en la cabeza? ¿Habrá cambiado de aspecto, tendrá sangre? Cuando estábamos a solas, Nai y yo poníamos las películas de terror más horribles que había en Netflix, las de asesinos con sierras eléctricas y demonios vengativos: mientras más sangrientas, mejor. Pero esto es de verdad. Este es el auténtico terror. Y asusta mucho.

Me quedo mirando a Jackie, con su pelo teñido de amarillo plátano, las raíces oscuras, sus brazos largos y finos y los *jeans* ajustados sobre sus piernas delgadas, vestida como una chica veinte años menor, cosa que a veces sacaba de quicio a Nai. Mi madre tiene una opinión muy mala de Jackie, pero también de mí.

—¿Ha hablado ya con ustedes? —Rose toma a Jackie de la mano—. ¿Ya despertó?

—Max —le susurra Jackie a su marido, quien niega con la cabeza y se acerca a una doctora que pasa por nuestro lado.

—¿Doctora?

La mujer de blanco se detiene y nos mira con el entrecejo fruncido.

—Estos son los amigos de mi hija, son parte de la familia. ¿Tendría la amabilidad de explicarles lo que le pasa, por favor? Ni yo mismo estoy seguro de entenderlo.

La doctora aprieta los labios, un gesto mediante el que deja traslucir una pizca de impaciencia, pero se cruza de brazos y empieza a hablar.

—Un tripulante de un remolcador encontró a Naomi enredada en unas cuerdas de amarre en el Támesis...

Rose mira a Leo.

—Estaba muy cerca de su casa, a pocos minutos... ¿Se habrá caído?

—No está muy claro cómo llegó al agua, pero sabemos que es muy probable que las cuerdas le salvaran la vida, y el traumatismo la dejó inconsciente con total seguridad. Eso y el frío extremo pueden haber sido las causas de que haya sobrevivido hasta ahora. De momento estamos subiendo su temperatura muy poco a poco, mientras la mantenemos en un coma inducido y le observamos el cerebro por si se produce inflamación o sangrado. Mañana podremos saber más.

Espero entenderlo algún día, comprender que esto está pasando de verdad, pero ese instante no llega, y todo parece mentira.

—Es decir, que está mal pero se pondrá bien, ¿no? Se tiene que poner bien, ¿no? —pregunta Leo con cierta furia.

La doctora duda un segundo. Tal vez le dé miedo responder con sinceridad y hacer enojar a ese chico de metro ochenta y complexión fuerte. Leo puede llegar a asustar.

—No lo sabemos... —dice despacio—. Ya es un milagro que haya sobrevivido hasta ahora y que el golpe en la cabeza no la matara en el acto. Sin lugar a dudas, es una guerrera, o no estaría aquí. Y está recibiendo el mejor cuidado posible.

—¿Podemos entrar? —pide Rose—. Me gustaría verla, por favor.

La doctora mira a Max, quien da su permiso con un gesto. Después observa nuestras caras y temo que vaya a decir que no. Pero asiente.

—De acuerdo, pasen de uno en uno, tres minutos máximo. Nada más.

—Hablarle ayuda, ¿no? —pregunta Rose mientras Max le abre la puerta—. Eso podría hacer que despierte, ¿verdad? En la tele dicen que la gente en coma puede oír.

—Se trata de un coma inducido.

—¿Un qué? —dice Rose con expresión confusa.

—La sedamos y le pusimos una sonda para que su cuerpo pueda recuperarse de todo lo que le ha pasado. Hablarle no hará que se despierte, pero puede que los oiga, así que, ¿por qué no? —La doctora esboza una leve sonrisa.

Rose cuadra los hombros y entra en la habitación; cierra la puerta con suavidad tras ella.

—Tenemos que hacer varias llamadas —nos dice Jackie con amabilidad—. ¿Les importa quedarse solos?

El rímel se le corrió por las arrugas de su rostro, trazando una red de carreteras oscuras sobre su piel.

Asiento.

—Y tú, ¿cómo estás? —le pregunto.

—La verdad, no lo sé, Red. —Sus ojos se llenan de lágrimas, aunque intenta dedicarme una sonrisa.

Mientras esperamos afuera, el señor Smith por fin se mueve del lugar donde ha estado pegado al suelo junto al elevador, y se acerca hasta la ventana que da a la habitación de Nai. Al mirar por entre la persiana, los rayos del sol de mediodía le dibujan franjas de sombra en la cara. Aún no he sido capaz de mirar al interior, así que lo contemplo a él. Su semblante me resulta familiar, como una especie de refugio.

—¿Se ve muy mal? —le pregunto.

—Sabes que nunca les miento a mis alumnos, ¿verdad, Red?

Vuelvo a asentir.

—No se ve bien. —Señala a Naomi con la cabeza—. Creo... Creo que Rose te necesita.

Cuando por fin consigo obligarme a mirar por la ventana, veo que Rose tiene los puños apretados sobre la cara, los ojos muy abiertos, y su cuerpo tiembla mientras observa la figura que reposa en la cama. Sin apenas darme cuenta, me meto en la habitación, la agarro de la muñeca y la arrastro hasta la puerta.

Ella se retuerce y aparta la mano.

—No, no, no. No podemos dejarla aquí sola. No voy a dejarla sola. Mírala, Red. No puede quedarse sola.

—Vamos, Rose. No le hacemos ningún favor perdiendo la cabeza.

Leo se planta delante de la puerta.

—¡Mírala! —me ordena Rose.

La miro. Veo su cara hinchada, amoratada y grisácea. Y ahora no puedo apartar la vista, porque su rostro no se parece en nada a ese que conocía tan bien. Cuesta creer que sea la misma persona. Un vendaje le envuelve la cabeza, y no hay ni rastro de su largo cabello oscuro. Otro le atraviesa la cara en diagonal, entre el que asoman manchas rojas. La piel visible está ennegrecida o pálida a causa de las mallugaduras, tiene un ojo cerrado por la hinchazón, y otro oculto bajo la venda, como si hubieran borrado sus radiantes iris oscuros para siempre. Miro las máquinas, el tubo grueso e incómodo que le sale de la boca, que retuerce la sonrisa cálida que recuerdo hasta convertirla en un grito congelado. Los cables parecen surgir de su cuerpo como si fuera mitad máquina, y entonces lo entiendo. Sé por qué Rose quiere gritar hasta quedarse sin voz. Es terrorífico.

—Vamos —le digo, e intento sacarla de la habitación—. Tenemos que calmarnos. Hay que ser fuertes.

Jalo a Rose, cierro la puerta y la abrazo con fuerza.

—¿Está muy mal? —pregunta Leo, pero no hace falta responder—. Cuando descubra quién fue el que le hizo esto...
—Aprieta los puños.

—¿Y si se lo hizo ella misma?

Ashira aparece de pronto.

—¡Ash!

Rose me suelta y se lanza a los brazos de la hermanastra de Nai, que permanece quieta mientras Rose solloza sobre su hombro unos instantes. Observo a Ash, tan calmada, tan entera. Por lo menos, de cara a la galería.

—No creerás que... Ella no se habría hecho daño a propósito —digo—. Nai era feliz, muy feliz. Estaba contentísima antes de desaparecer. No es como antes, cuando se escondía de los que se metían con ella. Eso cambió con la banda y cuando nos tuvo a nosotros. Ya no la acosaba nadie. No tiene sentido.

—No.

Ash aparta su rostro de Rose, y me sorprendo al ver lo mucho que se parece a Nai, más de lo que pensaba: tiene la misma nariz larga y recta, los mismos pómulos, el pelo negro azabache con reflejos rojo rubí que brillan como un espejo. A diferencia de Nai, Ash no se maquilla ni se alisa el pelo: es así. Aunque Naomi iba encontrando atuendos cada vez más estrafalarios que ponerse, Ash siempre traía más o menos el mismo uniforme de batalla: *jeans*, camiseta y gorra, hiciera frío o calor. Siempre me gustó que no le importara una mierda lo que pensara el mundo que quedaba afuera de su cabeza. Pero su hermana está en cuidados intensivos, y se vio obligada a salir, a transitar por este mundo con los demás. Y da la impresión de que le duele.

—No, creo que no tiene sentido. Ni eso ni nada. Tengo que encontrar a mi padre y a Jackie, ¿saben dónde están?

—Fueron a hacer unas llamadas —le contesto acercándome a ella—. ¿Estás bien, Ash?

Ella da un paso atrás.

—Estoy... —Se encoge de hombros—. Nos vemos luego.

—Esto es una mierda —dice Leo en voz baja—. Lo que le pasó es una mierda. No debería haber sucedido, carajo. Si sólo hubiera sido un teatrito de los de Nai, la cosa no habría acabado así. Algo le ocurrió, estoy seguro. Ella no habría intentado quitarse de en medio.

—¿Es eso lo que dice la gente? —Miro al señor Smith para dejar las cosas claras, para separar la verdad de las mentiras, pero parece tan perdido como nosotros—. ¿Dicen que quería suicidarse?

—No lo sé. —Se encoge de hombros—. Ojalá lo supiera. Nadie, salvo los padres de Nai, ha hablado con la policía, pero supongo que una de las posibilidades que discuten es que tratara de...

—No. —Niego con la cabeza—. Eso es mentira.

—A Nai le daba miedo el agua —dice Rose—. Cada vez que había clase de natación, decía que le había bajado para no ir. Era superior a sus fuerzas. Si hubiera estado tan mal, lo habríamos sabido. Habríamos podido salvarla.

Le falla la voz, y se lanza a los brazos de Leo.

—Pensaba que las cosas iban a mejorar cuando la encontraran —digo—. Pero... no sé qué hacer. —El señor Smith me pone una mano sobre el hombro, y yo apoyo la cabeza en ella—. No sé qué hacer —repito, mientras busco su mirada y la mantengo. Quiero que me diga que todo va a salir bien, porque así lo creeré.

—Todo esto ha sido muy duro para ustedes. Creo que debería llevarlos a su casa. Vamos a darle un poco de tiempo a la familia de Naomi para asimilar lo que ha pasado, les damos su espacio, y que sus padres se encarguen de ustedes.

—Yo me voy caminando —dice Leo de pronto.

Miro a Rose, quien inclina la cabeza al voltearse hacia el señor Smith.

—Yo también.

—¿Estará usted bien, señor?

—¿Yo? Claro que sí. —Su sonrisa cansada me tranquiliza—. Miren, como dijo la doctora, Naomi es una guerrera. Todo va a salir bien, ya lo verán.

Él se queda ahí cuando comenzamos a irnos. Mirando su habitación a través de las persianas.

Lo bueno del señor Smith es que es más que un buen profesor, es el único adulto que conozco que nunca nos decepciona, y lo mismo pueden decir muchos de los alumnos del colegio Thames. Nunca nos miente, no nos viene con cuentos chinos, y nos trata como a personas, no como a ganado. Es la clase de profesor con el que puedes hablar de todo y te escucha de verdad e intenta ayudarte. A mí me apoyó cuando las cosas empezaron a ir mal en casa. Me hizo ver que no tenía nada de malo ser quien soy, que no tengo por qué ser como mis padres. Es un buen hombre, tiene buen corazón.

—Sus padres aún no han vuelto —observo—. No podemos irnos hasta que lleguen.

—Váyanse. Yo me quedaré a esperarlos.

Rose asiente y me ofrece su mano. Agarra a Leo con el otro brazo y nos conduce hasta el elevador.

—Esto está muy mal —dice Rose mientras se cierran las puertas del elevador—. Por eso vamos a ponernos hasta el culo.

Un año antes...

—¡Atención!

El señor Smith tiene que gritar para hacerse oír por encima del estruendo de la clase. Es nuestro primer día tras las vacaciones de verano, y la mayoría de los chicos tienen mucho de que hablar. Quién salía con quién, quién le había hecho qué a quién y quién ligaba con quién.

Rose —que por aquel entonces era una extraña para mí, una impresionante criatura mítica a la que sólo podía admirar desde lejos— atendía a sus pretendientes desde una esquina, sentada sobre su mesa. Por lo menos la mitad de la clase se había dado la vuelta para mirarla a ella en lugar de al señor Smith, cautivados por sus historias, que ilustraba con gestos teatrales con las manos.

Los únicos que no lo hacíamos éramos yo, con los brazos cruzados y la espalda encorvada desde la última fila, Naomi Demir, vestida como una chica salida de un anime, con el maquillaje completo, pestañas postizas incluidas, que golpeaba la mesa con la pluma con impaciencia, y Leo, que estaba hablando por teléfono.

—¡ESCUCHEN! —gritó el señor Smith, y la clase se acalló un poco—. No quiero tener que castigarlos a todos, pero

38

no me quedará más remedio si no se sientan ahora mismo. ¿Entendido?

Hubo gemidos, ojos en blanco, suspiros. Rose se echó a reír y siguió sentada encima de su mesa, con las piernas cruzadas, columpiando las botas de manera que chocaban con la parte metálica con un pum, pum, pum.

Pero el señor Smith era listo. No trató de controlarla como cualquier otro profesor. Se limitó a ignorarla, cosa que la desinfló lo suficiente para que los demás se tranquilizaran un poco. Recuerdo que eso me gustó, y que pensé: «¿Ves? Si ignoras a la persona que te gusta, al final se acaba enamorando de ti».

Entonces yo era la persona más ingenua del planeta.

Smith nos dijo que iba a dividirnos en grupos y que nuestra tarea consistía en escribir y tocar tres canciones juntos. Entonces se puso a decir los nombres, mientras yo me iba llenando de una angustia existencial absoluta. En esos tiempos, nadie hablaba conmigo, y lo prefería así.

Nadie se metía conmigo. Un año antes no tocaba la batería en ningún grupo, no era más que un ente pelirrojo en quien no se fijaba nadie. Pero no me importaba, ya que en realidad quería esconderme, hasta dentro de mi propio cuerpo. Odiaba a muerte tener que relacionarme. Y sabía que era la última opción en la lista de todos los demás. Fue una pesadilla. El resto de la clase fue dividiéndose gradualmente en grupos de tres y cuatro, y después salían a buscar un lugar donde hablar de lo que iban a componer y se ponían a improvisar.

—Red, Naomi, Leo y... Rose.

El señor Smith nos hizo un gesto a cada uno al decir nuestros nombres, y recuerdo que cerré los ojos durante un largo rato, porque deseaba que no fuera más que un sueño, un sueño largo y enrevesado que acabaría cuando estuviera a punto de abrir los botones de la camisa de Rose, y me despertaría antes de lo bueno, como siempre.

—¡Mierda! —exclamó Leo casi gritando. El tono de su voz me hizo abrir los ojos.

—¿Hay algún problema, Leo? —El señor Smith no estaba enojado ni sonaba sarcástico.

Leo se situó junto a la ventana, con el celular en la mano.

—No pienso hacer nada con esos *losers*. Paso, esto es una estupidez.

—¿Por qué? —le preguntó el profesor.

—No quiero estar aquí. —Leo avanzó con pasos largos entre las mesas hasta donde estaba el señor Smith. Era igual de alto que él, y se le acercó a la cara, mirándolo a los ojos. Si se hubiera desatado una pelea, no sé quién habría ganado—. Me importa un carajo la escuela.

—Pues vete —le dijo el señor Smith, cuadrando los hombros—. Márchate. Vuélate las clases. Tu madre volverá a recibir una visita de la policía, y esta vez seguro que te expulsan. Entonces procurarán mandarte al reformatorio, en un último intento por enderezarte, pero tampoco harás nada en esa mierda, y antes de que puedas darte cuenta, estarás haciéndole compañía a tu hermano en la cárcel. Adelante, haz eso. Me parece un excelente plan.

Toda la clase se quedó en silencio por fin, atentos a la furia que emanaba de Leo como una corriente tan intensa que casi se podía distinguir un halo a su alrededor, a punto de estallar en cualquier momento. Todos lo habíamos visto en acción, como cuando se lo llevó la policía después de haber tumbado a un profesor. Pero Smith se mantuvo firme, sin pestañear.

—Crees que te odio, pero no, Leo. Te he oído tocar, y eres el mejor que ha pasado por mi clase. Tienes un talento natural, un don. No lo desperdicies, porque vales más de lo que crees. Vales más que esta actitud que muestras.

—No hace falta que usted me lo diga —gruñó Leo—. Sé quién soy.

—Muy bien. —El señor Smith asintió—. Entonces, ¿te vas o qué?

Durante un instante, Leo se quedó quieto, pero luego fue hasta la puerta y la abrió de golpe. Entonces volteó en dirección de mí, Rose y Nai.

—¿Vienen o qué? —dijo.

Tenía demasiado miedo como para no obedecer.

Lo seguimos pasillo abajo hasta uno de los salones de ensayo, y Naomi, que no me había dirigido la palabra en los tres años que llevábamos en el colegio, se me acercó y dijo:

—Dios, cuando este tipo acabe haciendo un tiroteo en clase, nosotros seremos los primeros en caer.

Fue entonces cuando supe que me caía bien.

Aquella primera sesión improvisamos algunas canciones de AC/DC.

—¿Qué vamos a hacer? —nos preguntó Leo, echándonos un vistazo—. ¿Qué nos sabemos todos? —Me miró a mí, y casi me cago—. ¿Qué te sabes tú?

Parecía creer que no sabía nada, y durante un momento, yo también.

—Algo de AC/DC —propuse, porque ignoraba qué sabrían tocar, pero todo el mundo conocía eso—. ¿*You Shook Me All Night Long*?

Leo miró a Naomi con cara de pocos amigos, pero ella no dijo nada, sino que se limitó a tocar el acorde con su bajo, como para decir que sí. Rose se encogió de hombros.

—No es lo mío, pero puedo intentarlo.

—Pues a ver qué tal. —Leo arrancó con un acorde sucio y fuerte como un verdadero *rockstar*, y me encantó.

—Bien —dijo Rose asintiendo, y me di cuenta de que se esforzaba por mostrar poco entusiasmo.

Miré a Naomi, di gracias de que no fuera muy parlanchina, y marqué el ritmo mientras ella ponía la línea del bajo y empezaba a contar moviendo la cabeza.

—Tres, cuatro...

Y sí, aquella primera vez fue maravillosa. Como tu primer viaje en la montaña rusa, o el primer beso; fue perfecto, una experiencia divina que te revolvía el estómago, como siempre había soñado cuando tocaba en casa en solitario. Nai y yo no habíamos hablado hasta entonces, pero ahora estaba ahí con ella, acompañando la guitarra de Leo hasta que aquello empezó a sonar como la canción que todos conocíamos, aunque no nos la supiéramos bien.

Rose se unió a nosotros con la cabeza gacha y el pelo sobre la cara, y todos la miramos, sorprendidos por el sonido de su voz, gutural y profunda, ronca como si se fumara una cajetilla de cigarros al día, y probablemente lo hacía. Su voz me atrapó, me sacudió como un puñetazo directo al corazón. Creía imposible que pudiera gustarme más, pero así fue.

No se sabía la letra, así que empezó a inventársela, mientras reía y cantaba a la vez. Entonces levantó la cabeza, tomó el micrófono del soporte y miró a Naomi con una sonrisa.

Era una chica anime,
se ponía cola de gato a veces
y no aguantaba estupideces.

Nai le sonrió, y ella se volteó a ver a Leo.

Era un chico guapo muy alto,
que sabía lo que tenía,
en estrella del rock se convertiría si no fumara
    tanta maría.

Vaya, por una parte estaba deseando que se inventara una estrofa sobre mí, pero al mismo tiempo no. Cuando me miró, tuve que hacer uso de todas mis fuerzas para seguir tocando.

> *Aplaudamos todos a Red.*
> *Está un poquito torpe,*
> *vagando como zombi recién salido*
> *de la morgue...*

Bueno, no había dicho que fuera ninguna belleza, pero tampoco se había burlado de mi color de pelo ni de mi estatura, así que, por lo que a mí respectaba, era como una carta de amor.

Entonces lo dimos todo, encabezados por Leo, que inyectaba toda la furia que sentía en su guitarra, cortando el aire que lo rodeaba en cintas rítmicas, mientras yo me dejaba llevar, abriéndome paso a golpes hasta el centro de la canción, a la vez que jalaba a Nai y la arrastraba conmigo. Rose aullaba a todo pulmón, con tanta intensidad, con tanta crudeza, tan increíble que cuando acabamos, volvimos a empezar sin intercambiar ni una palabra, y esta vez nos salió mejor. Al terminar, sudorosos y exhaustos, levanté la cabeza y vi que la puerta estaba abierta y había unos veinte chicos mirándonos desde afuera, que se pusieron a vitorear, gritar y aplaudir.

—¡Lárguense! —les dijo Leo. Luego se volteó hacia mí y sonrió—. Esto va a estar increíble, amigo.

Por primera vez en mi vida, me sentí alguien.

4

Después de haber dejado muy atrás el hospital, cuando el comienzo de la noche extendía sus brazos sobre la ciudad, nos dirigimos al parque, el mismo en el que jugábamos de pequeños, aunque no juntos, claro. Los niños que volvían a casa de la escuela ya se habían ido, y estaba vacío. Nos sentamos debajo de la resbaladilla, sin hablar. Nuestro silencio es agradable, me gusta que podamos venir aquí sin tener que decir nada, sabiendo que sólo queremos estar juntos. Eso es lo que nos ha dado este año, una razón de ser que antes no teníamos. Nuestra razón de ser somos nosotros.

Separados éramos caóticos, dábamos vueltas sin rumbo, a la espera de que esta parte de nuestras vidas llegara a su fin para poder vivir de verdad, para ser libres. Hasta que llegó Mirror, Mirror, cuyo nombre se le ocurrió a Rose porque, según ella, éramos los más bellos de todo el puto reino.

Y con Mirror, Mirror nacimos nosotros: juntos y fuertes. O por lo menos pensábamos que lo éramos, pero debía de haber un eslabón débil, algo que daba a entender que Naomi podía separarse hasta que casi la perdiéramos para siempre sin apenas darnos cuenta. Aquello de lo que no podemos hablar, lo que no hemos llegado a decir, es lo que podría haber sido, que era lo que nos había conducido a este momento.

Es nuestra mejor amiga, y nadie sabe por qué se habría escapado, o por qué podría haber hecho... No se me ocurre ninguna razón por la que hubiera querido tirarse del puente a las aguas negras que tanto temía.

Así que nos sentamos callados, postergando el momento de volver a casa. Todos tenemos nuestros motivos. El mío ya debe de estar tomándose su tercer vodka con Coca-Cola, mientras que mi padre estará con la lengua en la garganta de su último ligue.

Leo rompe el silencio.

—Mierda, tenemos que hacer algo —propone.

—Estamos haciendo algo. —Rose apoya la cabeza contra el metal pintado, donde hemos rayado nuestros nombres y unas cuantas palabrotas, y deja ver todo su cuello—. Estamos malgastando nuestra juventud en un parque. Como buenos adolescentes.

—No me refiero a eso —responde Leo—. Quiero decir algo bueno. ¿Antro y tachas? Deberíamos ponernos hasta el culo, tú misma lo dijiste.

—No tengo ni un centavo. —Rose bosteza—. ¿Tú traes? Vamos a drogarnos aquí mismo.

—¿En lunes? —¿Acabo de decir eso en voz alta? Por lo menos la hice reír.

—Qué idiota eres, Red —me dice con una sonrisa que va ensanchándose con cada palabra—. ¿Qué querría Naomi que hiciéramos? Ella está luchando por su vida, y nosotros aquí... como una bola de *losers*. ¿Qué nos diría que hiciéramos?

—A Nai le gustaría ir al cine, o a un club de lectura, o alguna cosa así —dice Leo arrugando la nariz—. O ver algún anime muy oscuro, esa mierda le encanta.

—Pues vamos a hacer eso.

Aprovecho la oportunidad para no consumir narcóticos y después tener cruda, y los arrastro hasta mi casa para hacer un maratón de *Black Butler*. Tampoco es que fuera a hacer lo otro, pero he visto los destrozos que las pastillas y el alcohol le causan a la gente, y no quiero que me pase a mí.

Además, *Black Butler* es una de nuestras series favoritas, con un montón de oscuridad japonesa, victoriana y gótica, y mucho travestismo. Habíamos planeado en secreto hacer un *cosplay* de los personajes en la próxima Comic-Con, pero nunca se lo habríamos contado a Leo y a Rose. No es que fueran a querernos menos, pero se habrían burlado todo el tiempo. Habíamos diseñado los trajes, y hasta fui a comprarme una peluca en Camden, y entonces... En fin, el mundo había cambiado.

Mi cama. Mi cuarto.

Lo pinté de negro en verano, durante la ausencia de Nai. Cuando lo vio mi madre, puso los ojos en blanco y dijo: «Me rindo».

—Ya te habías rendido hace mucho tiempo —le respondí yo.

Me gusta que sea negro, me da sensación de seguridad e intimidad. Pero lo mejor de todo es mi batería, que ocupa la mitad de la habitación y es lo único que tengo que me importa de verdad. Tardé dos años en ahorrar para comprarla, y mi madre sólo accedió porque pensaba que cambiaría de idea para cuando reuniera todo el dinero. Pero se equivocó. Paseé perros, lavé coches y trabajé en un súper hasta conseguirlo, y entonces ya no se podían echar para atrás, de manera que ahora está en la esquina, y me encanta. Siempre lista para hacer el ruido suficiente para despertar a todo el vecindario. Al menos, así será cuando me dejen quitar el aislamiento acústico.

Leo y Rose están sentados en mi cama: él adormilado y con los ojos entreabiertos, ella con el brazo alrededor de mi cuello; mi mejilla reposa sobre su hombro, y su cálido aliento me roza el cuello. Huele a limón y a tabaco, una mezcla muy extraña, porque, aunque la primera vez que la oí cantar creí que fumaba, lo cierto es que no. Resulta que su voz es demasiado valiosa para ella.

Cuando los invité a venir, no recordaba que mi madre llevaba un par de meses en plena etapa de locura. La verdad es que no podía culparla por estar dolida, porque mi padre ya ni siquiera se molestaba en ocultar sus amoríos. Pero sí por hacerme daño. Ahora procuro verla tan poco que a veces se me olvida que vive en casa. Pero en cuanto vio a Rose y a Leo, se puso a sonreír de forma falsa, como un payaso psicótico, y nos ofreció bebidas y algo para picar, y preguntó si metía una pizza en el horno o nos hacía palomitas. Por el amor de Dios. Trae el pelo recogido en un chongo y un vestido y un delantal, como si fuera una cocinera de la tele, pero se tambalea, mueve demasiado las manos, se ríe demasiado alto, mientras Gracie está ahí sentada, comiendo *nuggets* de pollo y viendo *Scooby Doo* en repetición. Sé que cuando nos vayamos se tirará en la silla, se tomará otra copa, y Vilma desenmascarará al malo mientras Gracie sigue masticando.

La mano de Rose, con las uñas mordidas y los dedos gorditos cubiertos de anillos de plata, se posa sobre la mía. Hace calorcito, tengo sueño, estoy con dos de mis mejores amigos a mi lado, y noto que Leo se fijó en la mano de Rose sobre la mía, como delata el temblor de desaprobación de su boca.

Alguien toca la puerta y aparece mi padre. Bueno, aparece su cabeza. Normalmente no entra nunca, así que algo quiere.

—¿Qué tal, chicos? Me enteré de lo de Naomi, ¿está bien?

—Aún no lo saben —le contesto—. Es casi un milagro que esté viva.

—Sí, claro... —No se mueve de la puerta—. ¿Dijeron qué le pasó?

—En este momento no quiero hablar de eso. Seguramente saldrá en las noticias —digo.

—Ya... Bueno, ¡no hagan nada que yo no haría!

Ay, papá, por Dios. Cállate.

—Estos dos no podrían conmigo, señor Saunders —le dice Rose con una sonrisa. Él se sonroja y noto que ella aparta la mano de la mía—. Yo necesito un hombre de verdad.

—Se van a dormir después de ver estas caricaturas, ¿no? —Se adentra un poco más en la habitación. Mira las piernas de Rose.

—Nos queda un capítulo más por ver.

Me levanto de la cama y voy hacia la puerta, más o menos echándolo al pasillo.

—Bueno, pues yo me voy. Hasta mañana entonces.

—¿Vas a salir? —Lo miro fijamente—. Acabas de llegar, y ya son más de las diez.

—¿Qué eres, mi madre? —Se echa a reír mientras mira a Rose por encima de mi hombro—. Ya sabes cómo es este trabajo, la mitad consiste en relacionarse con gente. No tengo elección.

—No tenía ni idea de que ser concejal fuera tan emocionante.

—Es por trabajo —repite, y ambos sabemos que miente.

Pienso que debería preocuparme por las amantes de mi padre y por el alcoholismo de mi madre, por que mi familia, que una vez fue tan normal y respetable, esté implosionando mientras guardamos las apariencias. Pero me da igual, y ellos no me importan, excepto Gracie.

Unos minutos después, Rose apoya su cabeza en mi hombro.

Otro minuto después está roncando, y Leo y yo soltamos una carcajada.

—Cállense la boca —murmura antes de volver a dormirse.

Rose y Red, 108 días en racha

Rose
Gracias por lo de esta noche. Después de todo lo que pasó hoy, me cayó bien

Red
¡Tan bien que te quedaste dormida!

Rose
Ja ja ja, eso parecía, pero por dentro estaba despierta al 100 %, como un ninja

Red
¿Qué haces?

Rose
Oír a mi padre coger con la vaca esta, qué asco

Enlace de video. Toca aquí para ver: Dos cerdos apareándose

Red
Lo único bueno de que mi padre nunca se aparezca es que no hay ruidos sexuales. Pero sí muchos vómitos de mi madre

Rose
Puaaaaaaaaaaaaaaaaaaaaaaaj

Red
¿Estás bien? Lo de ver a Nai así estuvo muy duro. Aún no me entra en la cabeza

Rose
¿Volvemos mañana después de clase?

Red
Sí. ¿Estás bien entonces?

Rose
Sí. Me puse hasta atrás con el whisky de mi padre

Red
No jodas

Rose
No jodo, es en serio

Red
Bueno, pues no te ahogues con tu propio vómito, ¿ok?

Rose
Ok

Red
Acerca de lo de mañana...

Rose
...

Rose
...

Rose
...

5

Tengo el corazón a mil por hora, un sabor ácido en la boca, el sudor se me resbala por el cuello. Son las tres de la madrugada.

Me siento, me pica la piel y sé que tuve una pesadilla, pero no la recuerdo. La boca me sabe a agua sucia de río. Salgo a rastras de la cama y me pongo una camiseta y unos bóxers. Abro la puerta y escucho para ver si hay alguien despierto, mamá suele estarlo a estas horas, o al menos no en la cama. Me la encontraré dormida de borracha, sentada a la mesa de la cocina, tirada bocabajo, con un charco de babas debajo de su boca abierta. Ahora mismo es lo último que necesito, topármela medio borracha y enojada, en busca de alguien con quien desquitarse.

No se oye nada y necesito beber algo, así que me arriesgo.

Mi padre está en la cocina, fumó y también se huele el alcohol en el aire. Él no toma como mamá. Ella bebe como respira, su existencia se basa en el vodka; su cuerpo, antes suave, es ahora enjuto y escuálido, con la cara roja y llena de sombras. Papá no está tan mal, pero también le gusta tomarse una copita de vez en cuando, para desengrasar, como dice él. ¿Dónde estuvo hasta las tres de la madrugada fumando y bebiendo?

—¿Todo bien? —me pregunta con aspecto culpable.

—Tengo mucha sed.

Mis pies descalzos no hacen ningún ruido sobre el linóleo mientras me acerco a la llave y dejo el agua correr entre mis dedos hasta que sale muy fría.

Lo oigo moverse a mis espaldas. Tose y jadea; no le hace bien fumar.

—Bueno, dicen que Naomi intentó suicidarse, ¿no?

—No saben nada. —Me froto los ojos—. Papá, son las tres de la mañana, ¿de verdad quieres hablar de esto ahora?

—Es que no puedo dormir. Quizá llame a Jackie y a Max por la mañana. Llegué a conocer un poco a Naomi cuando le ayudé a pedir la beca Duke of Edinburgh. Creo que debería decir algo, preguntarles si puedo ayudarles en algo.

—¿Y qué ibas a hacer tú? Trabajas para el Ayuntamiento, no para el primer ministro.

—En estos casos hay que demostrarle a la gente cuanto te importa.

—Pues podrías empezar por mamá —le contesto—. A lo mejor así le entra un poco menos al vodka.

—No me hables así —me advierte, pero con poca convicción.

Sabe que tengo razón. En el fondo es patético.

No sé cómo espera que reaccione, pero cuando lo ignoro se reclina sobre la silla con los hombros caídos. Antes quería ser como él, creía que era el padre más fuerte y más *cool* del mundo. Ahora sólo me da repele. Mi mejor amiga está en coma a unos pocos kilómetros de aquí, le faltan varios pedazos de cabeza y huele como si mamá hubiera vomitado en el pasillo. Y mi padre... En fin, supongo que a su último ligue le gusta echarse un cigarro de vez en cuando. Sólo quiero volver a mi cuarto. Sólo quiero esconderme, dormir y olvidarlo todo durante un par de horas más.

Pero no puedo, porque no soy sólo yo: también está Gracie. Así pues, tomo aire y trato de recordar aquel tiempo en el que creía que mamá era la mejor persona del mundo, y papá el más valiente, y vuelvo a intentarlo.

—Papá... Mamá bebe. Y ha empeorado mucho. —Se voltea un poco en la silla para no tener que mirarme—. Tú no estás aquí para verlo, y no tienes que aguantarlo...

—¿Quién crees que va a limpiar este desastre? —me suelta, como si tuviera que darle las gracias.

—¿Y qué? —Me duele buscar las palabras, un dolor físico, como si el interior de mi pecho estuviera mallugado, amoratado—. ¿No te parece grave, como cuando...?

Justo después de que naciera Gracie, mi madre empezó a beber mucho, por primera vez que yo recuerde, aunque ahora creo que debió de pasar otras veces. Entonces, mi padre estaba en casa casi todo el tiempo. Se encargaba de Gracie, intentaba que mi madre se pusiera mejor, y no dejaba de repetirme lo fuerte y valiente que yo era. Y lo mucho que me agradecía que no diera lata y me conformara con todo. Fue por aquella época cuando comencé a engordar, no porque tuviera hambre, sino porque necesitaba algo con lo que llenar el vacío que había dejado mi madre. También fue entonces cuando comencé a esconder comida debajo de mi cama, en los cajones, y mientras mi padre se ocupaba de ella o de Gracie, yo trataba de enmascarar ese dolor a base de tragar. Engullía tanto que al final me dormía. Era la mejor válvula de escape que conocía a los diez años. Más adelante, cuando cumplí trece, empecé a hacer lo contrario, y ayunar se convirtió en mi forma de controlar mi vida. Pero a los diez siempre tenía hambre, no dejaba de buscar una manera de llenarme, y siempre fracasaba.

—Está muy estresada, ya sabes cómo es —dice mi padre. Igual se lo podría haber ahorrado.

—Si pasaras más tiempo en casa y estuvieras con ella, a lo mejor no se deprimiría tanto —lo intento otra vez—. Quizá no se sentiría tan sola.

Se retuerce incómodo, casi me da la espalda, y ya no puedo dejar de verlo como lo que es. Ni un gigante, ni un dios, ni el hombre al que consideré durante casi toda mi vida como el más fuerte, grande y listo, sino un niño mimado que se aburre de sus juguetes y quiere algo nuevo. Y en ese momento lo odio.

—Pues entonces vete a vivir con la puta a la que te estés cogiendo ahora.

Tomo el vaso y me voy de la cocina evitando pisar las baldosas ásperas del pasillo.

—Ven aquí ahora mismo —sisea mi padre, y ahora sí se ve enojado de verdad, pero no me detengo, porque me importa un bledo lo que piense de mí. No recuerdo cuándo fue la última vez que hizo algo digno de aplausos.

Al llegar a mi cuarto, cierro la puerta con cuidado y miro por la ventana, esperando a que salga el sol. Esta hora del día tiene algo que me calma. Todo está a oscuras y en silencio. Las hileras de casas con las luces apagadas me hacen pensar en todos los sueños que suceden ahí afuera, invadiendo las últimas horas del cielo nocturno. Personas distintas en casas distintas, donde nada de esto les está pasando a ellos. No sé por qué, pero pensarlo me hace sentir mejor, porque si esto es tan insignificante que sólo me afecta a mí, es que en realidad no puede ser tan malo.

Hay momentos en los que tengo la cabeza tan llena de oscuridad que es como una niebla que me impide ver y sentir cosas buenas. Todo me duele, de fuera hacia dentro. Pero sólo yo sufro, y sólo es ahora. Quizá algún día le tocará a otra persona. Alguien a quien no conozca o que no me importe; alguien que mire por la ventana esperando a que amanezca mientras yo lleno el cielo con mis sueños.

Tengo que dormir. Si no, mañana me dolerá la cabeza y me arderán los ojos con la luz y los colores. Tengo que conciliar el sueño ya.

Me acostaré, cerraré los ojos y pensaré en cosas buenas. Como Gracie tocando una guitarra imaginaria mientras practico. Las carcajadas de Rose, que hacen vibrar todo su cuerpo cuando se apoya en mí. La postura de gladiador de Leo al tocar la guitarra. Cuando Naomi levantaba una ceja y decía alguna tontería como si fuera lo más serio del mundo y nos hacía reír a todos hasta que nos dolía. Es así como quiero recordarla, y no con la cabeza machacada.

Me despierto unas horas más tarde sin aliento, y esta vez sí me acuerdo. El agua oscura, espesa y helada me llena la nariz y la boca, entra en mis pulmones, y hay algo, algo frío y cruel, que me empuja hacia abajo, hasta las profundidades submarinas, y sé que no volveré a ver la superficie nunca más.

Mirror, Mirror – ¡Noticias del grupo!

¡Buenos días! Espero que asistan todos a nuestro concierto
benéfico. Llevamos todo el verano ensayando y vamos a
sorprenderlos con cuatro nuevas canciones. La recaudación
va para nuestra compañera Naomi Demir, así que ya saben:
¡saquen dinero de donde puedan!

Contaremos con la presencia del músico Leckraj Chamane al
bajo. Le preguntamos qué es lo que espera del concierto, y
nos dijo que oír a los miles de fans emocionados gritando su
nombre (bueno, en realidad, no).

Haz clic aquí para ver nuestro video de «Puedo contar
contigo»

Haz clic aquí para ver a Rose Carter calentando la voz

Haz clic aquí para ver la grabación de los últimos ensayos

Haz clic aquí para ver la galería de Mirror, Mirror

6

Ya no vale la pena que intente dormirme otra vez, así que me quedaré esperando a que llegue la hora de levantarse mientras me pierdo en la pantalla de mi Chromebook.

Este mes tuvimos 874 visitas en Tumblr, una exageración. Unas 400 habrán sido de Rose para leer los comentarios de su video, pero, aun así, no está nada mal para ser cuatro chicos de dieciséis años. También tenemos 1.385 seguidores en Twitter, y ya pedí que nos verifiquen. Estoy deseando que aparezca la insignia azul junto a nuestro nombre. Eso significará que somos auténticos.

Grabamos nuestro último video de YouTube en el parque, y fue lo mejor. Lo hicimos para *Carrusel*, escrita por Nai y por mí, que va de dos chicos que se gustan pero que no llegan a estar juntos. Pero bueno, volviendo a lo del parque, me llevé una bocina para el celular y fuimos haciendo *playback*, cantando y tocando. Parecíamos idiotas. Había un montón de niños mirándonos, la mitad pensaba que éramos unos inmaduros, pero yo ya sabía que al final iba a quedar bien. Al que más le costó fue a Leo, porque odia todas esas cosas y sólo le interesa tocar, pero Rose logró convencerlo. Lo emborrachó un poco y le dio algo de mariguana, hasta que dejó de importarle tanto verse como un tipo rudo y empezó a darlo todo sobre la resbaladilla con su guitarra. Rose se sentó en el columpio y gesticuló como la Madonna de los años ochenta, tan sexy que parecía mentira. Y Naomi estuvo dando vueltas y más vueltas en el carrusel sin que se le escapara una sonrisa. Lo grabé casi todo con el celular de Naomi, con su carcasa de *Legend of Zelda: Tri Force*, la canción entera con cada uno del grupo para juntarlo después, hasta que llegó mi turno de darle a la batería en el banco y fue Rose quien se encargó de grabarme, con lentes de sol y guantes de cuero. Ya llevamos 924 visualizaciones, me encanta; 2.300 me gusta en la página de Facebook; 760 seguidores en Instagram. Y tengo pensado meternos en Toonify en cualquier momento.

Y es que me encanta mi yo de ese mundo, el que se ve en las redes sociales. Ese yo parece saber lo que hace, lo que quiere y adónde va. Es un yo ideal. Ese yo siempre tiene buen aspecto, siempre mantiene la calma y lleva las baquetas en la mano, y todo mi cuerpo funciona como es debido: cada músculo, cada reflejo, cada latido, cada neurona. Mi reflejo, ese que vive detrás de la pantalla brillante, es quien consigue los me gusta, los corazones y los mensajes privados. Las sonrisas torcidas de chicas que, aunque nunca hubieran pensado en mí de esa manera, podrían plantearse de pronto tener algo conmigo, porque, por muy poquita cosa que fuera, toco la batería como dios, carajo, y tengo algo de morbo.

Sin embargo, tardé mucho tiempo en pensar así sobre el yo de la vida real, sin filtros.

Este yo, el yo hecho de sangre, huesos, nervios y sinapsis, es el que nunca me gustó. Antes del grupo, mucho antes, cuando me escondía entre la gente, mi cuerpo era una celda inexpugnable en la que latía mi corazón: una cárcel de carne y sangre que odiaba tanto como necesitaba.

Y, entonces, ocurrió algo que me hizo dejar de comer.

Un día me vi en el espejo del vestidor de la escuela. Como si desde un ángulo extraño divisara mi propio reflejo; era incapaz de reconocerlo como mío, y de repente me parecía estar viendo a alguien extraño. Una persona a la que odiaba, despreciaba y compadecía.

Durante el año siguiente hice todo lo posible por volverme invisible y eliminar a esa persona, sin vómitos, pero comiendo muy poco. Los atracones eran para los niños, para los inmaduros desmedidos. El ayuno era para el nuevo yo, que lo controlaba todo. Y sabía que se darían cuenta, como así fue, pero sólo para decirme que me veía mucho mejor. Incluso cuando los huesos de las caderas parecían a punto de atravesarme la piel y sentía frío en un día de calor abrasador. Me hinché como un globo por ellos, me convertí en un esqueleto por ellos, y nada cambió. Excepto yo.

Leo, Nai y Rose fueron quienes me salvaron, porque no me vieron como era, sino como podía ser. Y cuando descubrieron esa versión de mí, también la vi yo. Fui consciente de que si no empezaba a vivir mi vida, muy pronto estaría en un lugar del que no podría salir nunca, y no quería ser el siguiente que fracasara de mi familia; yo no iba a acabar como ellos.

Y así, muy poco a poco, a lo largo de ese año tras la batería, mientras tocaba y pasaba el rato con esa gente que fui viendo que eran mis amigos, me relajé lo suficiente para que dejara de preocuparme por lo que comía. Era terrorífico, daba miedo, pero también resultaba emocionante, porque tenía amigos, música, baile y risas, y salía toda la noche, de un antro a otro, de un bar a otro, aullándole a la luna.

La verdad es que no suena a un buen método, pero lo fue. Mientras más tocaba, más en forma estaba y más fuerza tenía. Dejé de pensar en comida, me alimentaba cuando quería, y parecía ser todo lo que necesitaba. Cuanto más me permitía ser yo en mi interior, más se parecía al yo del exterior.

Más que por una cuestión de salud, fui más feliz cuando por fin descubrí que, por mucho que lo deseara, no necesitaba que mis padres me cuidaran. Yo me cuido a mí y a Gracie, y lo hago mucho mejor que ellos.

Uf, a veces el egocentrismo me domina.

Antes pesaba demasiado; después, demasiado poco. Ahora estoy fuerte y saludable, como debe ser. Así que supéralo, Red, hay cosas más importantes de las que ocuparse en este momento.

Lo único que quiero es volver a ver a Nai.

Leo me espera en la esquina.

Él y algunos amigos suyos de antes de formar la banda, con los que sigue saliendo a veces, pero no pasa nada, porque ni yo los molesto a ellos, ni ellos a mí.

Cuando me convierto en subnormal es cuando hay chicas delante. ¿Cómo se hacía eso de caminar? ¿Qué podría decir que no fuera una estupidez? ¿Tengo gracia? ¿Doy lástima? Ese es el tipo de pensamientos que pasan por mi cabeza cuando hay alguna que me gusta cerca, y tengo que recordarme hasta cómo se camina: «Ahí tienes los pies, idiota, uno va delante del otro».

Entonces me acuerdo del miedo que me daban antes Leo y sus amigos, sobre todo cuando su hermano Aaron aún iba a la escuela. Solía preguntarme si llevarían armas en las mochilas, y pensaba que masticaban chicle como tipos rudos y que ya habrían matado a unos cuantos desgraciados de cuyos cadáveres se desharían tirándolos al río. Tampoco ayudaba que Aaron hubiera ido a la cárcel con apenas diecinueve años por apuñalar a un tipo en una pollería y dejarlo bastante deshecho.

Sin embargo, Leo no es Aaron. Ahora voy a clase con ellos y ¿sabes qué? En el fondo son más o menos como yo, sólo que más altos. Pero es que, carajo, todo el mundo es más alto que yo.

Leo me saluda con la cabeza cuando llego a su lado.

—¿Qué hay?

—¿Qué hay? —le digo, y todos nos saludamos con la cabeza mientras me abro paso entre ellos, con mi baja estatura y mi delgadez, como si fuera David Bowie rodeado de guardaespaldas, o eso es lo que me gusta pensar.

El sol me calienta la nuca, y hasta el humo de los tubos de escape que impregna el aire me huele bien hoy. El ronroneo constante del tráfico, el chirrido de los frenos, el rugido de los motores, los insultos de los ciclistas, las radios a todo volumen: mi sonido urbano de fondo favorito.

—¿Los tres mejores guitarristas? —me pregunta Leo.

—Pues Hendrix, evidentemente, y luego May y Slash.

—Ay, ya —me recrimina—. Hendrix está claro, pero ¿el imbécil de May? ¿Y el imbécil de Slash?

—Sí, señor, el imbécil de May y el imbécil de Slash. El imbécil de Brian May es el mejor guitarrista de la historia.

—Estás mal de la cabeza. Ahora me dirás que el mejor batería es el imbécil de Phil Collins...

—Pues no te diría que no... Oye, ¿dónde estuviste anoche?

—En tu casa, imbécil.

—No, digo después. Rose y yo estuvimos chateando un rato.

—Ah. Tenía que hablar con mi madre.

—Mierda.

—Sí. —Leo hace una pausa. Es como un libro abierto, y no está pensando en nada bueno—. Justo cuando crees que las cosas no pueden ir peor...

—¿Qué?

—Van a soltar a Aaron.

No dice nada más, pero tampoco hace falta.

—Carajo.

Caminamos en silencio, dejando que el ruido de la ciudad sea el que hable. Antes de que su hermano entrara a la cárcel, Leo pasaba mucho tiempo con él, lo admiraba y lo seguía a todas partes, cosa que no le trajo nada bueno. Lo más terrorífico de Aaron era que le importaba una mierda llevarse por delante a quien hiciera falta. Supongo que, en algún momento, hace mucho tiempo, sería un niño normal, pero no tardó en juntarse con chicos mayores, empezó a fumar porros y se le fue la mano. Hay quien puede hacerlo sin que le afecte mucho, pero a otros, como a Aaron, les trastoca el cerebro. Se meten tanto en esa mierda que ya no vuelven a ver el mundo como antes. Están destrozados. Él se dejó arrastrar, y se llevó a Leo con él.

Esa versión de Leo, con la que toqué por primera vez hace un año, era rabiosa y oscura. No sé a los demás, pero a mí me daba miedo. Siempre se encontraba al filo de la navaja: la gente con la que se juntaba Aaron, las drogas que se metía, los favores que hacía de vez en cuando por algo de dinero. Él sabía que podían absorberte tanto y tan rápido que no te das cuenta de que estás hundido hasta que es demasiado tarde. Que Aaron hubiera ido a la cárcel era lo mejor que le había pasado en la vida a Leo. Por primera vez, pudo descubrir quién era sin que su hermano mayor tuviera que decírselo. Si Aaron hubiera seguido en libertad, no se habría subido a una resbaladilla a tocar la guitarra imaginaria con Mirror, Mirror, eso seguro.

La salida de Aaron significaba que volvería a ponerse al mando, o que al menos lo intentaría.

—Y ¿qué dijo tu mamá? —La mejor réplica que se me ocurre es pura mierda.

—Dijo que no lo quiere tener en casa, pero que es su hijo.

Que no me junte con él ni deje que mis calificaciones empeoren por su culpa como antes. Que no permita que me meta en más problemas, como si él fuera un demonio y yo un puto ángel.

—Entonces, ¿te parece bien? —Procuro no mirarlo a la cara.

—Pues claro, es mi hermano —responde, pero después de una milésima de segundo que me hace dudar.

—¡Hola!

Rose aparece detrás de nosotros caminando a toda velocidad, con lentes de sol y el pelo revuelto.

—¿Tienes cruda del whisky de tu padre? —le pregunto.

—No me culpes por tener un paladar adulto —se excusa con una sonrisita—. Necesitaba tomar algo. Todavía no lo puedo creer. Cuando no sabíamos dónde estaba Nai, al menos podía fingir que estaba bien, pero ahora... Me lleva la mierda.

—Estuve toda la noche pensando en ella —reconoce Leo—. No es lógico que quisiera hacerse eso. ¿Se acuerdan de cómo estaba a final del año? Había cambiado, y ya no se ponía toda esa mierda anime. Se veía... alegre. ¿No creen que estaba contenta el día antes de desaparecer? No lo estoy inventando, ¿no?

—No, tienes razón —coincido con él—. A final del año estaba en un *high* permanente, y no paraba de escribir buenas canciones, una tras otra, ¡casi no alcanzábamos a grabarlas todas! No tenía ningún motivo para querer..., bueno, eso.

—Entonces —indica Rose—, la única respuesta posible es que le pasó algo malo, algo terrible, mientras estaba por ahí. Es lo único que tendría sentido, ¿no? Algo tan espantoso que no pudiera vivir con ello.

Sin darnos cuenta, nos quedamos parados mientras tratamos de imaginar qué podría haber sido.

—¿Hola? —irrumpe una voz, tan parecida a la de Nai que nos sobresalta a todos. Es Ashira.

Los amigos de Leo siguen adelante mientras los demás cruzamos una mirada. ¿Habrá oído algo de lo que estábamos hablando?

—Hola, Ash. —Rose sonríe incómoda. Luego aprieta los labios, sin saber qué decir.

—A ver, esto es un poco violento, pero Jackie cree que tal vez les gustaría venir a casa esta noche, después de ver a Nai. ¿Se apuntan a cenar? En el hospital no puede hacer nada, y necesita ocupar la cabeza con algo. —Ash adorna el final de la frase con la sombra de una sonrisa. Da la impresión de que le costó mucho decir eso—. A mí me parece una estupidez, pero así es Jackie: cree que todo se arregla con una buena comida. Además..., creo que le sienta bien verlos. Como si todo fuera a mejorar o algo.

—Por supuesto —respondo sin tenerlo muy claro, a la vez que miro a Leo y a Rose, que asienten.

—Sé que va a ser raro... y un puto horror —dice con un suspiro, a la vez que agacha la cabeza y sus oscuros ojos miran hacia el suelo—. Jackie los extraña mucho. Antes estaban ahí todo el tiempo, aunque la ponían nerviosa, dice que ahora hay demasiado silencio en casa. Y yo nunca invito a mis amigos, en realidad, ni tengo... Nadie sabe qué decirme.

—Carajo, lo siento, Ash. —Rose se acerca a ella, pero retira la mano antes de tocarla. Da la impresión de que Ash no quiere que la toquen.

—No es culpa tuya. —La hermana de Nai se encoge de hombros y me mira, y durante un instante creo que quiere decir algo más, pero sólo a mí—. La verdad es que nunca me ha caído bien la gente.

—Nos hemos portado fatal —se lamenta Leo negando con la cabeza—. Teníamos que haberlos apoyado. Pero no sé, estábamos todos un poco idos.

—Bueno, pero organizaron un concierto. Eso está muy bien, es una manera de centrarse en ella —contesta Ash con una sonrisa forzada—. Además, yo tengo mis maneras de afrontarlo. En fin, a Jackie le encantaría verlos y engordarlos, si son capaces de soportarlo.

—Pues claro —digo—. Extraño la comida de Jackie.

—Y ¿tú cómo estás? —Rose cruza por fin esa línea invisible que rodea a Ash y la toma de la mano, como es típico de ella, que rompe barreras a cada momento, sin miedo a lo que puedan depararle.

—Estoy bien. —Ash le aparta la mano con delicadeza—. Mi padre regresó esta mañana después de pasar ahí toda la noche, y Nai está estable, lo cual es bueno, así que... En fin, ya nos veremos en el hospital.

Observamos a Ash mientras se aleja, otra vez con la cabeza gacha y el pelo revoloteando a sus espaldas a causa de la intensidad de su deseo de llegar cuanto antes a algún lugar donde nadie pueda verla llorar.

—No se me había ocurrido pasar por ahí —admite Rose mientras suena la campana de clase, y nos damos cuenta de que somos los únicos que quedan fuera—. Ni preguntarle a Ashira cómo estaba.

—Ni a nosotros.

Leo le pone el brazo sobre los hombros, y ella se voltea y apoya la frente sobre su pecho durante un instante. Él le da un beso en la cabeza y la suelta como si no hubiera pasado nada, y de alguna manera así fue, pero yo tendría que crecer treinta centímetros para poder besar a Rose en la cabeza, y verlos tan juntos me provoca una opresión en el pecho.

—¡Ey, chicos! —dice el señor Smith mientras se acerca corriendo hasta nosotros sobre el piso de concreto—. Una pregunta: ¿van a ir más tarde al hospital?

—Sí —dice Rose—. Por supuesto. ¿Y usted?

—No, me parece que no, pero no dejen de informarme, ¿okey, Rose?

—Claro. —Rose sonríe.

—La cosa es que, antes de que pasara todo esto, les pedí a las radios locales que vinieran a grabarlos durante los ensayos para hacer publicidad al concierto. Pero ahora... Tengo que hablar con los padres de Naomi, tal vez habría que posponerlo.

—No. —Rose le toca el brazo, como si lo consolara—. No hace falta, acabamos de hablar con Ash y dice que les parece bien. No deberíamos posponerlo.

—Entonces, ¿harán la entrevista? —nos pregunta.

—Supongo que sí —digo.

Leo asiente.

—Muy bien, pues vayan a clase. Échenme la culpa por llegar tarde.

—De acuerdo. —Rose sonríe ladeando la cabeza—. Y usted écheme la culpa a mí, ¿okey?

—Por cierto, Rose, no olvides venir a verme luego por lo del coro —le responde él mientras se aleja por el patio.

Los coqueteos de Rose le resbalan como el agua por el lomo de los patos, pero ella está radiante de todos modos.

—¿Por qué haces eso? —le pregunta Leo mientras entramos—. ¿Y qué es eso del coro?

—Por lo visto necesitan una solista guapa para no sé qué concurso. —Rose lanza una carcajada estruendosa a la vez que se le acerca a Leo con un batir de pestañas—. Es que no puedo suprimir mis encantos naturales. Soy irresistible para los hombres.

—Más bien ellos para ti —le suelta él, apartándose y dejándola hablando sola, y se va corriendo a la entrada.

Rose me mira cuando nos paramos en el pasillo.

—¿Qué mosca le picó a este? —me pregunta.

El alboroto de los chicos que entran a clase termina por desvanecerse poco a poco tras las puertas cerradas, hasta que se hace el silencio, señal inequívoca de que llegamos tarde.

«La mosca eres tú», pienso, pero no lo digo.

—Van a soltar a Aaron.

—Mierda. —Rose frunce el ceño y se le cae la bolsa del hombro con un estruendo que retumba en las paredes—. Aaron es un idiota, y Leo cree que es lo mejor del mundo.

—Lo sé. —Me paso la mano por la parte rapada de la nuca—. Y me preocupa, pero ¿qué podemos decirle? ¿Qué hacemos? Aaron es su ídolo.

—No va a pasar nada. —Rose recoge su bolsa—. No vamos a perder a nadie más, carajo. No si yo puedo evitarlo.

Le sonrío, y en mi mente parezco uno de esos personajes de caricaturas a los que les salen corazoncitos de los ojos.

—¿Qué? —Rose me mira con la cabeza ladeada cuando caminamos para entrar a clase—. ¿Qué pasa?

—Nada.

Me encanta su forma de vivir cada momento con los cinco sentidos, poniendo a prueba a todo el mundo, buscando pelea cada cinco minutos.

—Como quieras, no voy a quedarme aquí esperando a que despiertes. Hasta luego, *freak* —me dice pintándome el dedo mientras avanza por el pasillo, y cuando llega casi al final, se voltea y me grita con todas sus fuerzas—: ¡Te quiero, Red!

—Ya lo sé —respondo.

Cuando por fin entro a clase, lo hago con una sonrisa de oreja a oreja.

Historial de conversaciones

Rose Hace un 1 minuto 109 días en racha

Leo Hace 1 hora 43 días en racha

Kasha Hace 6 horas 6 días en racha

Parminder 3 días en racha

Luca Hace 4 días

Sam Hace 5 días

Naomi 27 de julio (Naomi no está en línea)

7

Esto da puto asco.

Pensaba que sentiría algo cuando volviera: felicidad, tristeza, cualquier cosa. Sin embargo, ahora estamos los tres sentados junto a su cama sin decir nada, sin sentir..., exactamente eso, nada. Estamos sentados sobre el vacío.

—Sí vinieron. —Jackie sonríe al vernos; ya es algo, porque al menos sabemos que la animamos un poco—. Lo que necesita es tener a gente de su edad cerca, y no a la insoportable de su madre matándola de aburrimiento. —Habla como si Nai estuviera sentada en la cama, poniendo los ojos en blanco y soltando comentarios sarcásticos como era típico de ella—. Tranquila, cariño, tus amigos ya están aquí. —Me toca la mejilla con la mano, y le sonrío—. Quédense con ella mientras me voy a casa a prepararles la cena. ¡Estoy deseando poder sentirme útil de una vez! Max se quedará aquí mientras cenamos y luego nos turnaremos otra vez. No quiero que vuelva a quedarse sola, ya lo estuvo en el agua, y... —la voz le falla hasta quebrarse.

—Tranquila, señora Demir —responde Leo, serio y solemne, y le rodea el hombro con el brazo, como si pudiera protegerla con su cuerpo—. Ahora nos encargamos nosotros.

Usted vaya a cocinar, que es la mejor chef del mundo, pero no le diga a mi madre que le dije eso.

Jackie asiente y le da un beso en la mejilla. Después respira profundamente, casi sin fuerzas, y besa a Nai en el único pedazo de piel lisa y morena que le queda a la vista en la cara.

—Ahora vuelvo, cielo, no te agotes demasiado platicando —le susurra.

—Creo que se ve mejor —comenta Rose una vez que se va Jackie—. ¿No creen que está mejor? Menos... fría.

Tiene mejor color, eso es cierto, pero sólo si te concentras en ese único punto sin heridas y el ojo cerrado al que rodea. Al verla, casi parece que está profundamente dormida, siempre que no mires nada más.

—¿Qué hacemos? ¿La ponemos al día? —pregunta Leo con las manos en los bolsillos—. ¿Se supone que tenemos que hablar con ella o qué? Esto me malviaja.

Entonces va hasta la puerta y se apoya en ella como si quisiera estar del otro lado.

—Y ¿qué le decimos? ¿Que Parminder sigue siendo una inútil y que el colegio es tan aburrido como siempre?

Durante un rato, lo único que oímos son las máquinas y nuestra propia respiración.

—Música —digo, señalando el celular de Rose con la cabeza—. Sus listas de reproducción de Toonify son públicas, vamos a ponerle alguna.

—Sí, es buena idea. —Rose empieza a moverle a su celular y abre la aplicación en la que escuchamos nuestras canciones favoritas—. Voy a ver sus listas... Les ponía unos nombres muy bobos, ¿se acuerdan de alguno?

—*No Apologies*, de Sum 41. La ponía en *loop* antes del verano. La lista se llamaba «Vete al carajo, imbécil».

Rose empieza a buscar y espero a que suene la música,

pero en vez de eso se queda mirando la pantalla con el ceño fruncido.

—Qué raro...

—¿Qué?

—Abran las aplicaciones y búsquenla. Su nombre de usuario es NaySay01.

La obedezco y descubro a qué se refiere. Hay dos listas de reproducción con ese título. Una es la que creó Nai en julio del año pasado. La otra se creó en agosto, con el mismo título, las mismas canciones y un nombre de usuario distinto. Le paso el teléfono a Leo, que se encoge de hombros y me lo devuelve.

—¿Y quién carajos es DarkMoon? —pregunta Rose—. Mira, si buscas el usuario de Nai, verás que el imbécil de DarkMoon copió todas sus listas. Absolutamente todas. ¿Qué significa eso?

Observamos el teléfono como si fuéramos capaces de descifrarlo sólo con clavarle los ojos.

Como era de esperarse, no podemos.

—Nada, no significa nada. —Leo niega con la cabeza—. Será algún idiota de la escuela que lo hizo después de que desapareciera. Querría hacerse el interesante o algo así. La gente es idiota, no lo olviden.

—En cuanto descubra quién fue, te juro por Dios que... —Rose le gruñe a su teléfono.

—Pon la música y ya —dice Leo, tras lo que el pequeño y tranquilo cuarto no tarda en llenarse de guitarras furiosas, un sonido mucho más agradable que el de las máquinas o el de nuestro silencio.

Curioseo el resto del perfil de DarkMoon, y hay más cosas aparte de lo que le ha robado a Nai. Entonces lo veo. También salen nuestras canciones, que sólo aparecen en las listas de unas once personas. Sí, Leo tiene razón, tiene que haber sido alguien de la escuela, algún fan del grupo, seguro. Bicho raro de mierda.

Cuando dejo de ver mi celular, veo que Rose y Leo tienen la cara pegada a los suyos, ella está de pie delante de la ventana, y él, sentado en la silla para las visitas, con sus largas piernas extendidas en un ángulo extraño.

Me guardo el celular en el bolsillo y me obligo a mirar a Nai.

Estamos acostumbrados a que nuestros amigos estén en línea el cincuenta por ciento del tiempo, tanto que a veces se nos olvida que hay un corazón que late al otro lado de la foto de perfil.

El pelito de su sien me indica que han afeitado partes de su larga cabellera negra, la misma que se alisaba con la plancha, mientras que el moretón que asoma por debajo de la venda ha empezado a extenderse y a volverse amarillo. Resulta doloroso mirarla a la cara, y me cuesta ver así, tan destrozada, a esa chica a la que veía todos los días, aunque no será tan duro como ser ella, claro. ¿Qué sabrá de esta habitación en la que se encuentra, qué sueños tendrá detrás de sus párpados?

Me concentro en el ojo visible y trato de adivinar qué puede haberle pasado entre la última vez que la vi —hace dos meses, cuando se quitó el maquillaje anime y traía puesto un vestido veraniego color amarillo con sus piernas morenas al aire— y ahora. Por más que lo intento, no logro unir los puntos entre esa chica risueña, que bailaba sin zapatos en el parque, y esta, con la cara machacada y ensangrentada.

Alguien le puso los brazos a ambos lados del cuerpo por encima de las sábanas. También están llenos de moretones, aunque menos graves que los de la cara y la cabeza, creo. Recorro con la mirada el mapa de las heridas que cubren su brazo derecho hasta llegar a la muñeca y de pronto me doy cuenta de que me incliné para observarlas más de cerca. ¿Nadie más se ha fijado en que estas marcas parecen huellas dactilares, violáceas, ovaladas, como una garra? Como si alguien la hubiera asido de la muñeca con tanta fuerza como para quebrarle los huesos.

La idea de que alguien pudiera hacerle daño de esa manera me hiela la sangre. Empiezo a temblar.

Al mirar por la ventana, veo a la doctora Bata Blanca con expresión seria y resuelta mientras habla con las enfermeras. No parece la clase de persona a la que se le escaparía algo importante.

Porque debieron de haber mirado bien, ¿no? No iban a pasar por alto algo tan evidente, y tampoco querrán que yo lo mencione, ¿verdad? Como si pretendiera decirles cómo tienen que hacer su trabajo o algo así. Pero... por otro lado, Naomi estaba inconsciente cuando la encontraron, y lleva así desde entonces. No podría decirles que le duele la muñeca. Estoy a punto de alargar la mano para tocar la suya, pero me contengo.

Nai y yo nos veíamos muy seguido.

A todo el mundo le daba por pensar que nos gustábamos por el simple hecho de que siempre nos veían juntos.

Por eso, cuando desapareció, la policía nos pidió que le entregáramos nuestros teléfonos y computadoras para hurgar en ellos en busca de pistas sobre su paradero. Les dije que si supiera algo se lo habría contado ya, pero aun así insistieron en que era mejor echar un vistazo, así que se los dimos. No había nada en ellos que indicara que sabíamos dónde estaba, porque no teníamos ni puta idea.

La policía creyó que yo debía de saberlo todo sobre ella, porque era lo que decía la gente, su familia, sus amigos e incluso mi madre. Que si había alguien que supiera dónde estaba, tenía que ser yo. Porque nos gustaban las mismas cosas y nos hacíamos reír. Porque terminábamos las frases que íbamos a decir antes de acabarlas. Pensaron que había algo entre

74

Nai y yo porque habíamos escrito la mayoría de las canciones de Mirror, Mirror, y muchas de ellas eran de amor.

Pero esas canciones nunca fueron sobre nuestras vidas.

Nai jamás me preguntó en quién pensaba cuando se me ocurrían las letras, ni yo a ella. Se sobreentendía que nos gustaba alguien que no estaba disponible. Una de las cosas que más me gustaban de nuestra relación era que no nos hacía falta conocer todos nuestros secretos. Nos bastaba con conocernos. En todo caso, ella era la única chica con la que podía estar sin preguntarme cómo sería besarla. Nuestra relación no era así.

Ahora, a su lado, me dan ganas de tocarle la mano, pero me contengo. Antes lo habría hecho sin importarme lo que dijeran los demás, porque Nai y yo sabíamos lo que éramos. Sin embargo, ahora ya no sé quién más le ha dado la mano, ni quién le ha hecho daño. Ahora es una desconocida, y aunque ha vuelto, es ahora cuando más la extraño.

Entrelazo sus dedos con los míos con mucho cuidado de no lastimarla. Tiene la piel cálida y noto el latido firme de su pulso contra mi muñeca. Miro a Leo y a Rose y veo que siguen perdidos en sus pantallas, así que acerco su mano hasta mi boca con mucha delicadeza y susurro sobre su piel.

—Vuelve, Nai. Te necesito.

Y entonces lo veo. Al principio no es más que un destello, una especie de media luna. Antes no era visible, pero de repente ahí está, nuevo y reciente. Claro y rotundo.

—Vaya —digo en voz alta.

Rose y Leo me miran.

—¿Qué?

Rose se acerca.

—Un tatuaje —les cuento—. Naomi se hizo un tatuaje mientras estaba desaparecida.

8

Hablando de tatuajes, yo tengo tres, pero nadie lo sabe. Ni Rose, ni Leo, ni siquiera Nai. Supongo que alguien los descubrirá en algún momento, con los gritos y el desagrado consiguientes, pero aún no ha pasado. Es una de las ventajas de que tus padres te ignoren.

Aunque soy demasiado joven para hacérmelos de forma legal, vi un tutorial de YouTube y me hice el primero sin ayuda de nadie, con tinta y una aguja caliente. Fue en la planta del pie, debajo del arco. Me dolió un huevo y está horrible.

Se supone que es el símbolo del infinito, pero parece más un ocho chueco. No sé por qué me lo hice, pero era algo que quería y disfruté del dolor. Ya estaba sufriendo mucho ese día, como si todo mi cuerpo fuera una herida, por dentro y por fuera. Quería desviar mi atención del peso que me oprimía el pecho como una piedra.

Me hice el segundo tatuaje el mismo día que me rapé la mitad de la cabeza. No lo había planeado, pero tenía una idea mental de mi aspecto y, aunque mi cuerpo estaba cambiando como yo quería, aún le faltaba algo a mi estilo.

Una mañana me desperté preguntándome si mi situación era buena o justa. Mi cuerpo había sufrido una transformación enorme, y a nadie le importaba una mierda, pero si me hacía un *piercing* o me cortaba el pelo, estallaba la tercera guerra mundial. Entonces me dije: «¡Al carajo!». Si había algo que debía controlar en mi vida, era mi aspecto.

Después de que me raparan, me miré en el espejo y... fue como si acabara de conocerme. No quería irme a casa todavía. Tenía ganas de tomarme mi tiempo para ser yo, para retrasar la tristeza que sabía que vendría, por no ser la personita de clase media buena y formal que mis padres pretendían que fuera. Así que me paré delante de un estudio de tatuajes y me puse a mirar los diseños que tenían. Había ahorrado algo de dinero trabajando los sábados en el supermercado, suficiente para hacerme uno bueno. Y pensé: «Bah, me veo de once años; seguro me echan, pero, qué diablos, lo voy a intentar».

Puede que fuera por el nuevo corte de pelo, pero no me pidieron identificación ni me echaron. Un tipo gigantesco con una barba blanca que le llegaba hasta la cintura me fue pasando un libro de diseños tras otro mientras se limitaba a esperar. Entonces vi un tiburón martillo hecho con formas tribales, y le pregunté qué significaba.

—Es un símbolo de fortaleza, el protector, el guerrero —me explicó—. La clase de persona que haría lo que fuera por sus seres queridos.

—Ese es el que quiero —dije mientras me ponía como tomate al darme cuenta de que sólo había un lugar donde nadie me lo iba a ver—. En el trasero.

Se quedó mirándome un buen rato, como si se preguntara qué podía tener de guardián protector ese simio con el pelo rojo medio rapado, pero al final se encogió de hombros y me advirtió:

—Te va a doler.

—Puedo soportarlo —respondí.

—Tú sabrás.

No mentía. Me dolió muchísimo. Durante lo que me parecieron horas, sentí la vibración de la aguja como si la tuviera en los huesos, la agonía de mi piel, cómo se retorcía y estremecía cada nervio con cada punción, hasta que acabé acostumbrándome al dolor y se convirtió en parte de mí. Cuando el tipo por fin acabó y dejó la aguja, me bajé de la camilla como pude y me acerqué al espejo. Al mirarlos, los colores cobraron vida, los azules y verdes fluían sobre la piel de mis músculos. Una sensación de calidez y paz se fue extendiendo por todo mi cuerpo, y me sentí bien. En paz con mi identidad y a gusto en mi propia piel manchada de tinta. Entonces supe que no me había equivocado, porque siempre es bueno mostrar tus colores. Tiene que serlo.

Y sí, me dolió un montón, incluso varios días después de habérmelo hecho, pero me dio igual. Me gustó. Disfruté del dolor, y me encantaba mi tiburón, porque sabía que estaba ahí aunque no pudiera verlo, y que significaba que nadie, ni los más cercanos, me conocían de verdad, y eso me encantaba.

El último me lo hice debajo del brazo, al lado del corazón. Fue después de que desapareciera Nai, cuando el sufrimiento era tan intenso que necesitaba bloquearlo. El dolor del tatuaje anterior estaba empezando a irse, y me di cuenta de que extrañaba esa distracción, así que volví, y el barbudo me entintó a la perfección. Es una ola rompiendo contra las rocas, con el agua en movimiento, cambiante, tomando nuevas formas, reuniendo fuerzas. Soy una ola, pensé: fuerte incluso cuando me rompo.

Recuerdo que me dieron ganas de contárselo a Nai, porque me pareció un buen tema para una canción, pero no sabía dónde estaba. Se encontraba en aquel lugar donde se había hecho esto.

Este tatuaje.

Y eso es lo que me aterraba.

Naomi no se habría hecho un tatuaje en su vida. No los soportaba.

Nos dedicábamos a ver programas donde arreglaban tatuajes desastrosos, y no dejaba de criticar a la gente por hacérselos. Según ella, se trataba de una cuestión de ego y de falta de identidad, «y además cuando se hagan viejos y les cuelgue la piel darán un asco espantoso».

La chica con la que estuve el día antes de que desapareciera, la del vestido amarillo y los pies descalzos, no se habría hecho un tatuaje ni en un millón de años.

—Carajo. —Rose se arrodilla a mi lado y observa el extraño dibujo de color azul oscuro.

—Guau —dice Leo desde atrás.

Era un semicírculo bastante pequeño, del tamaño de una moneda, con un dibujo abstracto de líneas finas en su interior que no parecía tener ningún sentido. Curvas, ángulos rectos, puntos y rayas, capas y más capas de detalles insignificantes que le daban una apariencia casi sólida, hasta que lo mirabas bien y empezabas a distinguir caras, animales, profundidades y sombras. Un parpadeo, y todo se desvanecía.

—Hay que ser muy bueno para meterle tanto detalle a una zona tan pequeña —opino—. Está muy bien definido, sin marcas de sangre. No se lo hizo ella misma, ni ningún *hippie* de una comuna. Esto es obra de un profesional. Hay que decírselo a la policía.

—¿Cómo es que de pronto sabes tanto de tatuajes? —me pregunta Leo—. ¿Y por qué íbamos a decírselo a la policía?

—Porque no lo tenía cuando se fue y ahora sí. Sucedió cuando estaba por ahí. A lo mejor pueden descubrir dónde se lo hicieron, con quién estaba, cómo lo pagó... —Miro a Rose—. Tenemos que decirlo, ¿verdad?

Rose asiente y Leo niega con la cabeza.

—¿Por qué te pusiste tan sensible con el tema? —le pregunta Rose.

Él baja la mirada.

—No estoy sensible, es que... ya la pasé bastante mal cuando desapareció, ¿o ya se les olvidó? No quiero tenerlos detrás de nosotros otra vez, sobre todo ahora.

Leo no miente. Cuando los polis se enteran de que vives en la colonia de Leo, casi dan por hecho que eres culpable. Allí vive mucha gente buena, como Leo y su madre, pero de quienes se habla siempre es de los delincuentes, de los vendedores de drogas y de las bandas. En cuanto supieron que Naomi era amiga de un chico que vivía allí y cuyo hermano estaba encerrado por violencia a mano armada, se lanzaron sobre Leo como fieras. Pasaron más horas con él que con los demás, y aunque se llevaron los celulares y las computadoras de todos, se quedaron los de Leo mucho más tiempo. Le preguntaron de todo, desde qué tipo de porno veía hasta los cargos por los que condenaron a su hermano. Aquello lo destrozó, lo enfureció e hizo que perdiera la poca confianza que le quedaba.

Es lógico que quiera alejarse todo lo posible de la policía.

—Tal vez no haga falta meter a la poli en esto —titubeo.

—No nos queda más remedio —tercia Rose, que mira a Leo y se encoge de hombros—. Es una pista, ¿no?

—Esa no es la cuestión —dice Leo—. Una chica se escapa y se hace un tatuaje, qué sorpresa. No quiere decir nada, Rose.

Ella me mira en busca de apoyo, pero no tengo más remedio que darle la razón a él.

—Lo único que sabemos es que esto es muy raro, pero ellos no pensarán lo mismo. No les importará. Tenemos que descubrir dónde se lo hizo, porque a ellos les va a dar igual.

—Pero sí se lo diremos a Jackie y a Max, ellos conocen a Nai y saben que nunca lo habría hecho —responde Rose a la defensiva. Odia no tener razón.

En eso estamos todos de acuerdo.

—Necesito tomar aire —dice Leo, negando con la cabeza—. Este lugar...

Entonces se marcha cabizbajo, con las manos en los bolsillos.

—¿Cómo es posible que no lo viéramos antes?

Jackie sostiene la muñeca de su hija, con los ojos clavados en el tatuaje. Max está detrás, con un ceño profundo entre las cejas. Ash se quedó junto a la ventana, y el sol de primera hora de la tarde acentúa los reflejos rubíes de su pelo. Su rostro no muestra la más mínima expresión, y me pregunto qué es lo que pensará tras esos ojos oscuros.

—Se nota que es reciente, la piel sigue hinchada, y hasta está un poco rosado. ¿Cómo es qué no lo vio? —se dirige a la médica.

—Cuando la trajeron, hicimos todo lo necesario para salvarle la vida —se defiende la doctora Bata Blanca, o Patterson, como indica su placa identificativa—. Esa era nuestra prioridad. Además, no sabíamos si ya tenía tatuajes, pero sí se menciona en las notas...

La doctora se pone a rebuscar entre los papeles de su carpeta mientras Jackie se voltea de nuevo hacia su hija.

—Pensaba... pensaba que no podía tocarla. —Jackie me mira—. Creía que iba a lastimarla si la movía. No me atrevía ni a tomarle la mano. Si no lo hubieras visto tú, Red, no nos habríamos fijado nunca...

Es una frase un tanto extraña, pero imagino que todo debe de parecerle raro en este momento, en especial desde que le devolvieron a su hija como si fuera una desconocida, con una máscara en la cara.

—Max, ¿crees que debemos decírselo a la policía? Naomi odiaba los tatuajes, decía que eran algo muy corriente. Nuestra niña no se habría hecho eso...

—No lo sé. —Max acaricia los hombros de Jackie—. La Nai que nosotros conocíamos, no, pero los hijos no dejan de hacer cosas que no te esperas, cariño. Los llamaré y se lo contaré, ¿de acuerdo?

—Yo creo que tiene algún significado —murmura Jackie, más o menos para sí, y veo que Ash cambia levemente su expresión. Ella opina lo mismo.

Max tiene razón. Mis padres no saben nada de mí, nada relevante al menos. Puede que Nai se hartara y lo mandara todo a la mierda. Puede que se emborrachara, se drogara y se hiciera un tatuaje, y puede que se odiara tanto a sí misma que decidiera tirarse por el puente, o quizá se cayó y ya.

Excepto por un detalle.

—Y ¿qué hay de los moretones? —Miro a la doctora—. Los de las muñecas.

—Es probable que se los hiciera en el agua. —La doctora Patterson mira la puerta, seguramente le encantaría estar en otro lugar—. Se quedaría inconsciente, se golpearía...

—Aquí no... —Levanto la mano de Naomi con cuidado—. Esto parecen marcas de dedos, como si alguien la hubiera agarrado con mucha fuerza.

La madre de Nai se tapa la boca con las manos y sofoca el llanto.

—No creo que estés ayudando mucho a la madre de tu amiga —me recrimina la doctora Patterson mientras retira la mano de Nai de la mía con delicadeza—. Es imposible saber qué provocó esos moretones, Naomi tiene hematomas por todas partes. —Bata Blanca se yergue y asume el control de todos los presentes—. El estado de Naomi es delicado. Todavía desconocemos el alcance de sus lesiones. Esto va a llevar su tiempo, y necesita paz, tranquilidad y reposo. Sugiero que se vayan todos a casa. Vuelvan mañana, tal vez sepamos algo más entonces.

Miro a Ash y la descubro observándome, los ojos le brillan por toda la ira que está reprimiendo en este momento. Y sé cómo se siente. Esta gente que no conoce a Nai está dispuesta a pensar lo peor de ella. Como si no valiera nada, una descarriada que se buscó todo lo que le pasó. No saben quién es la chica tierna, divertida e inteligente que conocemos. No la ven en absoluto.

—Quiero quedarme con ella —le dice Jackie a la doctora, con un tono más bajo. Una advertencia.

—Por supuesto, puede quedarse —responde Patterson—. Pero... ella no se da cuenta. Está muy sedada. Y usted necesita descansar. Estará más fresca cuando vuelva.

—¿Más fresca? —Rose se echa a reír y me mira con incredulidad.

—Deberíamos irnos. —El señor Demir pone el brazo sobre los hombros de Jackie—. Vamos, chicos. La cena sigue en pie, ¿no?

Leo nos espera afuera.

—¿Y bien? —pregunta—. ¿Qué dijeron?

—No creen que signifique nada —le contesta Rose—. Piensan que no es más que una niña desequilibrada que se escapó de casa, se tatuó y seguramente quiso quitarse de en medio. Como si fuera muy complicado y no quisieran tomarse la molestia de investigarlo. Así que no cambia su versión de los hechos.

—Pues se equivocan —digo, hablando para mí—. No me cabe ninguna duda.

9

Volver a casa de Naomi fue como regresar a casa, aunque estuviera incompleta, porque sabía que ella no estaría allí. Lo cierto es que todos nos sentíamos más cómodos en casa de Nai que con nuestras propias familias. Jackie y Max siempre se alegraban de vernos, estaban encantados de alimentarnos y nos dejaban quedarnos todo el tiempo que quisiéramos. La casa de Nai era un lugar seguro, pero, aun así, no pudo protegerla de los *bullies* que le amargaban la vida en clase antes de que llegáramos nosotros. Antes de tener la banda con la que aislarse, no dejaba de escabullirse y huir. Jackie y Max trataron de echar una mano, el colegio trató de ayudar, pero los abusones no se dan por vencidos con tanta facilidad. Nai me contaba que había días en los que no podía soportar la idea de ir a clase, y tenía que desaparecer durante un tiempo, lo necesario para recuperar fuerzas, pero al final siempre volvía. Le pregunté por qué no se había cambiado de escuela, y me respondió que eso habría sido dejarlos ganar.

—Por mucho miedo que tuviera, no iba a permitir que me derrotaran —me dijo con una sonrisa—. Y mírame ahora. Lo estoy logrando.

La madre de Nai es la mejor cocinera del mundo, pero más te vale no decírselo a la de Leo si quieres llegar a vivir otro día más. Ash, Naomi y Jackie siempre estaban preparando algo juntas, era lo suyo. No puedo explicarlo bien, pero esa cocina minúscula rebosaba amor. Rebosaba vapor, olores, sabores y amor. Jackie nos contaba la historia de su vida una y otra vez, con ligeras variaciones en cada ocasión, pero nunca resultaba aburrido. Cuando se conocieron, Max era un joven viudo turco que había perdido a su mujer hacía apenas un año y debía cuidar de la pequeña Ashira solo. Coincidieron en el autobús que iba al Soho, donde él trabajaba en una sastrería. Jackie era una rubia, delgada y ruidosa, más alta que él, que no se callaba nunca. Se sentaban juntos todos los días en el trayecto, y Jackie hablaba sin cesar mientras Max escuchaba, sonreía y se reía. Durante toda una semana, Max dejó a Ashira en casa de su tía de camino al trabajo. Ese mismo viernes, invitó a Jackie a salir con él, y se casaron tres meses después.

—No había ningún motivo para esperar —nos repetía Jackie, una y otra vez—. Porque cuando lo sabes, lo sabes.

Entonces intentaba recordar cómo se conocieron mis padres, pero nunca me contaron su historia romántica. En mi casa, todo era digno y respetable, tradicional, frío y triste. En casa de Nai, el amor era algo constante, como el agua de la llave. En la mía... había que fijarse mucho para verlo, y tener seis años para sentirlo, o por lo menos imaginar que existió.

Antes de que pasara todo esto, solía sentarme a su mesa mientras Leo y Rose hablaban de cualquier tontería, y me dedicaba a contemplar a Nai y a su madre. Observaba cómo se miraban a los ojos al hablar, o al pasarse un plato, o lo que fuera. Percibía la comprensión y el cariño que había entre ellas, y era un poco como ser ese niño anhelante de las películas que pega la nariz al escaparate de la pastelería. Es vergonzoso tener mi edad y seguir obsesionándome con que mi madre me abrace, pero no voy a decírselo a nadie.

En fin, una gran parte de mí seguía deseando volver a esa pequeña cocina rebosante de amor. Y pensé que sería como siempre, hasta que pisamos los escalones que conducían a la puerta principal de su moderna casa de protección oficial con terraza, a medio camino entre la mía y la de Leo. Era una casita bonita, respetable, pero sin el glamur y la opulencia de la de Rose, ni la pátina artificial de los rosales que rodeaban la puerta de mi jodido adosado de clase media. Cuando llegamos, miré la ventana apagada de su habitación, y fue entonces cuando sentí el peso de la realidad.

Esa chica destrozada y hecha polvo del hospital y mi amiga Naomi eran la misma persona, y ya no podía seguir ignorándolo.

Salimos del coche del señor Demir en silencio.

Jackie y Max van por delante, abrazados, mientras ella apoya la cabeza sobre su hombro, aferrando la espalda de su marido casi con desesperación. Ash camina un poco por detrás, con pasitos lentos. Durante un instante me embarga la necesidad de agarrarme a alguien que me quiera y extiendo la mano hacia Rose. Sin embargo, ella no la ve y sigue caminando, y cierro los dedos de mi mano vacía, de uno en uno.

—No sé si lo soportaré. —Leo es el primero en decirlo, en voz baja—. Esto me afecta mucho.

—Ahora no podemos irnos —digo—. Nos invitaron, quieren vernos, nos necesitan.

—Te entiendo. —Rose se dirige a Leo, no a mí, con tono dulce y gentil—. Pero Red tiene razón, tenemos que entrar. Por Nai.

Rose posa la mano sobre el bíceps de Leo, y veo que él se acerca a ella, sólo un poquito, como si entre ellos hubiera una fuerza invisible que los atrae. No es mucho, pero sí lo bastante para que me dé un retortijón de estómago.

Al abrir la puerta, nos encontramos con Ash sentada al final de la escalera. Todos los rasgos de su cara parecen descender en abruptas líneas verticales, como si la intensidad de su dolor la fuera arrastrando poco a poco hasta el suelo.

—¿Estás bien? —le pregunto mientras Rose y Leo van siguiendo el olor de las especias turcas hasta la cocina.

—No. —Me sostiene la mirada—. Estoy muy enojada, ¿y tú?

—Igual. —Asiento en dirección a la cocina. No quiero que nadie más oiga lo que tengo que decir—. Estoy empezando a pensar... Creo que a Nai le pasó algo malo, algo malo de verdad. Algo que no se esperaba.

Ash se levanta y se coloca a escasos milímetros de mí, con la boca pegada a mi oreja.

—Creo que tienes razón —susurra. Después se da media vuelta y se va hacia la cocina.

—Qué día, chicos.

Jackie abre los brazos en cuanto entramos a la pequeña cocina cuadrada, con sus armarios de pino oscuro en las paredes y una mesita redonda en el centro. Sus ojos se llenan de lágrimas mientras nos va abrazando uno por uno; quedamos embriagados por el perfume dulzón que le gusta ponerse, y el sabor de las lágrimas saladas aún persiste en su mejilla cuando le doy un beso. Le devuelvo el abrazo con todas mis fuerzas, rodeándola entre mis brazos. Hacía mucho tiempo que no me abrazaba nadie. Me siento un poco idiota por reconocerlo, pero a veces necesitas un abrazo, y me gusta cómo me toma la cabeza entre las manos y me besa la frente.

—¡Cómo me alegro de verlos! Extraño tenerlos aquí, hablando y haciendo ruido, y decirle a Naomi que baje la voz.

A Jackie parece costarle mantener la sonrisa. Nos dice dónde tenemos que sentarnos, nos sirve Coca-Cola en vasos altos y nos ofrece platos y más platos de comida casera: *shish kebab* de cordero, pollo marinado, pan pita caliente y arroz aromático. De repente me entra un hambre animal, no sólo de comida, sino de los recuerdos que la acompañan, todos ellos buenos. Jackie no deja de moverse alrededor de la mesa mientras comemos y nos toca los hombros o las mejillas. Max no habla mucho, pero sonríe mientras observa nuestros rostros con lágrimas en los ojos. Ash se sienta con nosotros, pero no come ni dice nada. Mantiene la cabeza baja, y el telón de cabello azabache le oculta el rostro, como si la conversación que mantuvimos en el pasillo no hubiera tenido lugar. Quiero seguir hablando con ella del tema, pero no sé cómo. Tengo la sensación de que nadie puede acercársele, sino que hay que esperar a que ella te llame.

La comida empieza a escasear al fin, y poco a poco vamos dejando de hablar y de comer. Se hace el silencio en la mesa, y todas las cosas de las que no hemos hablado desde que volvimos del hospital se extienden sobre nosotros como sombras.

Leo tose y empuja su silla hacia atrás, pero Jackie toma la palabra antes de que pueda levantarse.

—Max dijo que no conocíamos a nuestra hija y, aunque me parece imposible no saber hasta el más pequeño detalle sobre ella, lo cierto es que había empezado a cambiar durante las últimas semanas. Dejó de ponerse tanto maquillaje y las pelucas esas... Comenzó a verse... normal. Y estaba tan feliz, tan cariñosa... Ustedes la conocen mejor que yo incluso, ¿por qué creen que se fue? ¿Creen que fuera tan infeliz como para... para...?

Cierro los ojos un momento, en busca de algo útil que decir.

—Si supiéramos algo, ya lo habríamos dicho —asegura Rose mucho antes de que se me ocurra nada—. Si Nai lo tenía planeado, no se lo contó a nadie. Ni siquiera a Red.

Me obligo a mirar a Jackie a los ojos.

—Nai odiaba los tatuajes —digo—. Le encantaba formar parte del grupo, y se esforzaba en la escuela. No se habría ido por ser infeliz, porque no lo era. Le pasó otra cosa, no sé qué, pero algo. Y nos lo contará cuando despierte.

—Lo único... —la voz de Ash suena dura y afilada—. Lo único que pasa es que no sabemos si se va a despertar, y si lo hace, es posible que tenga lesiones cerebrales... Así que tal vez no lo sepamos nunca. Puede que se guarde el secreto en la cabeza para siempre.

—Tenemos que seguir esperando lo mejor, Ash —le dice Jackie—. Hay que ser positivos, cariño, y...

—Sí, claro, como si las buenas vibras fueran a curarle el hoyo que tiene en la cabeza —responde casi con un grito, y empuja su silla hacia atrás con tanta fuerza que cae al suelo con estrépito. Oímos sus pasos mientras sube las escaleras.

Max toma a Jackie de la mano y se la acerca a la mejilla. Ella aparta la cara hacia otro lado, y de repente me siento como alguien que observa su dolor, como el que mira un espectáculo de feria.

—Deberíamos irnos —dice Leo, quizá con la misma sensación—. Tengo que regresar a casa por asuntos familiares.

—Pero mañana volveremos al hospital, justo después de clase —les prometo.

—Sí, bueno, en cuanto podamos —añade Rose.

La miro, pero ella esquiva mi mirada.

—Y el concierto sigue en pie, como lo habíamos planeado —digo—. Hay mucha gente que quiere apoyar a Naomi, y a ustedes también.

—Gracias, Red. —Jackie me sonríe—. ¿Pueden hacerme un favor?

—Sí, claro —respondo.

—Vayan a su cuarto, a ver si encuentran fotos o algún póster que le pueda gustar para decorar su habitación del hospital. Ya sé que la doctora dice que no se da cuenta de nada, y puede que sea cierto por ahora, pero yo creo que se va a despertar, y cuando lo haga, quiero que vea sus cosas, para que se sienta segura. ¿Pueden escoger unas cuantas y llevárselas mañana?

—Desde luego —dice Leo, y asentimos, aunque sé con seguridad que preferiríamos que nos tragara la tierra para poder estar en cualquier otro lugar antes que eligiendo los objetos que nuestra amiga en coma no puede ver.

El cuarto de Naomi siempre estaba ordenado. Era pequeño, y casi no quedaba sitio para nada más que su cama y un armario, los pósteres de anime en la pared y una selección de pelucas brillantes colgadas de un perchero que le colocó su padre encima de la cama. En la mesita hay una barbaridad de productos de maquillaje, más de los que he visto en toda mi vida, de colores tan alegres y tan suyos que es como si estuviera aquí presente, entre todo ese desorden de frascos y pestañas postizas. Si supiéramos cómo hacerlo, podríamos recomponerla.

Nos sentamos los tres en la cama. Rose está en el centro, y nuestros muslos se tocan. Entonces abre su mochila de la escuela y saca una botella de vino tinto, a la que le quita el tapón y le pega un buen sorbo.

—Vaya, ¿cuándo te robaste eso? —le pregunto.

—Tengo mis contactos. —Sonríe con arrogancia y me pasa la botella, pero yo se la doy a Leo—. A veces puedes ser una molestia, Red —me acusa con voz chillona, al borde del enojo.

Pero así es Rose, la chica que oculta sus sentimientos tras una coraza de espadas y espinas. Dura e impenetrable como las placas a prueba de balas que conforman su armadura.

—No me gusta beber —replico mirándola a los ojos—. Los que beben se vuelven unos imbéciles.

—Ay, pobre de ti, había olvidado a tu mami preservada en ginebra. —Rose le arrebata la botella a Leo antes de que este pueda tomar nada—. No te vas a poner pedo por tomarte un trago, ¿sabes? Anda, sólo uno, por Naomi.

—Rose. —Leo le quita la botella de las manos—. Sabemos que estás triste, pero no seas imbécil, ¿okey? Red no toma. Deja de hacer esto.

Entonces se lleva la botella a los labios y le pega un trago muy largo, mucho más de lo normal, y sé por qué lo hace. Cuanto más tome él, menos quedará para Rose. Es como cuando le tiro media botella de vodka a mi madre por el fregadero y se la relleno con agua. Por muy torpe que sea, es su manera de protegerla.

Rose lo mira mientras él se empina la botella casi hasta el fondo. Durante un instante temo que vaya a ponerse como loca, pero no. La ira y la tristeza parecen ir borrándose de su cara, y se ve distinta sin ellas. Casi fea, casi preciosa. No lo sé con seguridad, pero tampoco importa, porque soy incapaz de dejar de mirarla. Sigo contemplándola hasta que duele.

—Bueno, acabemos con esto. —Rose se limpia la boca con el dorso de la mano—. ¿Qué les parecen los pósteres de anime?

Asiento mientras doy vueltas por la habitación, y ella se pone a quitar los que hay en la pared arriba de la cama.

—Y la figurita personalizada de Lego de Link de *Zelda* —digo.

—Sí. —Leo la toma, la observa un momento y se la guarda en el bolsillo.

Todos nos burlábamos de Nai por ser tan *freak*, pero a ella nunca le importó un bledo lo que pensáramos.

—La base de su teléfono —señalo al tiempo que recojo su cargador con bocinas incluidas—. Pero ¿dónde está el teléfono? Ahí debe de tener todas sus canciones, podríamos ponérselas durante el día.

—No se sabe, ¿no te acuerdas? —dice Ash, apareciendo por la puerta. De pronto lo soltamos todo, como si nos hubieran agarrado robando—. Lo buscamos por aquí cuando se fue, y la policía buscó por todas partes. Pero se apagó la misma noche en que desapareció, y nadie sabe dónde está.

—Es verdad, lo había olvidado.

Ahora recuerdo haber pensado que era muy raro que Nai se fuera sin su celular. La chica que yo conocía habría preferido dejar su brazo derecho en casa antes que salir sin teléfono.

—Por ahí tiene que haber un iPod Nano al que le sirva el cargador. Busca en los cajones junto a la cama —me indica.

Me arrodillo sobre la alfombra y abro el primer cajón. Aunque sé que la policía ya los ha revisado y habrá sacado todo y lo habrá vuelto a meter, sigo sintiéndome mal, como si estuviera husmeando. Si alguna persona, incluidos mis amigos, se pusiera a mirar entre mis cosas, sé con seguridad que se desatarían mis instintos más asesinos. Sería como si me abrieran la tapa de los sesos y leyeran todos mis pensamientos secretos. ¿Seguiría cayéndoles bien si lo supieran todo sobre mí, lo que pienso y lo que quiero? No lo tengo muy claro.

—Aquí está. —Encuentro un iPod negro y fino, cuya manzana ha sido convertida en calavera con un marcador, y se lo paso a Leo.

Entonces me fijo en la libreta, refundida entre hojas de papel con canciones sueltas. La saco y paso los dedos sobre los trazos de su caligrafía. Dentro está todo lo que había escrito Nai desde que empezamos a componer nuestras propias canciones, y algunas partituras también, como si les hubiera puesto música.

—Canciones. —Le acerco la libreta a Ash—. ¿Habías visto esto?

Ella niega con la cabeza.

—Quédatelas si quieres. A lo mejor puedes hacer algo con ellas, acabar alguna, por ejemplo. Eso seguro le gustaría mucho, si es que le queda suficiente cerebro como para que le importe.

—Tiene un montón de cosas —dice Leo mientras levanta un bote lleno de púas de guitarra de todos los colores, como un arcoíris de plástico.

Naomi se dedicaba a recogerlas en todos los conciertos a los que íbamos: se acercaba al escenario cuando acababan, esperaba a que todos se hubieran ido y se llevaba las hojas del repertorio, las púas y hasta las botellas de agua. Una vez le pregunté por qué lo hacía, ya que nunca pedía autógrafos ni vendía nada por eBay. Desde el momento en que lo recogía de la sala, no era más que basura.

—Aquí es donde está la vida —me dijo—, en las cosas que se quedan atrás.

—Nai, eso no tiene ningún sentido —le respondí.

—Pero suena bien para letra de una canción, ¿verdad?

Puedo verla, con una sonrisa enorme en la cara, brillos en sus ojos, risueña incluso cuando hablaba en serio. Y ese resplandor que la iluminaba cuando se le ocurrían ideas al componer, como si su forma de pensar hiciera que saltaran chispas a su alrededor. Aquella tarde nos sentamos en su cama con su guitarra acústica y escribimos una de nuestras mejores canciones.

Naomi era la única persona que conocía que seguía escribiendo con pluma y papel, siempre dejaba notas y apuntaba ideas que le venían de pronto, y las iba metiendo en una caja que tenía para leerlas después.

—¿Por qué eres tan analógica, mujer? —le pregunté una vez.

—Porque hasta ahora nadie ha hackeado un trozo de papel —me dijo—. Por eso guardo mis secretos más oscuros aquí arriba —se señaló la frente—, o los escribo a mano, como en los viejos tiempos.

De pronto lo veo muy claro: en algún lugar de este cuarto hay pedacitos suyos, breves pasajes y fragmentos de la chica que fue, sus huellas digitales y su ADN, ocultos entre los bonitos bucles y espirales de su letra.

No es posible que esa chica se haya ido, tiene que seguir estando en algún rincón de su cabeza herida y mallugada.

10

Rose y Leo ya están afuera, pero yo aún sigo aquí. Entro al baño y dejo que el agua fría de la llave fluya entre mis dedos. Después me paso las manos por el pelo rapado y siento cómo resbalan las gotas hasta mis omóplatos.

Al salir veo a Ash sentada delante de su escritorio, donde hay tres pantallas de computadora que la rodean como una valla y una *laptop* abierta. Lo suyo es la tecnología. Programa por diversión. Me intimida. Esta podría ser mi oportunidad para hablar con ella, para saber qué opina de lo de Nai, y si de verdad piensa lo mismo que yo. Pero ¿cómo se empieza una conversación con una persona tan cerrada?

Me encojo de hombros y suelto lo mejor que se me ocurre.

—¿Qué estás haciendo? —le pregunto.

Ella se sobresalta y murmura una grosería. Hago mi mejor esfuerzo y aún así la cago.

—¡Carajo, Red, qué susto!

—Perdón. Sólo quería saber qué estabas haciendo.

—Pasa y cierra la puerta —me ordena, y yo obedezco, porque no parece haber otra opción. Cuando la puerta está cerrada, señala la pantalla del centro con la cabeza—. Es la cámara de seguridad que graba el tráfico del Ayuntamiento de Westminster —explica mientras gira su *laptop* para que yo pueda ver.

—¿Como YouTube o algo así? —le pregunto.

A ver, Ash es muy rarita. A lo mejor se relaja mirando videos de seguridad.

—De la noche que encontraron a Nai, hasta el momento en que el remolcador la sacó del agua. Almacenan los datos en la nube, cosa que, como ya debería saber todo el mundo, es una pésima idea.

—Espera... ¿Qué dijiste? —Avanzo un paso hacia ella y miro la imagen por encima de su hombro.

—Bueno, la teoría de la policía es que se fugó, se metió en algún asunto turbio y acabó en el agua, ¿no? —Ash cree que le estoy preguntando por las pruebas, no por el hecho altamente delictivo que está llevando a cabo desde su dormitorio—. Pero si saltó, tuvo que ser muy cerca de donde la encontraron, y no mucho antes, porque, si no, se habría ahogado o se habría muerto por congelación. Por eso se me ocurrió buscarla por aquí. No creo ni que se les haya pasado por la cabeza mirar esto.

—Ash..., ¿hackeaste el Ayuntamiento de Westminster?

—Sólo las cámaras de seguridad. —Ash sonríe—. Y sólo este pedazo. Pero si quieres bajar la hipoteca de tus padres a cero, este es el momento.

—La casa es nuestra.

—Malditos ricos —se burla ella con aire distraído.

—Guau —digo mientras admiro su trabajo.

—Ya —responde a la vez que vuelve a prestarle atención a la computadora. Detecto algo distinto en ella mientras va saltando de una pantalla a otra. No es del todo felicidad, pero parece estar cómoda, relajada. Es posible que esta sea la primera vez que la veo así—. Se me da muy bien. Lo que pasa es que ya revisé estas grabaciones varias veces, pero

Naomi no aparece ni una sola vez en las seis horas anteriores al momento en que la encontraron. No hay ni rastro de ella en la zona desde donde podría haber sobrevivido a una caída. No está. Y eso quiere decir...

—Que la teoría es errónea.

Me siento a su lado, al borde de la cama.

—Sí. —Los ojos oscuros de Ash buscan los míos—. ¿Puedo confiar en ti?

—Sí —respondo—. Eso creo...

—También vi las grabaciones de la última vez que la vieron, de camino a la boca de metro de Vauxhall Bridge a las tres de la madrugada. Se mete debajo del puente de las vías y no volvemos a verla hasta que reaparece medio muerta dos meses después.

—Sí, es increíble, pero ya sabemos todo eso.

—La única respuesta posible es que se subiera a un coche —dice Ash—. Es lo único que tiene sentido. Se subió a un coche. O sea que alguien la estaba esperando.

—Pero la policía comprobó todos los coches que pasaron esa noche por el túnel en ambos sentidos. Sólo fueron diez, y uno de ellos era de policía. Descartaron a todos los conductores que cruzaron desde ese momento hasta la hora pico —le recuerdo.

—Tiene que ser un error. —Ash vuelve a examinar la imagen congelada de su hermana en una de las pantallas. Nai, con un vestidito y tenis, sin nada más, caminando sola y confiada hacia un oscuro túnel bajo las vías—. Tiene que ser un error porque no hay otra explicación. Uno de esos conductores miente.

—También puede ser que tomara otra de las salidas del túnel, a través de una de las puertas rotas que hay debajo del puente, ¿te acuerdas? O que pasara por el lado opuesto al de la cámara, en un punto ciego, o a oscuras. Puede haber mil motivos más por los que no se le vuelve a ver. Que los policías serán unos inútiles, pero supongo que si algo saben hacer es investigar y esas cosas.

—¿Ah, sí? —Ash me mira—. Pero no se fijaron en el tatuaje que tenía en la muñeca, ¿no? Ni en los moretones que parecen dedos.

—Puede que me equivoque —digo—. Seguramente estaré viendo cosas que no existen.

—Okey, ¿y si no? —Ash se me acerca lo suficiente para poder oler su aliento, dulce y especiado—. ¿Y si no te equivocas, Red? ¿Y si tú y yo tenemos razón y nadie nos hace caso?

—No sé qué podemos hacer. ¡Si aún estamos en el colegio!

—Hay un montón de cosas que están en nuestras manos. Sólo necesitaba algo por donde empezar, y tú lo encontraste. El tatuaje. Si localizamos a quien lo hizo y descubrimos en qué momento, estaremos sobre la pista. ¿Le tomaste alguna foto?

—No. —Me encojo de hombros, sintiéndome un idiota por no haberlo pensado—. No me pareció buen momento.

—Mierda. —Ash da un puñetazo sobre la mesa.

Me pongo de pie.

—Se la tomaré mañana cuando vaya a verla.

—No, perderíamos demasiado tiempo.

—Me voy.

Ash está muy enojada conmigo por no haber tomado la foto.

—Hoy no te van a dejar entrar. Dijeron que nada de visitas hasta mañana.

—Ya me las arreglaré —dice—. Eso es lo mío.

—Te vas a meter en problemas. Hackear es un delito grave...

—Sólo eché un vistazo —me corrige mientras se pone una sudadera con capucha y se sube el cierre—. No he hackeado nada. Hackear es robar, mentir o estafar. Lo único que hice fue buscar alguna manera de entrar, y la encontré. Hasta ahí.

—¿Y si te metes en algún problema? Piensa en tu padre y en Jackie, les daría algo.

—¿Crees que no lo sé? —me replica—. Pues claro que sí, carajo. Pero también necesito saber qué le pasó a mi hermana. Tengo que saberlo por si acaso...

—¿Por si acaso qué? —le pregunto.

—Por si se muere, y el que le haya hecho esto queda impune.

Ashira
Lo digo en serio, Red. Ni una palabra a nadie.

Red
Claro que no. Pero ¿vale la pena, Ash? Si te agarran y te metes en problemas, destrozarías a tus padres.

Ashira
Tengo que saberlo. No puedo hacer otra cosa. Tengo que descubrirlo.

Red
De acuerdo. Te ayudaré si puedo.

Ashira
¿Y no dirás nada?

Red
Que no...

Ashira
Bueno. Confío en ti. Si me traicionas, entraré a todas tus cuentas de internet en menos de cinco minutos.

Red
No hace falta que me amenaces, pero está bien.

Ashira
Espera a que yo te busque. Y escribe sólo por aquí, está encriptado.

Red
Entendido. Cambio y fuera.

11

—¡Por fin! —exclama Rose cuando me ve salir por la puerta de casa de Nai—. ¿Qué estabas haciendo?

—Ash quería hablar conmigo —le respondo mientras me froto la nuca.

No me gusta tener que ocultarles un secreto a mis amigos, pero tampoco me encanta hablar de Ashira.

—¿Cómo está? —me pregunta Leo.

Me encojo de hombros. Me alegra que ninguno de los dos mencione nada más.

Mientras nos encaminamos hacia el río, el calor de la tarde de septiembre va calentándome la piel, y la luz del sol salta entre el agua arrojando destellos y brillos. Miro la ciudad que se expande más allá de la orilla, como si todos sus edificios y rascacielos llevaran allí mil años, y sonrío. Adoro este lugar. Resulta difícil no animarse ante tanta vida y tantas posibilidades, como un enjambre de ideas. Dejo a un lado todo lo que me dijo Ash, y echo a correr para sentarme sobre el barandal que me separa de la orilla embarrada que queda abajo. Mis pies cuelgan en el aire, y la brisa marina me azota el rostro. Enseguida llegan Rose y Leo, quien se sienta a mi lado en el barandal, y durante un rato nos limitamos a observar este lugar en el que vivimos. No he viajado mucho, pero no me hace falta salir de aquí para saber que Londres es la mejor ciudad del mundo; y cuando la miro así, me siento como si formara parte de su ejército: invencible.

Mientras hablaba con Ash, sus ideas y teorías me parecieron muy reales, pero ahora, a la luz del día, junto a mis amigos, no lo tengo tan claro... Ash es bastante intensa, ¿y si no fueran más que ocurrencias nuestras? Sería más sencillo dejar que los adultos se encarguen del tema y confiar en ellos. Sí, mucho más fácil. A fin de cuentas, para eso están, ¿no?

El único problema es que a los adultos les gustan los motivos, las respuestas lógicas que quepan en una caja que puedan etiquetar. Lo que le pasó a Nai no es lógico, no tiene sentido ni motivo, ni cabe en una caja, pero no quieren reconocerlo. Tal vez les dé miedo.

—No quiero irme a casa todavía —digo.

—No tenemos por qué —responde Rose—. Los únicos que me esperan son mi padre y la insípida de mi madrastra, y seguro quieren que hagamos algo juntos. Como ver una peli o jugar puto Scrabble. Como si por pasar más tiempo con ella fuera a darme menos asco el hecho de que pudiera ser mi hermana mayor. Yo tampoco tengo ganas de volver a casa.

Sin que haga falta añadir nada más, nos alejamos de la ribera y nos dirigimos a la tienda del final de la calle.

—Sé que mi madre estará sufriendo por lo de Aaron cuando llegue a casa —dice Leo—. Me empezará a marear en cuanto atraviese la puerta. —Se da un golpecito en la coronilla.

—Ya, pero... —Miro a Rose, que levanta las cejas con gesto de curiosidad. Sé que se pregunta qué es lo que voy a decir, y la verdad es que yo también lo hago. Aun así, lo suelto de todos modos—: Bueno, puedo entender que esté preocupada, amigo. Tuviste muchos problemas por culpa de Aaron. Y desde que desapareció del mapa, no has tenido casi ninguno... Así que...

—Vete al carajo, Red —me dice, sin ira pero cortante, básicamente para que me calle—. No soy un niño. Ya estoy grande. Tomo mis propias decisiones, y Aaron es mi hermano, no Al Capone. Deberían relajarse todos. Voy por algo de beber.

—Déjalo —me dice Rose mientras lo esperamos fuera del Spar—. No vale la pena.

—¿Qué quieres, que acabe como antes? Aaron rajó a un tipo y lo mandó al hospital. ¿Y si arrastra a Leo a esa mierda?

—Leo tiene razón, ya es mayorcito. Y tampoco es el mismo del año pasado. Yo confiaría en él.

—Ya confié en Nai —murmuro.

—Sí, pero Nai no es Leo. Él la ha pasado mal desde siempre, Red. Yo hago mi teatrito de pobre niña rica, pero ya sabemos que mi vida es bastante cómoda, a pesar de que mi padre sea un inútil. Y tú tienes un techo y comida en el refrigerador, aunque tu madre sea una alcohólica de manual. Pero Leo nunca ha tenido eso, y sabe qué es lo que le espera. Cuando llegue el momento, decidirá qué hacer al respecto, y tú y yo, con nuestras casas decentes, las panzas llenas y las cuentas pagadas, no tenemos ningún derecho a decirle lo que tiene que hacer.

Estudio su rostro como si fuera la primera vez que lo veo, aunque conozca cada curva y cada línea de sus facciones. Rose es una caja de sorpresas: profunda cuando esperas que sea superficial, amable cuando crees que es cruel. Y, sobre todas esas cosas, es valiente, una de las personas más valientes que conozco.

—Tú también has pasado por mucho —le digo en voz baja—. Eres la persona más fuerte que conozco.

Rose aparta la cara y no dice nada.

—Ya, bueno, pero estoy bien.

—Y mi vida... —me cuesta encontrar las palabras—. No es de manual, precisamente.

—Podría serlo. —Sigue sin mirarme—. Oye, ¿qué te parece Maz Harrison? Es guapo, ¿no?

—¿El hermano mayor de Tina? —La miro—. Tiene como veinticinco años.

—¿Y? —Rose me dedica su mirada de «¿Qué pasa?».

—Pues que tu madrastra te da asco por la diferencia de edad, pedazo de hipócrita —le recuerdo.

—Eso no tiene nada que ver. Pero bueno, resulta que le gusto.

—¿Cómo lo sabes?

—Porque me escribió por Facebook.

—¡Por Facebook! Eso demuestra lo viejo que es: usa Facebook.

Rose suelta una risita.

—Sí, ya sé. No había entrado en esa cuenta desde que tenía, no sé, trece años. Está rarísimo.

—Entonces es un *loser*.

—Pero es que es muy guapo. Y si conectas con alguien espiritualmente, románticamente, como un encuentro entre almas, ¿qué importa la edad?

—Pues que da asco —le digo.

Leo sale de la tienda y nos alcanza; un tintineo de botellas se oye en su bolsa de plástico.

—Apúrense, vámonos —dice, así que lo seguimos, dejando atrás el tema de Maz Harrison. O, por lo menos, eso espero.

Leo y Rose se pasan la botella de vodka mientras el río va cambiando de color, del gris al rosa hasta volverse casi púrpura, y el sol acaba sepultado tras el horizonte encrespado de la ciudad.

No hablamos. Leo mira el agua al mismo tiempo que bebe, sin pausa y sin placer, como si fuera una tarea que debiera cumplir. Rose se está escribiendo con alguien, no sé con quién, pero veo que le tiembla la comisura del labio con una sonrisa cada vez que aparece una notificación en su pantalla de inicio, y su expresión se suaviza. Hay un chico del otro lado, lo que no es nada nuevo, uno más en una larga lista de ingenuos al que habrá dejado antes de que acabe la semana. Me pregunto si será Maz y espero que no. Lo único de lo que puede presumir es de su coche, y poco más.

—¿Vamos al parque? —pregunta Leo mientras abre la segunda botella.

—¿Y Seren? —dice Rose sin venir al caso. Seren es una chica de ojos azules, piernas largas y voz de pito que siempre parece que acaba de tragar helio—. Le gustas mucho.

—¿Qué con ella? —Leo mira a Rose.

—Sería una buena novia, Leo —responde ella como si fuera evidente y lleváramos un rato hablando del tema—. Ay, ya, eres el chico más guapo de la escuela, pero no tienes novia, ¿cómo es eso? No irás a decirme que esos músculos son sólo para ti.

No sé por qué Rose ha decidido hacerle esto a Leo en este momento, pero de todas las chicas que podrían bromear con Leo acerca de una relación seria, Rose es la última que él querría que lo hiciera. Él acepta el reto, y los ojos de ella relampaguean.

—¿Por qué quedarse con una, cuando puedes tenerlas a todas? —le contesta a la vez que cuadra los hombros y saca pecho—. Las novias son nefastas, Rose. Lo único que quieren es controlarte y decirte lo que tienes que hacer y decir... No necesito una novia, pudiendo acostarme con quien yo quiera y seguir mi camino.

Rose se echa a reír mientras entramos al parque, ya oscuro y vacío.

—Claro, porque tú eres un galán, ¿verdad? —Rose se sube al carrusel y se pone a dar vueltas—. Muy bien, ¿quién fue la última a la que te tiraste? De todas las chicas que se han abierto de piernas por ti, ¿cuál ha sido la última?

—No pienso decírtelo —le replica Leo.

—Porque no puedes. —Rose sonríe de oreja a oreja al girar a nuestro lado—. Porque eres virgen.

Lanzo un suspiro. Qué difícil es entender a esta chica, que se dedica a provocar y a torturar a alguien que la quiere tanto. Una persona de la que hablaba con tanto amor y respeto un rato antes.

—Vete a la mierda, claro que he cogido.

Rose vuelve a girar ante nosotros otra vez.

—Leo, Leo, no pasa nada. No tienes por qué avergonzarte de ser virgen, ¿verdad, Red? Red también lo es. Podrían formar un club. También podrían agarrarse, hacen muy buena pareja. La pareja más rara y *loser* de la historia, pero no sé, se ven muy bien.

Me encojo de hombros. Nada de lo que pueda decirme me molesta, y además es cierto y no vale la pena negarlo. No tengo pinta de haber tenido experiencias sexuales de ningún tipo, porque no las he tenido.

—¿Y a ti qué más te da? —le dice Leo—. ¿Qué te importa?

Rose se detiene en el carrusel y lo mira durante mucho rato. Leo le devuelve la mirada, clavando los ojos en ella como si fuera a besarla o algo así. Sé que su amistad podría convertirse en otra cosa en cualquier momento, algo de lo que no formaré parte. Siento que se me revuelve el estómago, me duele, y tengo que hacer algo.

—Annabelle Clements —digo.

Leo me contempla boquiabierto y con cara de sorpresa.

—Eso no está *cool*, Red.

—Annabelle Clements, te acostaste con ella. Es verdad. Y no tiene nada de malo, porque está muy buena.

Me encojo de hombros. No me gusta hablar así de Annabelle, pero por lo menos se callarán los dos.

Rose retrocede como si hubiera recibido una bofetada, y me arrepiento en el acto.

—Pues está bien. No me importa.

Rose le arrebata la botella casi vacía a Leo y se la termina dándole la espalda.

—¿Tienes algo? —le pregunta, refiriéndose a pastillas o mariguana, o a las dos cosas.

Leo niega con la cabeza.

—No, no tengo dinero.

—Uf. —Rose estira la cabeza hacia atrás con frustración—. Emborracharse en el parque es muy miserable, y ni siquiera nos estamos drogando. Quiero ponerme hasta el culo y dejar de pensar.

Se me acerca y me rodea el cuello con el brazo, atrayéndome hacia ella en lo que es mitad una llave, mitad un abrazo.

—Ve por algo, Red.

—No puedo —respondo, sin saber adónde mirar con su cara tan cerca de la mía—. Aquí me conocen, saben que soy menor.

—Uf. —Me aparta de un empujón, asqueada—. Pues vete a casa y róbale algo a tu madre.

Supongo que me lo merezco por haber mencionado a Annabelle, pero aun así duele.

Niego con la cabeza, y ella se aleja de nosotros con la botella vacía en la mano. Levanta la vista hasta que se queda mirando al cielo, y entonces... ruge.

Se pone a rugir.

Es un aullido de *banshee* que contiene la furia, la tristeza y todas las cosas que sé que no es capaz de decir en voz alta, lo que nadie más sabe. Ahí están, en un coro de furia, tristeza y pérdida.

Rose se queda de pie, mirando al cielo, y ruge.

Después de un momento, me pongo a su lado y rujo yo también, pero el mío es más bien un aullido, y Leo se une con un grito largo y áspero, y ahí nos quedamos, y le gritamos a los restos sangrantes del día que se convierten en noche.

Por eso, ninguno de los tres nos damos cuenta de que se acercó una patrulla hasta que salen de él dos policías, un hombre y una mujer.

—¿No tienen nada mejor que hacer, chicos? —pregunta el hombre.

—¿Y a ustedes qué carajos les importa? —dice Rose.

—Más le vale no hablar así, jovencita —la advierte él.

—¡A la mierda el patriarcado! —suelta ella.

—Okey, venga con nosotros —dice él.

Y, entonces, Rose echa a correr. ¡A correr!

Es lo más chistoso que he visto en mi vida, Rose corriendo y riéndose como loca, mientras el poli la persigue y ella lo esquiva, cambiando de dirección y dando vueltas, y él se resbala y resopla detrás de ella, y la mujer, Leo y yo nos quedamos ahí con la boca abierta, intentando no reírnos, pero sin conseguirlo.

—Jamás olvidará esto —nos promete la mujer con una sonrisa—. Ya me encargaré yo de recordárselo.

Pero, entonces, Rose se resbala y cae de culo, y permanece ahí sentada riendo, hasta que él la ayuda a levantarse y la escolta hacia el coche, mientras ella alza el brazo en señal de victoria.

—Oficial. —Leo tiene que hacer un esfuerzo para sonreír con educación mientras el poli abre la puerta del pasajero—. Mire, ya sabemos que es una tonta, pero está pasando por un mal momento. La chica que desapareció es amiga nuestra, ¿sabe? La que encontraron en el río.

—Qué casualidad —dice el policía mientras empuja a

Rose hacia el coche con la mano en su cabeza—. Últimamente me lo dicen mucho.

—No puede llevársela así nada más, es menor de edad.

—No sé si la ley se lo impide, pero vale la pena probarlo.

—¡No es verdad! ¡Soy mayor! —grita Rose desde la parte de atrás—. Anden, ¿no vienen? ¡Aquí está nuestro taxi!

Lo intentamos, pero no nos dejan.

—Váyanse a su casa —nos dice la poli—. No le pasará nada. No la perderé de vista y cuando mi compañero se tranquilice, dejará que vuelva a casa con su padre. Sé quiénes son, chicos. Están en el grupo ese, ¿verdad? Mi hijo los adora.

—Pero... —Leo pone la mano en la puerta.

—Joven. —La mujer es buena y amable—. A ti también te conozco, y a tu hermano. Háganme caso, es mejor que se vayan. Yo cuidaré de ella, ¿de acuerdo?

Se mete la mano en el bolsillo y me da una tarjeta. Agente de policía Sandra Wiggins.

—Lo que tiene que hacer su amiga es calmarse para que podamos llevarla a casa cuanto antes.

Me guardo la tarjeta en el bolsillo, negando con la cabeza mientras Rose da golpes en la ventanilla de la patrulla para que inmortalice el momento.

Entonces, sin dudarlo ni un instante, saco el teléfono y le tomo una foto.

¿Por qué no?

Nueve horas antes...

Estábamos en el auditorio, sentados en fila al borde del escenario, sintiéndonos como unos idiotas. Bueno, es posible que Leckraj no, pero la verdad es que nunca dice gran cosa. Se limitó a aposentarse en un extremo y colocó su comida con esmero sobre el escenario lleno de polvo.

Allí estaba el señor Smith con la señorita Greenstreet, nuestra profesora de teatro, lo suficientemente cerca para tocarse los codos, con las cabezas inclinadas, en medio de una animada conversación. Me dediqué a observarlos en busca de señales de tensión sexual irresuelta, o resuelta, eso sería aún más interesante.

Sabemos que el señor Smith está soltero porque cuando le preguntamos siempre nos dice que nos invitará a la boda cuando conozca a la mujer adecuada. La señorita Greenstreet, por el contrario, es más sutil; no se deja llevar al terreno del chisme. Me cae muy bien y me gusta que su pelo rubio sea más largo por delante que por detrás, además, si te acercas mucho, verás que tiene un agujero en la nariz de un *piercing*. Me gusta pensar que se lo vuelve a poner los fines de semana. ¿Sería posible que ella y el señor Smith estuvieran juntos?

—No, aunque creo que a ella no le importaría —me susurró Rose—. Pero ella no es su tipo, no es lo suficientemente femenina.

Me volteé para mirarla, sorprendido ante su clarividencia recién adquirida.

—Por favor, lo tenías escrito en la cara —sonrió ella—. Pero no te preocupes, tu amor por la señorita G. está a salvo, por ahora.

—¡No me gusta! —protesté.

—Tranquilos, chicos —nos reprendió el señor Smith.

Rose me tocó la mejilla con el dorso de la mano, pero la apartó al instante como si se hubiera quemado con el calor de mi rojez.

—Ah, no, claro que no. Para nada.

—¿No qué? —preguntó Leo con una sonrisa.

—No le gusta la señorita Greenstreet —respondió Rose, lo bastante alto para que todo el mundo lo oyera.

—No me digas que te prende la señorita G. —Leo se echó a reír y negó con la cabeza.

—Tierra, trágame. —Escondí la cara entre las manos mientras trataba de ignorar el hecho de que la señorita G. hubiera fingido no oírlo.

—No pasa nada. —Leckraj me ofreció un gajo de su mandarina—. A mí también me gusta.

—Okey. —Lily, la de la radio, dio un aplauso para llamar nuestra atención—. Estoy lista, los cables están preparados, así que lo grabaremos en directo. Sean naturales y divertidos y no digan groserías, ¿okey?

Dijimos que sí en voz baja, y Lily nos hizo la cuenta regresiva en silencio.

—Estoy aquí con Mirror, Mirror, un grupo de música del colegio Thames que tiene ya todo un ejército de seguidores. ¡Hola, chicos!

111

Asintió levantando las cejas con insistencia para que dijéramos algo.

—Hola... —soltamos al unísono.

—Bueno, Red. —Me escogió a mí primero, y me pegó el micrófono a la cara. Me quedé mirándolo fijamente, y todas esas fantasías que tenía sobre ser fascinante, ocurrente y adorable durante las entrevistas se agolparon en mi cabeza para atormentarme—. Cuéntanos por qué van a hacer un concierto benéfico por su compañera de grupo y de clase Naomi Demir.

Desvié los ojos del micrófono a Lily, que asentía animándome a hablar.

—Pues... —Nada. Pasaban los segundos y no se me ocurría nada.

Rose tomó el micrófono y se lo acercó a la vez que me miraba de reojo con mala cara.

—Es algo muy importante para nosotros —dijo—. Cuando empezamos a planearlo, aún no se sabía dónde estaba Naomi. Queríamos gritar su nombre lo más alto que pudiéramos con la esperanza de que nos oyera y regresara a casa. No es sólo nuestra amiga, es como si fuera de la familia, y su ausencia fue muy dura para nosotros. Ahora regresó, y lo que sea que haya pasado, va a necesitar mucho apoyo para ponerse mejor. Este concierto es para todos los jóvenes como ella, como nosotros, que a veces sienten que no tienen a nadie con quien hablar. Si no te escuchan, grita hasta que lo hagan. Ese es el mensaje de este concierto. Todo el mundo merece tener una voz.

—Muy bien, Rose, gracias —sonrió Lily claramente impresionada—. ¿Tú qué crees, Leo? ¿Estás de acuerdo con Rose?

—Pues claro —respondió, tras lo que Lily apagó la grabadora—. Carajo, lo siento —se disculpó mientras Rose se atacaba de la risa.

—Nada de groserías —le recordó Leckraj, servicial, antes de darle un mordisco a su sándwich.

—Chicos. —El señor Smith intentó no reírse—. Tranquilos, ¿sí? Esto es muy importante, para ustedes y para el concierto. Es algo serio. Y no se pueden decir groserías por la radio.

—Puta madre, lo siento —dijo Leo, y Rose rio otra vez.

—Lo siento. —Rose respiró hondo—. Es que... Perdón.

—No pasa nada. —Lily también respiró hondo y levantó el micrófono—. Podemos cortar la palabrota; haremos como si te hubiera hecho la pregunta otra vez y tú me respondes.

Leo asintió y ella pulsó el botón para grabar.

—Sí —dijo—, hay mucha gente que se preocupa por Naomi. Seguramente más de la que ella creía. Y ahora que regresó, nos necesita más que nunca. Creo que queríamos hacer algo grande por ella, y por los demás... No sé, algo así. Pero eso es lo que creo.

Después bajó la cabeza, avergonzado, y Rose le acarició el hombro.

—¿Y Leckraj? —Lily le acercó el micrófono.

Leckraj se quedó inmóvil —con el sándwich de camino a la boca— y parpadeó.

—¿Qué sientes al sustituir a una integrante del grupo tan querida?

Leckraj guardó el sándwich en un *tupper* y cerró la tapa.

—No la estoy sustituyendo —respondió pensativo—. Le rindo tributo. Es la mejor bajista que he conocido en mi vida, y cuando se despierte del coma, voy a pedirle que salga conmigo. Seguramente me dirá que no, porque no estoy a su altura, pero no vale la pena vivir con miedo, ¿no?

Leo, Rose y yo nos volteamos para mirar a Leckraj, y por fin supe lo que tenía que decir.

—Hombre —le dije—, tú eres uno de los nuestros.

113

Leo

Está loquísima

Red

¿Qué hacemos? ¿Vamos para allá?

Leo

No... Ya lo arreglará. Además, su padre es abogado, Red

Red

No debimos dejar que se la llevaran

Leo

Yo no iba a meterme ahí ni de broma, no me habrían dejado salir nunca. Rose estaba tranquila, sabía lo que estaba haciendo, aunque no lo pareciera

Red

¿Qué estaba haciendo?

Leo

Pensar en la gran historia que podrá contar mañana en clase. Ve su Instagram

Haz clic para ver

Todo es bonito cuando te enamoras, ¡hasta el calabozo!

Le gusta a 87 personas   **19 comentarios**

Red
¿Cómo carajos se tomó una *selfie* en la comisaría?

Leo
No lo sé, pero está encantada. Tranqui. Rose se sabe cuidar

Red
Eso es lo mismo que dice de ti

Leo
Y tiene razón. Pero estoy destruido y me duele la cabeza. Tengo que cerrar los ojos. No te agobies, ¿ok?

Red
Ok

Red
¿Enamorada de quién?

Leo
Leo ya no está en línea

12

¿De quién se está enamorando Rose?

Me acuesto con el celular escondido debajo de la almohada. Tengo el cuerpo molido. Aunque ahora esté fuerte y mi aspecto sea saludable, los años de obesidad y delgadez extrema siguen acosándome como fantasmas. Es como si hubiera agotado un diez por ciento de mi cuerpo de manera permanente mientras trataba de moldearlo para ocultar mi dolor, o tal vez para mostrarlo. Por eso hay veces en las que todo se derrumba y arde, y hoy es uno de esos días.

Mi cerebro no deja de dar vueltas: el tatuaje, Ash y su misión, en la que me metí Dios sabe cómo... y algo más. Hay algo fuera de mi alcance, que parece esconderse cada vez que intento pensar en ello. Como si hubiera olvidado un aspecto importante, pero, sea lo que sea, soy incapaz de recordarlo.

Mi madre está durmiendo la borrachera en el cuarto de al lado, acostada con toda la ropa puesta y una copa de vodka con agua tónica inclinada en la mano. Estuve a punto de quitarle el vaso al verla, pero al final se lo dejé. Quiero que se despierte con la sorpresa del líquido frío extendiéndose por sus muslos, o incluso el ruido de cristales rotos. Tal vez así se haga una idea del estado en el que se encuentra.

Mi padre debe de haber salido otra vez, si es que siquiera vino a casa.

Al final del pasillo, Gracie duerme bajo sus luces de guirnaldas. Espero que haya comido como Dios manda y que haya disfrutado de una buena tarde. Normalmente es así, puesto que se encuentra con la mamá despierta y alegre, cariñosa y divertida. La furia se instala en ella más tarde, cuando Gracie ya está en la cama. Recorro la escalera sin hacer ruido para verla, y tiene la carita tan dulce como el alma, y recuerdo cómo era tener siete años, ese momento de tu vida en el que aún no tienes ni idea de que a veces el mundo te odia sin motivo alguno.

Ahora, a pesar del cansancio, soy incapaz de dormirme.

Intento mandarle un mensaje a Leo, pero ya se desconectó.

No dejo de pensar en cómo miraba a Rose antes de que llegara la policía. Y en cómo lo miraba ella, y en lo mal que me hizo sentir. Si ellos dos están juntos, todo será diferente. Al principio éramos cuatro amigos, luego fuimos tres, pero si ellos dos se juntan, yo quedaré fuera, de mal tercio. Es posible que eso me convierta en mala persona, pero no quiero que suceda. Nuestra amistad ha sido lo mejor que he tenido en la vida. No quiero volver a ser el tapón de pelo rojo que no le importa a nadie. No quiero volver a ser invisible. A veces me doy asco.

Saco la libreta de Naomi de mi mochila. Está llena de pedazos de papel, ideas que tenía y apuntaba donde podía, como una envoltura de sándwich, una servilleta o la esquina de un libro de texto. Cualquier otra persona habría escrito una nota en el celular, pero Nai no. Supongo que es lógico cuando tu hermana mayor es capaz de repasar toda tu vida *online* con un par de clics.

Sacudo la libreta para que caigan las hojas sueltas y las dejo a un lado. Entonces leo las canciones terminadas que hay dentro, y mientras veo, más me parece estar espiando por una ventana, mirando algo que no es para mis ojos. Todas las canciones están llenas de pasión y de deseo, cosa que no le queda nada a Nai. Cuando componíamos, siempre escribíamos acerca de la libertad y de ser uno mismo, sobre no encajar y que te importe una mierda. En alguna ocasión habíamos escrito sobre personas que nos gustaban y que no nos corresponderían nunca, pero nada como esto. Estas canciones están dedicadas a alguien, no tratan de anhelos y deseos, sino de acción.

Suave

Lujuria

Beso

Caricia

Tacto

Boca

Duro

Punta

Abierto

Las palabras parecen saltar de las páginas: cuentan algo que todos deberíamos haber percibido tan claro como el agua, pero que ninguno comprendimos.

Naomi estaba con alguien justo antes de desaparecer.

Naomi estaba enamorada, pero eso no era todo: mantenía un romance muy gráfico, con fuerte carga sexual y para mayores de dieciocho años. De eso trataban las canciones. Estaba enamorada, obsesionada.

Me incorporo y repaso las letras una y otra vez, en busca de alguna pista que pueda decirme a quién están dedicadas.

Al rememorar aquellos días de final de año, todo cobra sentido.

Dos meses y medio antes...

Hacía calor, y ya estábamos hartos de ir a clase.

Habíamos terminado los exámenes, y las últimas semanas no parecían servir de mucho. Nos sentíamos lentos y cansados, y nos limitábamos a esperar a que sonara esa última sirena que nos haría libres durante el resto del verano.

Íbamos a practicar canciones nuevas en el salón del que nos habíamos adueñado de modo que nadie pudiera usarlo, o esa era la idea. Rose, Leo y yo ya habíamos llegado, pero Nai se retrasaba, así que me puse a enseñarle las canciones a Rose, mientras Leo practicaba los acordes que le había escrito en una partitura.

En cuanto entró por la puerta, Nai se despojó de la peluca manga de tono rojo fuego que llevaba puesta todo el día y sacudió su larga cabellera castaña, que cayó en una cascada de color miel.

—¿Qué, hace demasiado calor para lucir? —le dijo Rose.

Naomi se encogió de hombros y se sentó en el suelo. Sonreía, pero recuerdo que no era para nosotros, sino para sí misma. Como si no se encontrara en el salón de ensayos, sino en otro momento y en otro lugar que sólo existían para ella. Pensé en preguntarle más tarde, pero al final no lo hice.

Mientras repasábamos el repertorio para el próximo concierto, que sería en el baile de graduación, se sacó un paquete gigante de toallitas y empezó a desmaquillarse. Miré a Rose, que levantó una ceja; Leo, por su parte, estaba tan concentrado en la música que, al principio, ni se dio cuenta.

Lo cierto es que ya me había acostumbrado a la base pálida y mortecina que ocultaba sus rasgos hasta convertir su rostro en un lienzo en blanco. Los ojos enormes de dibujo animado, trazados a lápiz y acentuados con pestañas postizas larguísimas. Las cejas oblicuas que no se parecían en nada a las naturales. La boquita de piñón pintada sobre sus verdaderos labios. Todo aquello era tan propio de Naomi que había dejado de buscar su cara de verdad. Supongo que esa chica se había vuelto invisible.

Seguimos hablando del repertorio, de qué canciones incluir y en qué orden, mientras ella continuaba desmaquillándose hasta que gastó todas las toallitas. Cuando llegó la hora de tocar, tenía la tez limpia y lisa, con la piel color café, fresca y radiante, las mejillas un poco sonrosadas, los labios un poco más oscuros. Y sí, estaba preciosa. Durante un momento, incluso me dio vergüenza estar junto a ella.

—Oye, qué guapa estás —la piropeó Leo.

—¡Es verdad! —dijo Rose—. ¡Deja que te maquille un poco!

—¡Vete a la mierda! —Nai se echó a reír—. Ya me lo quité todo. Ahora ya no me gustan esas cosas, ¿sabes? Creo que me va más lo natural.

—¿Desde cuándo? —le preguntó Rose.

—Desde ahora mismo —respondió Nai con una sonrisita.

Entonces sacó unas tijeras de su estuche y cortó los lazos que ataban la especie de corsé que siempre llevaba puesto, se desabrochó la faldita de holanes y se quedó sólo con una camiseta y unas mallas negras, de manera que podía verse su figura, suave y redondeada, tierna y vulnerable.

—*Cool* —dije.

Me había costado un rato recordar que aquella chica era mi mejor amiga, con la que había pasado tanto tiempo y en la que nunca había pensado de otra manera. Entonces, me recriminé lo idiota y superficial que podía llegar a ser. Me apresuré a quitarme la idea de la cabeza. Nai era Nai, no una chica, sino mi amiga.

Cuando empezamos a tocar, lo hicimos bien, pero ella estuvo mejor que nunca. En lugar de quedarse atrás, cabizbaja, se dedicó a establecer contacto visual con nosotros, a reírse y dar vueltas. Como si acabara de salir el sol sobre su cabeza o algo así.

—Esta tarde no voy a ir a clase —nos dijo luego, mientras recogíamos.

—¿Cómo? ¿Te la vas a saltar? —le preguntó Rose en un jadeo—. Pero ¡si no lo haces nunca! ¿Por qué?

—Porque es una pérdida de tiempo —replicó Naomi—. Tengo algo de dinero y voy a buscar cosas acordes a mi nuevo estilo.

—Espera, te acompaño...

Pero Naomi se fue antes de que Rose pudiera decirle que iba con ella.

—Está muy guapa así —señaló Leo después de que se fuera—. Se van a fijar mucho en ella.

—¿Más guapa que yo?

En ocasiones, a Rose le sale ese punto de niña consentida y hace preguntas inapropiadas para una persona mayor de cinco años. En este caso, era aún peor, Rose no debería haberle dicho eso a Leo, aunque es típico de ella: jugar con su atención, doblegarlo y volver a apartarlo. Y él cae siempre, pero no me extraña, porque yo hacía lo mismo.

—Tú no eres guapa —le dijo Leo, cosa que hizo que Rose resoplara con cara de asombro—. Eres preciosa. —Ella se pavoneó un momento mientras Leo se colgaba la guitarra a la espalda, justo antes de añadir—: Para estar tan loca.

—¡Imbécil! —le gritó ella mientras él se alejaba—. Qué imbécil, ¿no? —Ladeó la cabeza para mirarme—. ¿Quieres irte de pinta y venir a tomar el sol conmigo?

Y la idea de pasar el rato junto a Rose entre la hierba alta, con el pelo lleno de margaritas y los ojos llenos de brillo hizo que me olvidara de todo lo que Nai había dicho y hecho antes de poder contestar que sí.

Nueva publicación:
Aquí es donde está la vida
De Naomi y Red

Ando como un zombi,
poso como un idiota,
suspiro como un niño perdido,
todo porque me gustas.

Pero la vida está en tu sonrisa.
La noto cuando me tocas...
la noto cuando me besas...
Vivo cuando tú estás conmigo.
La vida tiene sentido
cuando estás a mi lado.

Como igual que un robot,
duermo como un león,
babeo como un perro hambriento,
porque quiero que estés conmigo.

Pero la vida está en tu sonrisa.
La noto cuando me tocas...
la noto cuando me besas...
Vivo cuando tú estás conmigo.
La vida tiene sentido
cuando estás a mi lado.

Aquí es donde está la vida.

[Repetición hasta cierre.]

Haz clic en el enlace para ver el video.

13

Estamos esperando a Rose en la puerta del colegio cuando por fin hace su aparición, sale del Audi de Amanda como si fuera una estrella de cine: abrigo de piel falsa de leopardo hasta el suelo, el pelo enmarañado, lentes de sol, labios de color rosa intenso.

Leo y yo nos quedamos mirándola, y sé que mi expresión es idéntica a la suya: boca abierta, ojos como platos, moviendo despacio la cabeza de un lado a otro en una combinación perfecta entre «¿pero qué carajos es esto?» y «Dios, me encanta». Su padre no se asoma, ni siquiera dice adiós, y arranca en cuanto Rose cierra la puerta de golpe. Ni se molesta en mirar por encima del hombro mientras camina hacia nosotros con los brazos abiertos.

—¡Mi gente, mi gente! —exclama extendiendo los brazos y besándonos a ambos, primero a Leo y luego a mí.

Noto la textura pegajosa de su pintalabios rosa eléctrico en la mejilla.

—Pero ¿qué es esto? —le dice Leo, entre la risa y el asco.

—¿Te llevan al calabozo y regresas al día siguiente como si no hubiera pasado nada? —le pregunto mientras nos engancha del brazo y nos lleva hasta la puerta, con la cabeza bien alta, como si la hubiera pasado increíble.

—¿Quién lo sabe? —pregunta mientras sonríe a todo el mundo—. ¿Todos?

—No se lo hemos dicho a nadie —respondo—, pero no hizo falta, salía en todos tus perfiles.

—Qué *cool*, ¿eh? —Rose suelta una risita—. ¿No te parece alucinante, Red? Es lo más *heavy* que hemos hecho nunca. Ahora tenemos que escribir una canción sobre la cárcel.

—Estar una hora en la comisaría no es ir a la cárcel de verdad. —Leo se cruza de brazos, decidido a no mostrarse impresionado. A fin de cuentas, él ya ha visto los calabozos de la policía en un par de ocasiones.

—Pues bueno. —Rose se encoge de hombros—. Da igual cuánto tiempo fue, lo que importa es el hecho. Aunque, la verdad, no fue para tanto. Derramé unas lagrimitas y la mujer amable acabó convenciendo al gordo.

—¿Se enojó mucho tu papá? —le pregunto.

Ella suelta una carcajada.

—Mi papá ni siquiera se enteró.

—¿Y eso? Te tiene que sacar un adulto. ¿Fue Amanda?

Rose se echa a reír.

—Tengo mis contactos.

—Por el amor de Dios, Rose, ¿qué contactos son esos? —Leo niega con la cabeza.

—No te lo voy a decir. —Lanza otra risita y me dan ganas de matarla—. Dejémoslo en que los hombres mayores tienen su utilidad.

Leo mira hacia otro lado para esconder lo que le hicieron sentir sus palabras.

—¡Carajo, Rose, podrías habernos escrito! —le digo.

Después de haber leído las letras de Naomi, podía haberla mandado a la mierda en ese mismo momento, aunque aún no sabía si debía comentarlo con ellos. Aún me molestaba que lo primero que se le había ocurrido a Rose era publicar *selfies* en Instagram y llamar ¿a Maz Harrison?

—Y ¿qué pasa? —La sonrisa de Rose va y viene.

—Tu papá va a descubrir que te sacó del calabozo un pervertido —le advierto.

—Qué va. Además, tampoco le intereso tanto. —Durante un momento, Rose parece decepcionada—. Le dije que estaba cruda esta mañana, a ver qué contestaba, y me dijo que la selectividad está al caer y que soy una chica lista, que podría tener un futuro brillante si dejara de hacer tonterías; pero que, si estoy empeñada en destrozar mi vida, él no puede hacer nada, pues su obligación ahora es concentrarse en Amanda. En serio, ella es lo único que le importa. Hacerla feliz es su trabajo de tiempo completo. Yo no soy más que un estorbo, un enorme grano en el culo de su eterna luna de miel.

—Bueno, por lo menos estaba en casa —le digo—. Mi padre no había vuelto cuando me desperté esta mañana. Ni siquiera sé si se pasó por ahí.

—Bah, ¿quién necesita padres? En realidad, es mejor así —afirma Rose mientras me limpia la marca de labial con el pulgar—. Mi vida sería mucho más aburrida si mi papi se preocupara por mí. De todos modos, no necesito que me cuide, porque ¡tengo un papi nuevo en la ciudad!

—¡Qué asco! —suelta Leo.

—¿Qué quiere decir eso? —pregunto cuando suena la campana.

—¿Tú qué crees?

Por Dios, Rose es insoportable.

—Tenemos ensayo a la hora de comer —nos recuerda Leo mientras se va corriendo a clase, con la clara intención de alejarse todo lo posible de las movidas de Rose y de sus bromitas sobre hombres mayores.

—¡Sí, jefe! —Rose se lleva la mano a la frente en gesto de saludo y se voltea hacia mí—. Piensa que soy una imbécil, ¿verdad?

—Es que lo eres —le respondo—. Pero ¿desde cuándo te importa a ti lo que piensen los demás? Y ¿qué carajos significa eso de que tienes un papi nuevo? Porque suena asqueroso.

—Es broma. Pero claro que me importa lo que ustedes piensen de mí, y Nai también. Y puede que incluso Leckraj, un poco. —Cuando el pasillo se despeja, se quita las lentes y me fijo en que no trae el espeso maquillaje negro que suele ponerse, de modo que puedo contemplar sus ojos azul claro, rodeados de rojo, y con los párpados hinchados de llorar—. Son los demás idiotas los que me importan una mierda.

Me acerco a darle un abrazo y me pierdo entre la nube del dulce aroma de su pelo.

—Leo no cree que seas imbécil —la consuelo—. Pero yo sí, sin duda.

Me pega un buen puñetazo en las costillas, pero por lo menos se está riendo cuando entra a clase con los lentes de sol otra vez sobre los ojos.

Entonces, Rose se sienta encima de la mesa de la profesora, justo delante de la señora Hardyman, y espera hasta que toda la clase le presta atención.

—No se imaginan lo que me pasó anoche...

—¿Red? —El señor Smith asoma la cabeza por la puerta de su salón y me llama desde el pasillo, ya desierto.

—Voy tarde —le digo, apartando los ojos de Rose mientras la señora Hardyman cierra con un buen portazo.

—Te haré un justificante. Sólo quería hablar un momento de cómo le va a Naomi. Debe de ser muy duro para ustedes verla así, pero sobre todo para ti, supongo. Tenían una relación muy especial, ¿verdad? Y la siguen teniendo, claro...

—Sí —digo mientras entro al salón. Él cierra la puerta—. Eso pensaba antes, pero... No sé qué fue lo que le pasó, ni lo entiendo. Nunca le dijo nada a nadie que hiciera pensar que podía suceder algo así... No puedo evitar sentir que le fallé.

—No te tortures. Todo el mundo guarda secretos de los que no habla con nadie —me dice el señor Smith con voz baja y amable—. Yo los tengo, y seguramente tú también. Pero eso no quiere decir que no le importaras, carajo, perdón, que no le importes.

—Supongo que sí. —Podría irme ya, pero no quiero. Me gusta estar aquí, se respira paz y tranquilidad—. ¿Cuál es su secreto?

Él se echa a reír y niega con la cabeza.

—Supongo que yo mismo me lo busqué. Pues, mira, me gusta la exploración urbana. Ese es mi secreto. Entro a edificios viejos y abandonados en los que está prohibido el paso, y curioseo un poco. No siempre es legal, pero sí muy divertido.

—Si usted lo dice...

Se ríe otra vez.

—Guárdame el secreto, ¿sí? No quiero meterme en problemas.

No veo de qué manera podría meterse en problemas por eso, pero asiento de todos modos.

—¿Cómo está la familia de Naomi? Había pensado en pasar por ahí, pero no quiero molestar.

—Yo no me preocuparía por eso —le aseguro—. Creo que a la señora Demir le gusta sentir el apoyo de la comunidad, así se distrae. Seguramente le agradecería la visita.

Lo observo mientras ordena los papeles de su mesa con cuidado.

—¿Hay algo más de lo que quieras hablarme? —me pregunta.

Le digo que no con un gesto, a punto de soltarle todo lo que me ronda por la cabeza, pero me callo. Ni siquiera sé por qué lo hago, salvo porque, si le confesara todo lo que pienso, lo consideraría una crisis nerviosa y me mandaría al psicólogo a hablar de mis sentimientos y tonterías así. Hace unos años se suicidó una chica, y desde entonces sólo tienes que parecer un poco triste para que te pongan en tratamiento, pero eso nunca le ha servido de nada a mi madre. Sin embargo, si alguna vez tuviera que recurrir a alguien para hablar, sin duda elegiría al señor Smith.

—Red —empieza a decir, pero titubea un instante—. Los exámenes están a la vuelta de la esquina y... Mira, no quiero agobiarte, pero creo que estás pasando por un momento complicado. El otro día vi a tu madre en el súper y...

Ay, Dios, no... Me muero de la vergüenza.

—Estaba borracha —acabo la frase por él, sintiendo el peso de cada palabra como una losa.

—Eso parecía. No me habías dicho que había vuelto a las andadas. ¿Van muy mal las cosas en casa?

¿Y si digo que sí? Otra vez el circo de los servicios sociales, y nada de lo que diga podrá mejorar las cosas, sólo empeorarlas. Me cuesta. Quiero soltarlo todo, hasta el último detalle que compone el mosaico fragmentado que es mi vida familiar, y sé que él podría comprenderme. Pero no soy capaz. A mí podría irme más o menos bien, pero ¿y Gracie? ¿Y si se la llevan a un centro de acogida o algo así? No puedo arriesgarme.

—No, no van tan mal como parece. O sea, mi madre tuvo una recaída, pero tenemos a mi padre, y le está buscando ayuda. Además, ella quiere dejarlo, así que está todo bajo control. Pero, por favor, no se lo diga a nadie. Ya sabe que mi padre está en el comité escolar, y le daría un ataque si alguien se entera.

La idea me seduce durante un instante, pero, a decir verdad, no tengo más ganas que él de sacar a la luz la cruda realidad de nuestra desastrosa vida familiar.

El señor Smith asiente mirándome a los ojos. Agacho la cabeza para que no descubra mi mentira.

—Sólo quiero que sepas que puedes acudir a mí cuando lo necesites —me dice al final—. Tienes mucho talento y un gran futuro por delante. Y tampoco viene mal tener a alguien de tu parte de vez en cuando, ¿no? Bueno, pues cuenta conmigo.

Asiento.

—Gracias.

—Toma —me dice tras escribirme un justificante. Lo tomo y me dirijo hacia la puerta—. Red. —Me regreso para mirarlo—. No olvides que aquí me tienes para lo que quieras.

Y por raro que parezca, me siento un poco mejor mientras me dirijo a clase.

Cuando llego al hospital, no encuentro a Leo ni a Rose. Tengo un mensaje de Leo.

Lo siento, tengo cosas en casa.

Pero ni rastro de Rose. Así pues, hago en solitario el recorrido a través de un laberinto de pasillos hasta llegar a la habitación de Naomi. No hay nadie, ni enfermeras ni su familia. Quedarse fuera de pie parece de tontos, de modo que dejo pasar un segundo y abro la puerta.

—Hola —la saludo mientras me siento a su lado—. ¿Qué tal? Yo igual que siempre. ¿Cómo va la cabeza? ¿Aún rota? El señor Smith me preguntó por ti. Creo que todo el colegio está haciéndote una tarjeta para desearte que te mejores pronto, y el coro está grabando una canción para ti, motivo suficiente para seguir en coma, pero bueno.

Naomi no me responde, claro. No sé por qué, pero sigo esperando que lo haga.

Después de tres días, los moretones han empezado a atenuarse, y su cara se parece un poco más a la que conocía antes de que se esfumara sin dejar rastro.

—Además, descubrieron a mi mamá manejando un carrito del súper bajo los efectos del alcohol... Despierta, Naomi —le susurro al oído, deseando oír el sonido de su voz, ese gruñido grave y socarrón con el que me dice que espabile—. Despierta y dinos qué demonios te pasó.

—Hoy no podría ni aunque quisiera —me explica la doctora Patterson al entrar por la puerta—. No deberías estar aquí, sólo permitimos la entrada a la familia.

—Pero la señora Demir me dijo que podía venir cuando quisiera.

—Ella no entiende que esto es la UCI. No se rompió una pierna. Necesita reposo.

—¿Está mejorando? —le pregunto.

—No puedo decírtelo. Sólo informamos a la familia, como ya te comenté.

Me acerco a mi mochila, pero la doctora Patterson lanza un suspiro.

—Puedes quedarte un rato. Cuando lleguen sus padres, les informaré de su estado. Entonces podrás saber más.

—Gracias —respondo. Mientras se va, tomo mi celular y busco entre mis grabaciones—. Oye —digo volviéndome hacia Nai—, espero que no te importe, pero tomé tu libreta, la de las canciones que escribiste después, bueno, cuando empezaste a componer por tu cuenta, y anoche le puse música a una. No podía dormir, así que la grabé. ¿Qué te parece?

Le doy clic y le acerco el teléfono a la oreja.

Mientras suena la música, voy pensando en las letras.

Cada vez que me tocas, me siento inmortal.
Cuando me amas,
me haces gritar como un animal.

No quiero respirar si no estás aquí
ni fingir otra muerte sin ti...

«Fingir otra muerte.» ¿Sería una pista? ¿La intención de Naomi había sido largarse desde el principio? Cuando acaba la grabación, niego con la cabeza; carajo, cualquiera de esas palabras podría significar algo. Es absurdo intentar encontrarles algún sentido, aparte del hecho evidente de que las escribió una persona con un historial sexual muy ardiente.

Suspiro y entro a nuestro Tumblr, donde alguien dejó un comentario... ¡con un enlace a una página de fans! ¡Fans de Mirror, Mirror!

—Guau, Nai, tenemos una página de fans... —Se me escapa una sonrisa mientras abro el enlace y aparecen las letras de muchos de nuestras canciones, escritas sobre unas ilustraciones preciosas y muy elaboradas, donde las palabras se funden con la imagen y viceversa—. Es increíble —le digo—. Alguien escuchó nuestras canciones y las entendió muy bien...

Voy bajando por la página y empiezo a seguir el blog. No hay ninguna publicación nueva desde hace unos días, pero hasta entonces habían publicado algo casi a diario. Entonces veo el nombre de la autora, Eclipse, y abro el enlace de su Instagram.

Su avatar es el dibujo de una chica de perfil, con largos bucles de cabello enmarcados por una luna llena. Hay muy pocas fotos, y ni una *selfie*, sólo unas cuantas cursilerías motivacionales, algunas imágenes aburridas de un mismo escenario y nada más.

Cómo no, nuestra primera superfán tenía que ser una completa *loser*.

Luego veo el enlace a Toonify que hay en su Instagram, y lo abro. Pero allí, su nombre de usuario es distinto. Dark-

Moon. La misma persona que copió todas las listas de música de Nai. Eso sí es una superfán. O alguien con una curiosidad morbosa. Las cosas oscuras sacan lo más oscuro de la gente, eso está claro. Durante las semanas posteriores a la desaparición de Nai, el número de seguidores en las redes sociales se multiplicó por dos, igual que cuando se supo que la habían encontrado en coma. A la gente le gustan las tragedias. Es así de rara.

Es obvio que DarkMoon quiere que nos fijemos en ella.

Me pregunto si estará buena.

A lo mejor es nuestra primera *groupie*.

O nuestra primera acosadora.

Bueno, doy por hecho que es una chica, pero ¿quién sabe? Podría ser un camionero de cuarenta y cinco años llamado Ken.

—¿Quién crees que sea? —le pregunto a Nai—. Seguramente algún imbécil del colegio de arte. Aun así, sigue siendo un superfán, y siempre hemos querido tenerlos, ¿no?

Oigo el sonido mecánico de su respiración, la máquina sigue pitando, y noto un nudo en la garganta, me derrumbo.

—Te extraño mucho, Nai —murmuro.

Siento una opresión en la garganta y me pican los ojos, pero contengo las lágrimas. Si ella me descubriera llorando, no dejaría de recordármelo en la vida.

De repente mi celular empieza a sonar como loco. ¿Twitter? Si hace meses que no lo uso. Pero las notificaciones no paran de llegar, una tras otra.

@Keris ha retwitteado tu Tweet.
@BeeCee ha retwitteado tu Tweet.
@HunNun94 ha retwitteado tu Tweet.

Pero ¿qué tuit ni qué diablos?

Entro en la cuenta @mirrormirrorband a toda prisa y veo que tengo 29 retuits, y van en aumento. Por lo visto, subí una foto del tatuaje de Nai.

¿Sabes quién hizo esto? ¿Conoces a alguien que tenga uno igual? Ayúdanos a descubrir qué le pasó a Naomi.

—Maldita seas, Ash... —digo.

—Qué insoportable eres —responde Ashira, de pie junto a la puerta. Me hace un gesto para que la siga al pasillo, y la obedezco.

—¡Hackeaste mi cuenta de Twitter! —la acuso en voz baja a la vez que le pego el celular a la cara.

—No, sólo la usé para subir la foto del tatuaje. Twitter es la plataforma más lógica para comunicarse, la que puede conseguir más difusión, más retuits, más atención, más posibilidades de dejar huella. Sabía que dirías que sí, y por eso la subí. Las cuatro de la tarde es la mejor hora para publicar, ¿lo sabías?

—Hackeaste mi Twitter, carajo —le repito, y me gano una mirada de desagrado de una enfermera que pasa.

—Es el de la banda, así que por lo menos el veinticinco por ciento le pertenece a Nai. Y, por cierto, ¿a qué clase de idiota se le ocurre no activar la verificación en dos pasos? Mira, por lo menos aprendiste algo. De nada.

—Hola, cariño; hola, Red, cielo. —Jackie y Max salen del elevador con aspecto cansado y decaído—. ¿Todavía no han llegado los demás?

—Aún no —digo—. Leo tenía un problema en su casa, pero Rose dice que su padre la traerá luego.

—Muy bien.

Jackie me da una palmadita en el brazo antes de entrar a ver a Nai.

—Tengo que decirte una cosa —le susurro a Ash mientras la alejo de la puerta abierta de la habitación—. Anoche estuve leyendo la libreta de canciones y...

—¿Señor Demir? —nos interrumpe una voz.

Ash me tapa la boca con los dedos para que me calle, cosa que me sorprende mucho. Le hace un gesto de asentimiento a su padre y me lleva de la mano hasta donde están él y la doctora hablando.

—¿Sí, doctora Patterson? —Max le sonríe, pero ella no le devuelve el gesto.

—¿Le importaría traer a su esposa? —le pide—. Así podré comunicárselo a ambos.

Jackie aparece por la puerta, ya con lágrimas en los ojos.

Max le toma la mano y la aprieta con fuerza mientras la doctora Patterson habla, mirando a todos lados menos a nosotros.

—Los resultados del último escáner de Naomi muestran que la hemorragia cerebral ha disminuido, lo que es bueno, pero el tejido aún sigue muy inflamado. Hemos decidido mantenerla sedada otras veinticuatro horas y volver a evaluarla después.

—Pero no ha empeorado, ¿verdad? —pregunta Jackie con el ceño fruncido.

—Ha habido una leve mejoría —responde la doctora Patterson—. Va a ser un proceso largo, Jackie, no se pueden esperar milagros. Y, es más, no deberían.

—Pero no ha empeorado. —Jackie asiente como si eso fuera todo lo que quisiera oír.

—No ha empeorado —repite la doctora Patterson con seriedad.

Ash me mira cuando sus padres van a sentarse junto a Naomi.

—¿Sabes qué? No importa —le digo.

—Cuéntamelo —me ordena a la vez que da un paso hacia mí. Me acuerdo de sus dedos sobre mi boca y me echo hacia atrás.

—No es más que una intuición —le explico, negando con la cabeza—. No tengo la más mínima prueba.

—¿De qué carajos hablas?

—Creo... —Suelto un suspiro—. Creo que Nai estaba saliendo con alguien antes de desaparecer. En un plan muy serio. Puede que no intentara huir de nosotros, sino más bien ir en busca de una persona a la que consideraba más importante que todo lo demás. Alguien de quien no quería hablarnos.

—Yo también lo creo —me contesta Ash, y otra vez me sorprende.

—¿De verdad? —La miro, y ella asiente.

—Es lo único que tiene lógica. Tuvo que ser otra persona quien hizo que cambiara tanto.

—Y, entonces, ¿qué hacemos? —le pregunto mientras Ash vuelve a acortar la distancia que nos separa, y esta vez no me echo hacia atrás.

—Averiguar quién diablos es —dice.

14

Dejo los zapatos y los calcetines en el porche que da al pequeño jardín cercado de Rose y me paseo por el suelo de baldosas de su cocina, feliz de estar lejos del hospital, de Ash y de su confusa intensidad. Por un lado me gusta estar con ella, tiene una energía que me da la impresión de que tal vez sería capaz de descubrir algo sobre Nai. Pero, por otro lado, no sé... Me pone de nervios.

Aquí, en casa de Rose, brilla el sol y se respira paz y tranquilidad.

Vive a sólo unas cuadras de mí, pero así es Londres. Hay bloques de departamentos y viviendas protegidas, edificios indistinguibles como el mío y casas como la de Rose, con sus entradas elegantes, sus sótanos y sus anexos acristalados, todo ello reunido bajo un mismo código postal. Los ricos y los pobres viven puerta con puerta, en mansiones de más de un millón de libras como esta o en el depa de dos habitaciones de Leo, que queda a unas pocas calles de distancia. Las cosas siempre han sido así, y los ricos y los pobres no tienen que irse muy lejos para ver cómo vive la otra mitad.

Salí corriendo en cuanto recibí un mensaje de Rose en el que me decía que tenía que hablar conmigo, y sé que Ash se enojó porque me fui. A su parecer, la única explicación posible es que a Nai le pasó algo muy malo. No se cree que su hermana hubiera querido iniciar una nueva vida lejos de aquí, ni que lo tuviera todo planeado. Y la comprendo, pero, fuera lo que fuera lo que la llevó al río, ¿no sería un alivio pensar que no la había secuestrado un psicópata?

No obstante, lo único cierto es que seguimos sin saber nada.

Suspiro mientras me refresco los pies con las baldosas de mármol. La cocina de Rose no se parece en nada a la mía, que es vieja y oscura, con un refrigerador enorme y ruidoso y un lavavajillas que se sabe que es un lavavajillas. El padre de Rose es rico, y su casa va acorde a su estilo de vida. Aquí no se ven ni el refrigerador, ni la lavadora, ni el lavavajillas. La tele de la sala es del tamaño de una pared. El suelo está frío bajo mis pies sudorosos, así que camino de un lado a otro, por dentro y por fuera de las puertas abiertas que conducen al jardín, donde está Rose sentada bajo la pérgola, practicando lo que dirá ante la cámara, y de nuevo hasta la sala para mirar mi reflejo en la tele gigante. Y vuelvo a empezar.

—¡Hola, cariño! —dice Amanda al verme mientras baja por la escalera, con los lentes de sol sobre su linda cabecita rubia.

Va vestida como en las fotos de las revistas, pulcra y elegante, con poco o nada de maquillaje y un montón de *spray*. En el fondo me cae bien, y se ve simpática, pero pobre de mí si se lo digo a Rose. Supongo que eso es lo que pasa cuando se muere tu madre cuando aún eres una niña. Para ella nunca habrá otra persona tan buena como ella. En mi caso, todas las madres me parecen mejores que la mía. Amanda clava la mirada en mis pies descalzos y yo contraigo mis dedos sudorosos.

—¿Todo bien? ¿Cómo está Naomi?

—Sin novedad, Amanda —le comento—. Pero gracias por preguntar.

Le dirijo una sonrisita tonta, con cuidado de no entablar conversación. Rose no soporta que intente hacerse nuestra amiga y nos diga que la llamemos Amanda, pero la verdad es que me alegro de no tener que llamarla «señora Carter». Sólo tiene unos diez años más que yo, y me resultaría muy violento.

—¿Quieres comer algo, Rose? —le pregunta a su hijastra desde dentro de la casa.

Esta no responde.

—Voy a salir. ¿Te traigo alguna cosa?

Sigue sin responder.

—Bueno, pues ¡diviértete!

Amanda nunca demuestra que odia a Rose, pero se nota. Flota en el aire cuando se va, como su perfume caro.

En cuanto se cierra el pesado portón exterior, Rose pega un grito desde el jardín.

—¡Red, ven aquí!

Hace calor afuera, incluso para ser finales de septiembre, y Rose instaló con cuidado su espejo, su maquillaje y una silla junto a la mesa para conseguir la mejor luz.

—Bueno —le digo—, ¿quién es el pobre diablo con el que estás saliendo?

—¿Cómo? —Rose arruga la nariz—. Cállate, no es nadie.

—Entonces ¿por qué querías verme con tanta urgencia? Estaba con Naomi.

—Tampoco es que Naomi se vaya a dar cuenta —me replica.

—¡Rose, Nai es tu amiga!

—Ya lo sé, imbécil. Es mi amiga hasta la muerte, y además voy a ir más tarde, ¿okey? Pero es que se me hace muy difícil verla así. ¿A ti no? ¿No te dan ganas de gritarle a la cara para que...? —Hace un gesto, pero no encuentra las palabras adecuadas—. En fin, lo que hay que hacer es subir un video a la página antes del concierto, ahora mismo, así que vamos. Anda, píntame los labios.

—Rose... —la miro mientras me acerca una especie de lápiz—, yo no sé maquillar.

—No necesitas saber, sólo tienes que delinearme los labios y rellenarlos. Podrás hacer eso, ¿no? No es más que colorear.

De pronto, la idea de estar tan cerca de ella me marea. Es una tontería; pasamos mucho tiempo cerca, codo con codo, así que no sé por qué de repente me produce tanta ansiedad. Pero también sé que no va a parar hasta conseguir lo que quiera de mí, y no tengo fuerzas para pelear con ella.

—De acuerdo.

Tomo el lápiz y me acerco una silla. No es uno de sus colores habituales, sino un rosa suave y brillante, más parecido a su tono natural. Me inclino hacia delante, y nuestras caras casi se tocan mientras recorro la silueta de sus labios, las curvas de su boca en forma de corazón, la húmeda carnosidad de su labio inferior, que se ondula bajo la presión de la punta del lápiz. Mientras la pinto, sin despegar los ojos de su boca, siento una opresión en el pecho y un burbujeo que asciende desde los dedos de mis pies para ir subiendo cada vez más, y soy incapaz de pensar en otra cosa que no sea cómo sería besarla, piel con piel, y me invade un deseo tan fuerte que no puedo seguir a su lado ni un minuto más sin ponerme en evidencia.

—¡Ya está!

Me levanto a toda prisa para alejarme, y el lápiz se me escapa de los dedos —que se han vuelto torpes de repente—, cae con estruendo sobre la mesa y rueda hasta el suelo.

—¿Qué pasa, tengo mal aliento? —me dice con mala cara.

Yo me encojo de hombros. Ella desbloquea su celular y pone la cámara en modo video.

—¿Ya estás lista? —Aún no puedo mirarla, ni quiero que me mire. Necesito poder dominar este sentimiento primero—. ¿Acabamos con esto? Le dije a Gracie que podría ayudarme a ensayar antes de irse a la cama.

—En serio, ¿qué es lo que te pasa? —Rose ladea la cabeza—. ¿Por qué estás tan desagradable?

—No me pasa nada —le miento—. Pero tengo mejores cosas que hacer que maquillarte.

—Ya lo creo. —Rose arruga la frente—. ¿Red...?

Conozco esa voz, que suele marcar el inicio de una conversación incómoda.

—Mira, Rose, déjalo —le digo—. No eres el ombligo del mundo.

Normalmente sería mentira, porque cada día mi mundo gira más en torno a ella, pero hoy no. Por lo menos, hasta este momento.

—Eso ya lo sé... Pero me tienes preocupada. Nunca hablamos de tus cosas, y eso que está claro que tienes un montón de problemas. Pero nunca quieres desahogarte. ¿Por qué? —Rose cierra su espejo de maquillaje y se acerca a mí—. Siempre hablamos de mis asuntos, de lo incomprendida que me siento y de cuánto me ignoran en mi casa... —Sonríe, pero debajo hay algo serio, una promesa que espera que cumpla—. Sé que a ti puedo contártelo todo, Red...

Entonces me lleva la mano a su mejilla, y en ese momento desearía combustionar y desaparecer con una nube de humo y ceniza. Habría sido perfecto. En su lugar, me quedo inmóvil como un saco de carne con terminaciones nerviosas.

—Y tú sabes que también puedes contarme lo que quieras, ¿no?

—Claro que sí...

Le aparto la mano de la cara y me pregunto si será cierto, si de verdad podría sincerarme con Rose. Con la chica que básicamente se ha burlado de todas las declaraciones de amor sinceras que ha recibido. Pero tampoco puedo culparla por desconfiar del mundo, puesto que el mundo le ha dado pocos motivos para confiar en él.

—¿No hay nadie que te guste? —me pregunta, y yo suelto un suspiro y me meto las manos en los bolsillos junto con su teléfono—. Porque si es así, deberías ir por ella y decirle lo que sientes, sea quien sea. Tú también mereces ser feliz.

—¿También? ¿Como quién? —la interrogo.

—Pues no sé, como el resto de la gente feliz. Yo soy feliz, y Leckraj está superalegre.

Se me escapa una sonrisa.

—Pero eso es porque el amor de su vida es su bajo —le respondo—. Bueno, Rose, ¿hacemos el video de mierda o qué? Por increíble que parezca, tengo vida más allá de ser tu ayudante.

—¡Tranqui, tranqui! Lo único que digo es que serías un buen partido, y hay otras chicas que también lo creen. Sé que Milly Harker no deja de hacerte ojitos de cachorro, y...

—Rose, déjalo ya —la corto, más bruscamente de lo que pretendía—. Mira, no quiero tener novia, ¿okey? En este momento no tengo la cabeza para pensar en eso, sino en el grupo, en Leo y en... ti —me trabo con la última palabra—. Tú podrás ligarte a cualquier extraño mientras Naomi está en coma, pero yo no.

Rose me mira durante un momento, se encoge de hombros y vuelve a la mesa, donde empieza a organizar su maquillaje.

—Vamos, o sea, estás diciendo que soy una zorra egoísta y despiadada —dice, y sé que le hice daño, y me duele.

—No, sólo digo que no es lo que busco en este momento. No pienso en ello.

—Pues debes de ser la única persona de dieciséis años de

todo el mundo —afirma ella—. Anda, vamos a acabar con el video. Estoy lista para mi primer plano.

Antes de que pueda picar el botón, el teléfono de Rose cobra vida en mis manos con un zumbido. Un mensaje de un número que no tiene guardado. Sin darme cuenta, leo la vista previa.

No dejo de pensar en ti y en lo de hoy... ¿Cuándo lo repetimos?

—¡Oye! —Rose me quita el teléfono.

—¿Quién es, Rose? —le pregunto—. ¿Con quién estás saliendo? ¿Es Maz?

—Por Dios, Red, ¡cálmate! Salí un par de veces con un chico de... St. Paul's, pero no es nada serio, ya me entiendes. Sin embargo, es evidente que él ya se enamoró de mí.

Sólo dudó una milésima en su respuesta, pero yo lo noté. Rose me está mintiendo, ¿por un chico? ¿Por qué iba a hacer eso? ¿Por qué iba a mentirle a la persona a la que se lo cuenta todo? Responde el mensaje con una sonrisa diminuta y un rubor en las mejillas. Este le gusta.

Un brote de ira surge en mi pecho, y me voy a la cocina a ponerme los calcetines y los tenis, mientras maldigo las agujetas.

—¿Qué estás haciendo?

—Ya te dije que quedé con Gracie. Me voy.

—¡No, por favor! —Se queda mirándome—. Te lo suplico, sólo serán tres minutos. Lo siento, pero no sé por qué te interesa tanto. No es más que un chico que conocí en el campamento de teatro al que me obligó a ir mi padre. Evidentemente, está clavado conmigo, y, evidentemente, a mí ya me da igual. ¡No te enojes conmigo, porfa! Yo no tengo la culpa de ser tan irresistible.

Está bromeando, pero no me hace gracia. Si fuera un ligue del campamento de teatro, me daría igual, pero este no es cualquiera. Si lo fuera, nos leería sus mensajes y nos enseñaría sus fotos de Snapchat para que nos riéramos todos.

—No me enojo —le aclaro—. Me preocupo.

—¿Qué te preocupa? —me suelta—. Carajo, Red, no eres mi padre. Y, ahora, ¿podemos grabar el video, por favor?

—Bueno. —Vuelvo a tomar su teléfono—. Tienes cinco minutos, aprovéchalos.

La observo mientras fija la mirada en la lente posterior de su celular y empieza a hablar como si lo hiciera con su amiguita más básica, salvo porque no tiene ninguna, claro. La contemplo mientras se ríe, con los ojos brillantes, abriendo los labios mientras explica su tutorial lleno de ironía, y es graciosa y ocurrente, y parece que su destino es triunfar. Recuerdo cómo entró al salón esta mañana, como la puta reina, como si conquistara el mundo con cada paso. Entonces me doy cuenta de que, aunque el mundo crea que nada ni nadie sería capaz de hacerle daño, en realidad, es la persona más asustada y solitaria que conozco.

Y si alguna vez permitiera que le hicieran daño, sabiendo lo que sé, no podría perdonármelo nunca.

23 de junio

Rose
A veces no puedo quitármelo de la cabeza, ¿sabes?

Red
¿Qué pasa? Es tarde, ¿estás bien?

Rose: Los recuerdos me vienen de repente, cuando menos me lo espero. Y creo que es una pesadilla, pero no, porque pasó de verdad

Red
No pasa nada. Estoy aquí. ¿Quieres ver un video de gatitos?

Haz clic aquí para abrir

Rose
Tú sí me entiendes

Red
No me queda más remedio. ¿Quieres que vaya?

Rose
No, estoy bien. Se me pasará pronto. Tú quédate ahí, ¿ok? No te vayas a dormir ni desconectes, mándame más videos

Red
Perro atrapado en sofá

Haz clic aquí para abrir

 Red
Nutrias dándose la mano

Haz clic aquí para abrir

 Red
¿Más?

 Rose
Más. Te quiero

 Red
Lo sé

15

Cuando llego a casa, Gracie está sentada en la sala viendo un programa de variedades en la televisión.

—¡Red! —dice, y salta a mis brazos; huele a cátsup y a escuela—. ¿Batería?

—Claro. —La afianzo sobre mi cadera—. ¿Dónde está mamá?

—En el baño —responde Gracie mientras la subo por la escalera—. ¡Papá vino a casa! ¡Y trajo pizza!

—¿De verdad? —Sonrío igual que ella—. Y ¿dónde está?

—No lo sé. Creo que se volvió a ir.

Con tal de que haya traído pizza, no parece importarle demasiado. Es curioso cómo quieren los niños a sus padres por muy terribles que sean, dado que no conocen otra cosa. Hasta que llega un día en el que todo cambia. Y me da tristeza, porque no quiero que Gracie no se contente con pasar veinte minutos con su padre y comerse una pizza.

—Bueno, pues entra a mi cuarto y ve preparándote, ¿okey?

Me detengo fuera del baño.

—Gracie va a tocar la batería un rato y luego la llevo a la cama —digo a través de la puerta.

No hay respuesta, pero oigo el ruido del agua y la llave abriéndose y cerrándose. Me encojo de hombros y vuelvo con Gracie. La única manera de ensayar en casa es con los audífonos puestos y unas almohadillas para silenciar las baquetas. Siento a Gracie en el taburete, coloco los cables y le pongo algo de rock duro muy sucio, el que a ella le gusta. Aprieto el botón, y empieza a golpear la batería con todas sus fuerzas. Me quedo mirándola un rato, tiene los ojos cerrados y una sonrisa boba en la cara. Pienso que debería pasar más tiempo con ella. Tengo que asegurarme de que esté bien. Es lo que parece, pero ¿cómo iba a saber ella si se torcían las cosas? ¿Y yo?

Mientras golpea los tambores, me viene a la memoria ese momento con Rose, acompañado de un arrebato de deseo, y me siento culpable. Pese a saber todo lo que había pasado en su vida, lo que ha mantenido en secreto y lo mucho que le importa mi amistad, yo sigo deseándola, tanto que a veces me duele en lo más profundo de mi ser.

—¿Dónde está Gracie? —grita mi madre desde el otro lado de mi puerta.

—Aquí —respondo—. Te dije que al rato la llevo a la cama.

—Vamos. —Mi madre le quita los audífonos a Gracie y empieza a arrastrarla hasta su cuarto mientras ella protesta.

—Pero yo quiero jugar con Red —lloriquea.

—¡Dije que ya la acostaba yo! —repito, pero mamá no contesta.

A veces parece que fuera invisible para ella, o al menos si no se esforzara tanto por evitar mirarme. En su lugar, me quedo con lo peor de los dos mundos, mi madre me ignora al tiempo que concentra su furia sobre mí como un rayo láser abrasador.

—Pues bueno —digo, y doy un portazo para hacerla enojar.

Me siento en la cama y miro mi celular.

No hay nadie en línea.

Me sobreviene una sensación de inquietud e impotencia, como si fuera idiota y viviera en la cárcel de mi propio cuerpo. Me recuerda a un cuadro que vi durante una excursión que hicimos con el colegio a una galería de arte, en el que aparecía un joven de pelo rojo y brillante tumbado en la cama, puede que muerto incluso, y así es más o menos como me siento. Como un poeta o un artista destinado a fracasar siempre en el amor. Los impulsos que había sentido hacia Rose me habían desequilibrado. Me dieron miedo y me excitaron. Pero hay dos motivos muy importantes por los que tengo que quitármela de la cabeza.

En primer lugar, no soy el tipo de Rose, y no hay manera de remediarlo.

Y aunque lo fuera, la conozco mejor que nadie, y eso es lo único que importa. Puede parecer una locura, pero es cierto, porque soy la única persona que sabe la verdad sobre Rose.

Aparte de ella misma y de los que lo hicieron, soy la única persona que sabe que le pasó algo terrible cuando tenía catorce años. Algo que la cambió para siempre.

Ocho meses antes...

De pronto se quedó quieta. Como si se apagara la luz de sus ojos y alguien la hubiera desconectado, perdida en otro momento distinto al que estábamos viviendo. Habíamos estado riéndonos, hablando y viendo películas tontas en su dormitorio. Nuestra amistad era bastante reciente y aún dábamos vueltas en círculo, intentando descifrarnos y calibrar qué significábamos para la otra persona.

Ni siquiera recuerdo qué estábamos viendo, alguna peli de adolescentes en la que la *nerd* cambia su imagen justo a tiempo para recibir su primer beso. Le pregunté:

—¿Qué pasa? — Como no me respondía, le toqué la muñeca con la punta de los dedos—. Tierra llamando a Rose...

Rose parpadeó y sacudió la cabeza, y mientras volvía a sentarme sobre los talones, pude apreciar que una lágrima caía por su mejilla.

—¿Qué te pasa?

No sabía si acercarme a ella, darle un abrazo o salir corriendo por la puerta, pero me había hecho la promesa de que jamás miraría hacia otro lado ante el sufrimiento ajeno, de que nunca fingiría que todo estaba bien cuando no era cierto. Así pues, me obligué a quedarme.

—Puedes hablar conmigo, Rose, y decirme lo que quieras.

Ella se quedó mirándome durante lo que me pareció mucho tiempo, tanto que quise apartar los ojos, pero no lo hice. Esperé.

—Si te cuento una cosa, algo que nunca le he confesado a nadie, ¿me prometes, no, me juras que guardarás el secreto?

—Sí —respondí al momento, y entonces lo decía de verdad.

Así de fácil me resultaba jurarle lealtad, me dijera lo que me dijera después, con tal de hacerle saber que podía contar conmigo.

—Esa chica, la del vestido de fiesta y los ojos brillantes, a punto de recibir su primer beso... —Señala la tele con la cabeza, donde aparece la imagen congelada de la actriz en un momento de su romántica historia—. Todo es mentira, ¿sabes? Creces rodeada de princesas y cosas de color de rosa y finales felices, pero nada de eso es cierto. El mundo es frío y brutal. Eso es lo que deberían enseñarles a las niñas pequeñas, en lugar de esas patrañas.

—Sí, es verdad. —Una sensación de inquietud me subía por la espalda. No se trataba de una pelea con su padre, esto era otra cosa, y lo sabía.

—Empecé a salir con Martin Heaver cuando tenía catorce años. Me gustaba porque lo conocía todo el mundo, era atrevido y popular. Se movía con seguridad, y todas las chicas estaban detrás de él, a pesar de ser un completo imbécil. —Mientras hablaba, no apartaba la mirada de la pantalla, de aquella chica con los labios abiertos a punto de recibir el beso perfecto—. Salimos unas cuantas veces y estuvo bien. Fuimos al cine, dimos paseos románticos, me invitó a ir por una pizza. Era tierno y divertido, y yo... pues estaba muy contenta, la verdad. Nunca había sido tan feliz, y creo que eso fue lo peor. Pensaba que estábamos enamorados, y que era especial. Algo único y maravilloso, como recubierto de diamantina. Fue la primera vez que besé a un chico, y fue perfecto, o eso pensaba yo. Vaya imbécil. Cada vez que me acuerdo, me dan ganas de vomitar.

—Rose... —Me arrastré con las rodillas hasta ponerme delante de la pantalla—. Cuéntamelo.

Me miró durante un instante y apartó la cara. Entonces me di cuenta de que no quería que la mirara, ni verme siquiera. Apagué la televisión y me fui hasta la ventana que daba a la calle, tranquila y en silencio.

—Llevábamos saliendo un par de semanas —prosiguió con voz monótona y sombría—. No dejaba de decirme lo mucho que le gustaba, lo en serio que iba conmigo y las ganas que tenía de demostrarlo. Pensé que iba a comprarme un regalo o algo así. Por Dios...

Al otro lado de la calle se encendió la luz en una sala y vi a dos niños pequeños persiguiéndose alrededor de una mesita. Sentada a mis espaldas, Rose se reflejaba en el cristal como un fantasma translúcido, como si no estuviera allí en realidad, y lo cierto era que en aquel momento no lo estaba. Se encontraba en un lugar mucho peor.

—Entonces me llevó a una fiesta de gente más grande, con algunos universitarios, porros y alcohol. Aunque no lo había hecho nunca, bebí y fumé un poco para impresionarlo. Además, creía que él me cuidaría. Después nos colamos en un dormitorio y empezamos a besarnos, y él quería hacerlo, pero yo le dije que no estaba lista. Se supone que eso es lo que hay que hacer, ¿no? No dejarse presionar, ¿verdad?

—Sí —le dije.

Ya sabía lo que venía a continuación, tenía clarísimo lo que iba a decirme, pero ella debía pronunciar aquellas palabras porque me había escogido a mí para oírlas.

—Le dije que quería que fuera el primero. —Ahora me estaba mirando, sentía sus ojos clavados en mi espalda, así que aparté los ojos de la familia feliz de enfrente y me volteé. Ella me sostuvo la mirada—. Pero que no quería que fuera así, en casa de unos desconocidos, encima de un montón de abrigos y pudiendo entrar cualquiera. Yo me imaginaba pétalos de rosa y velas... Entonces volvimos a la fiesta, bebimos un poco más, fumamos un poco más, y me dio una pastilla. Me dijo que me iba a gustar.

Rose vaciló un momento y bajó la vista. Sin darme cuenta, crucé la habitación hasta llegar a su lado. No tenía la intención de hacerlo, por miedo a agobiarla, pero al verla ahí sentada, vulnerable como una niña, no pude evitarlo. Supe que necesitaba que alguien le diera la mano.

—Confié en él —susurró a la vez que me apretaba la mano con tanta fuerza que se le marcaron los nudillos, blancos y duros—. No recuerdo casi nada después de eso, sólo alguna imagen de vez en cuando. Caras sobre la mía, luces que se apagan. Dolor. Risas.

—No sé qué decir, Rose...

Si me oyó, no lo demostró; se limitó a seguir hablando.

—Me desperté con frío. Y dolor —dijo—. Tenía frío porque estaba desnuda, y me dolía porque... porque me habían violado. No sé quién, ni cuántos. No sé quién participó, quién miró, ni si tomaron fotos. Y no sabía qué hacer, así que me levanté, busqué mi ropa y me vestí. Y me fui a casa. Mi padre había pasado toda la noche fuera y ni siquiera se había dado cuenta de que no estaba. Me di un baño. Pensé que... Bueno, pensé que ya había pasado, y que tenía que superarlo y seguir adelante. Creía que podría... Al fin y al cabo, casi no me acordaba de lo que había sucedido. Pensé que daría igual, que sería como romper con alguien, o hacer algo muy tonto o vergonzoso. De verdad creía que iba a ser así.

—¿No se lo contaste a nadie? —le pregunté.

Ella negó con la cabeza.

—No tenía a nadie a quien contárselo. Eso era lo que sentía. Fue antes del grupo, antes de tenerlos a ti, a Leo y a Nai, y no había nadie con quien pudiera hablar. Con mi padre ni de broma. Ni con la imbécil de Amanda. Mi madre ya no estaba. Todo me parecía distinto, y todo me daba miedo. La gente parecía diferente, más cruel y más ruidosa. Cada sonido me sobresaltaba, como los gritos en el pasillo o una tetera hirviendo. De pronto estaba siempre asustada, como si fuera a suceder algo terrible. Volví a encontrarme con Martin en la escuela, y pasó de largo como si no nos conociéramos. Lo veía durante el recreo, rodeado de sus amigos, y a veces me miraban y me imaginaba que hablaban de mí. Y entonces caí en cuenta de que no sabía quiénes de ellos me...

Rose se quedó callada, su cuerpo se estremeció y le entraron ganas de vomitar. Se dobló hacia delante con la cabeza entre las rodillas. Le puse la mano en la espalda y esperé a que pudiera respirar y siguiera hablando.

—No le dije nada a nadie porque no podía. Creía que si lo enterraba, acabaría desapareciendo. Martin se fue al final de año, igual que sus amigos. Por eso, cada día me ponía una pieza nueva de armadura encima, ¿sabes? Una capa tras otra, hasta que volví a sentirme segura. Eso fue lo que decidí: convertirme en esta persona, la que soy ahora. Pero la verdad es que... a veces tengo mucho miedo. Todo parece normal, incluso las cosas van increíblemente bien, como esta noche contigo, y de repente me asalta una sensación de... de terror. Entonces me dan ganas de ponerme a gritar y de salir corriendo para esconderme, pero no hay nada de lo que huir, ni ningún lugar donde esconderse. Todo lo que me da miedo está en mi cabeza. Y lo único que quiero es que desaparezca. ¿Por qué no desaparece nunca, Red?

—No lo sé —respondí—. No lo sé.

Nos quedamos ahí, en su cuarto, sin hablar, casi sin movernos hasta que las luces del otro lado de la calle se volvieron a apagar, y el padre de Rose llamó a la puerta.

—¡Ya es hora de volver a casa, Red! —dijo.

—Puedo quedarme —me ofrecí enseguida—. Dormiré en el suelo.

—No, vete. —Rose me soltó la mano al fin—. Me alegro de habértelo contado, Red. Eres la primera persona con la que tengo una verdadera amistad desde que murió mi madre.

Después de esa noche, ya no volví a cuestionar nada de lo que hacía o decía Rose. Ahora sé que hay una explicación para todo que probablemente no conozca nadie más. La gente la considera una persona presumida y segura de sí misma, que quiere llamar la atención y estar en el centro de las miradas, que la vean y la escuchen.

Pero lo cierto es que Rose busca la luz porque le da miedo la oscuridad.

Quiere que la gente la mire porque le da miedo estar sola.

Quiere gustar porque a veces se odia a sí misma.

Y por eso no puedo enamorarme jamás de ella.

Y ese es el motivo de que me dé tanto miedo la expresión de su rostro al mentirme sobre ese mensaje, porque Rose no podría soportar tanto sufrimiento otra vez.

Ashira
Hoy voy a ir a verte.

Red
¿Por qué?

Ashira
Te lo diré cuando te vea.

Red
Ok. ¿Todo bien?

Ashira
Iré como a la hora de la comida. Quédate
a la vista.

Red
¿No puedes conseguir el control de un satélite y rastrearme desde el espacio?

Ashira
Ah, pues no se me había ocurrido. Buen plan.

Red
Estás bromeando, ¿no?

Red
¿No?

16

Leo está enojado. Lo veo al final del camino de cemento del patio, apoyado contra una pared, con los brazos cruzados y la cara arrugada como un puño. Y además está solo, cosa rara en él, ya que a estas horas suele estar rodeado de gente que ansía su compañía, porque con estar cerca de él ya te sientes importante. Si logró librarse de ellos, tiene que ser porque se habrán asustado por algo que haya dicho o hecho, como cuando nos daba miedo a todos.

Ya tendríamos que llevar cinco minutos ensayando, el concierto de Naomi es dentro de poco, pero sólo hemos aparecido Leckraj y yo. El señor Smith ha llegado justo después, con un paquete de donas y una caja de Coca-Cola.

—¿Dónde están los demás? —me pregunta—. Les traje algo para que repongan fuerzas. El concierto está a la vuelta de la esquina.

—No lo sé... —Miro a Leckraj, que se encoge de hombros—. Iré a buscarlos y les diré que los está esperando.

—Déjalo. —Parece alterado—. Tengo una reunión y no puedo quedarme. Pero, Red, por favor..., dime que lo tienen controlado. Me costó mucho organizarles este concierto, y dejo que se encarguen de la parte musical porque confío en ustedes. No van a decepcionarme ahora, ¿verdad?

—No. Por supuesto que no.

Me pone el paquete de donas en la mano.

—Más les vale —dice—. Cuento con ustedes.

—Pero ¿qué diablos les pasa? —digo en cuanto sale del salón de ensayo—. ¿Es que no se dan cuenta de que todo se va un poco más a la mierda cada vez nos separamos?

—Yo sí vine. —Leckraj levanta la mano como si estuviera en clase.

—Ya, bueno, pues no te muevas. Voy a ver si los encuentro.

—¡Red! —me llama cuando me acerco a la puerta.

—¿Qué?

—¿Puedo comerme una dona?

—¿Qué pasa? —le pregunto a Leo cuando llego hasta él. Agacha un poco la cabeza al verme, como un niño al que agarraron haciendo algo malo—. Leo, tenemos media hora máximo para ensayar, ya casi se acaba, el concierto será muy pronto, Smith está con los nervios de punta y Leckraj no está preparado. ¿Qué pasó?

—Nada.

Leo se encoge de hombros, y la manera que tiene de escupir la palabra me recuerda a aquellos tiempos remotos en los que me parecía un *bully* a quien nunca me habría atrevido a dirigirle la palabra, y mucho menos como acabo de hacerlo ahora.

—No me vengas con eso —le digo—. Soy yo. Dime qué rayos está pasando. ¿Por qué no fuiste ayer al hospital?

—Fui, pero era demasiado tarde y no me dejaron entrar, así que me quedé afuera un rato. Era mejor que volver a casa.

—Espera. —No está enojado, sino triste. Leo se esconde de su séquito porque está triste—. ¿Qué pasó, hombre?

—Aaron volvió a casa anoche, antes de lo que pensábamos, y fue un puto infierno. Mi madre se disgustó, y él se enojó. —Tiene el rostro muy tenso—. Horrible, pero, como te dije, no me dejaron entrar al hospital. Y tampoco quería irme a casa. Una mierda.

—Ya.

Busco algo que decir, una manera de empatizar con él, pero no se me ocurre nada, porque que un hermano violento salga de la cárcel es algo que no he experimentado nunca. Los dos tenemos dieciséis años, nos gusta la misma música y las mismas películas, podemos tirarnos el día entero a hablar de tonterías y quedarnos callados cuando vemos a una chica que nos gusta, pero nunca he pasado por lo mismo que él con Aaron.

—Entonces...

—Entonces, mi madre se puso histérica, como era de esperarse. Se le enfrentó, y le soltó el rollo de que mientras siguiera viviendo en su casa tenía que cumplir sus reglas y demás. —Niega con la cabeza—. Intenté decirle que lo dejara, que lo ignorara, pero le dijo que no pensaba permitir que me llevara por el mal camino otra vez. —Agacha la cabeza y se pasa las manos por la cara—. Aaron se puso como loco. Comenzó a destrozarlo todo. Rompió sus cosas y le dijo que más le valía callarse si no quería que...

—Carajo —digo. Comparado con eso, ensayar con el grupo ya no parece tan importante.

—Mi madre empezó a picarlo desde que entró por la puerta —añade Leo.

—¿Y qué crees, que es culpa de tu madre?

Pienso en la madre de Leo, en cómo finge ser estricta, pero no deja de sonreír al verlo tocar, y en cómo le hace su té favorito cuando sabe que se siente triste.

—¡No! —Los ojos de Leo relampaguean—. Lo que digo es que debería saber que las cosas van a cambiar. Tiene que entenderlo, porque si no va a ser una pesadilla para todos.

—Creo que sólo trata de cuidarte...

—¡Ya sé lo que está haciendo! —Leo se aparta de la pared como si hubiera un resorte y se aleja—. Pero no debería, yo sé cuidarme. Lo siento, Red, pero hoy no estoy de humor para ensayar.

—Leo, espera.

Lo agarro del brazo. Al soltarse, un teléfono sale volando de su bolsillo abierto y se desliza sobre el piso, pero no se da cuenta y sigue alejándose ofendido de vuelta a la escuela.

—¿Qué carajos es esto? —digo al recogerlo.

Es un Nokia viejo y pequeño. La pantalla está rajada, pero todavía funciona. Conozco a Leo y sé que adora su iPhone y todos sus aparatitos tecnológicos, así que no entiendo por qué trae esa mierda que sólo sirve para hacer llamadas. La gente sólo usa estos celulares cuando se les rompe el bueno y no tienen dinero para cambiarlo o si quieren hacer algo sin dejar rastro.

Se trata de un teléfono desechable, como los llaman en la tele. Un celular para cerrar tratos dudosos o tener una aventura sin que nadie te descubra. Sólo se me ocurre un motivo para que Leo tenga uno de estos: su hermano; sin embargo, Aaron no lleva fuera de la cárcel ni cinco minutos, y ese teléfono se ve destruido. Lo desbloqueo y voy recorriendo los menús, pero no hay mensajes ni registro de llamadas. Voy a la lista de contactos, donde no hay más que diez números, pero uno de ellos me llama la atención porque acaba en 887.

Saco mi celular, hago clic en un número y los comparo. Son el mismo.

¿Por qué tiene Leo el número de Naomi en un teléfono desechable?

Cuando suena la primera nota metálica de la campana, salgo de clase antes que nadie y echo a correr desde mi mesa hasta alcanzar la posición junto a la puerta por donde sé que siempre pasa ella.

Durante un minuto, todo es paz y tranquilidad.

Entonces, un hervidero palpitante de vida surge a borbotones del edificio, desesperado por salir de allí. Los estudiantes van desfilando, gritando, cantando y peleándose entre ellos. A unos cuantos los conozco, a otros no, y ninguno es Rose.

Ashira pasa de largo con la cabeza baja, los audífonos puestos y una expresión esmeradamente neutra en la cara. En el último momento me lanza una mirada y señala con la cabeza un viejo cobertizo donde el conserje guarda sus herramientas.

—¿De qué se trata esto? —le pregunto mientras se quita los audífonos.

—Nada en Twitter —dice—. Doscientos treinta y ocho retuits y nada. Nadie ha visto nada parecido.

—Pues vaya. ¿Y ahora qué?

—Tú tienes tatuajes, ¿no?

—¿Cómo lo sabes?

Mierda. Recuerdo haberles tomado una foto poco después de hacérmelos. Así que Ash también se dio una vuelta por mi nube.

—Cuando Nai se esfumó, tuve que comprobar por mí misma si sabían algo —dice como si nada, como si sólo le hubiera echado un vistazo a mi Instagram.

—Carajo, Ash, te pasaste, ¿no lo entiendes? Aunque puedas hacerlo, no quiere decir que esté bien. Podrías joderle la vida a alguien, a la gente real. Y podrías meterte en un problema grave. Eso lo entiendes, ¿no?

161

Ash se limita a parpadear, y veo que en realidad no lo entiende. O eso o le importa una mierda.

—Me gustan tus tatuajes —dice, rompiendo el contacto visual—. Te quedan bien.

—Pues... gracias, creo.

Esta chica no deja de confundirme.

—En fin, el caso es que Twitter es demasiado fortuito, tenemos que centrarnos en los expertos. Y entonces se me ocurrió: podemos ir primero a donde te los hiciste tú, que por lo menos es un comienzo. Tal vez reconozcan el estilo o tengan alguna pista. ¿Qué te parece?

Me dedica una sonrisa que resulta casi tierna y optimista, pero también me recuerda a la mueca desquiciada de un *cyborg*.

—Okey —accedo—. Lo que tú digas. Me imagino que ya sabes cuál es la dirección, así que...

—Pero necesito que vayas conmigo.

—¿Y eso?

—No me gusta la gente.

—No me digas.

—Pero tú no me caes mal —contesta, y se encoge de hombros.

—Igualmente —le respondo yo con el mismo gesto—. Ash... —empiezo a decir, titubeante—. ¿Has vuelto a pensar en que es posible que se fugara con un chico?

—Sí.

—¿Y?

—Pues que si hubiera estado enamorada de alguien que supuestamente también la quería tanto como para dedicarle canciones, ¿dónde está ese amante misterioso? Está en coma, ¿su Romeo no debería estar a su lado? Si fuera un chico, un buen chico que la quisiera, la habría traído a casa. Pero no. Sea quien sea, la mantuvo apartada de su familia. ¿Y ahora qué? ¿Dónde se escondió?

Pienso en el número de Naomi que está grabado en el teléfono desechable de Leo. ¿Sería posible que fuera él su amor secreto? No tiene la más mínima lógica, pero ya no hay nada que me parezca imposible. No le digo nada a Ash y lo dejo guardado en el bolsillo. Antes tengo que hablarlo con él en persona.

—Tienes razón —coincido.

—Entonces ¿me acompañas al estudio de tatuajes? ¿Vamos ya?

—Podríamos, pero...

Miro por encima de su hombro, buscando las palabras.

—Pensé que estabas conmigo —me insiste, acercándose un poco más de la cuenta—. Te necesito.

Su forma de mirar me inquieta un poco, como si pensara que yo podría ayudarla a resolver esto cuando la verdad es que soy la persona menos indicada. De todos modos, quiero intentarlo.

—Mañana nos saltamos las clases de la tarde y vamos, ¿de acuerdo?

Asiente de mala gana.

—¿Vas a ir hoy al hospital?

—Puede que luego, antes tengo que hacer una cosa...

Ash no se molesta en escuchar el final de la frase y se va a toda prisa, poniéndose los audífonos antes de que pueda acabar de hablar.

Lo que no puedo decirle es que estoy aquí esperando a Rose como si fuera un idiota, porque no la he visto en todo el día. Y la extraño.

Cuando la veo al fin, casi me pasa, camuflada entre la multitud.

—¡Oye, loca! —la llamo.

Ella se para y deja caer los hombros. ¿Acaso intentaba ignorarme?

—Ah, hola. —Rose me hace un gesto vago, con una mano en la cintura.

—¿Vas a regresarte caminando? —No suelo hacerle esta pregunta. Lo normal es que siempre volvamos caminando.

—Supongo.

—¿Dónde estuviste durante el almuerzo? Ya sabes que queda muy poco para el concierto, y de pronto desaparece la mitad del grupo. Esto es importante. Es por Nai, y... el señor Smith se ha esforzado mucho para sacarlo adelante. No quiero fallarle ahora.

—Ya. —Se detiene un momento—. Entiendo que es por Nai. No creas que no me importa, Red.

—Perdón... —De repente me invade un tremendo cansancio—. Sólo quiero que salga bien. Por todos.

—Lo sé, y lo siento. —Rose no parece lamentarlo; lo único que parece es que quiere estar sola, y eso es tan poco propio de Rose que da miedo—. Pero yo sé lo que hago, no necesito ensayar tanto como ustedes. Tú y Leo son los que tienen que hacer que el chico ese se ponga las pilas.

—Leckraj —le digo. Por lo menos que lo llame por su nombre.

—Sí, ese.

Rose se mueve con impaciencia, como si tuviera que irse.

—¿Dónde estabas?

—Por ahí —replica.

Ahora hace calor, y trae el abrigo de piel colgado del hombro y las lentes de sol casi en la punta de la nariz. Un aguijonazo de furia me atraviesa el pecho, pero hago lo posible por ignorarlo. Mantén la calma, no vayas a asustarla.

—¿Estabas con ese chico que te escribe? ¿Era Maz?

—Por Dios, Red, relájate. A ver, nos llevamos bien y todo, pero no tengo por qué informarte de todos mis movimientos. A veces te pasas un poco, ¿sabes?

Su reacción es tan inesperada que me toma por sorpresa y me deja desconcertada. Nunca me había hablado así, y me duele mucho. Unas lágrimas me queman los ojos y no quiero que me vea llorar, así que no respondo, me limito a caminar más despacio mientras ella sigue avanzando y me deja atrás. Parpadeo hasta que pasa el momento, y me siento como mierda. Los demás fingen no darse cuenta y bajan la mirada y se dan codazos al pasar. Me detengo justo antes del puente y miro las aguas oscuras, acordándome de aquel sueño.

—Lo siento.

Rose ha vuelto y me habla con una sonrisa y esa expresión de «estaba bromeando» en la cara.

—No pasa nada —le respondo con tono inseguro. Me da vergüenza estar a su lado.

—Bueno, pues vamos. —Avanza unos pasos y se voltea a mirarme.

No sé por qué, pero no me muevo, ni camino ni la sigo, como hago siempre, hasta que las palabras brotan de mi boca.

—¿Qué querías decir? —le pregunto a mi pesar.

—¿Con qué?

Rose lanza un suspiro. Sabe a qué me refiero.

—Con eso de que a veces me paso.

Rose echa la cabeza hacia atrás y tensa los hombros en un gesto de exasperación.

—No quería decir nada. Es que... sólo quiero un poco de intimidad, ¿okey? Algo que no tenga que contarles a ti y a Leo...

—Bueno —digo—. Está bien. Pero...

—¿Qué?

Da un paso hacia mí.

—Cuéntame algo de ese chico, aunque no sea todo. Sólo un poco.

—¿Por qué? ¿Te excita o algo así?

Rose empieza a caminar otra vez, mientras intento con todas mis fuerzas quedarme donde estoy y dejarla ir hasta que desaparezca entre los autobuses y los coches, pero soy incapaz. Incluso corro un poco para alcanzarla.

A veces me odio.

—Porque no quiero que te metas en algo que se te salga de las manos —le digo—. Una cosa es ponerse un poco borracha en el parque y otra muy distinta acabar en una patrulla. O salirse de clase con vete tú a saber quién...

—Por favor, Red, a eso se le llama ser adolescente —suspira.

—Por favor —le rebato—. ¿Quién más ha pasado por la cárcel esta semana? ¿O vomitado en el armario o donde haya sido? Rose, te han ocurrido cosas muy graves, y...

Me lanza una mirada fulminante que me calla la boca al instante.

—Ay, pobrecita de mí, tan frágil que no puedo con mi vida y voy por mal camino, ¡ojalá viniera un caballero de brillante armadura para salvarme! ¿Es eso lo que estás pensando? —Niega con la cabeza—. Pero no eres un caballero de brillante armadura, sino un bicho raro con el pelo rojo a quien le sobraban muchos kilos y que se pega a mí o a Leo. Crees que me conoces, pero no. No me conoces en lo absoluto, y, la verdad, me estoy cansando de tus escenitas de mierda. ¿Cómo te atreves a decirme cómo debo vivir mi vida cuando no tienes ni puta idea de cómo vivir la tuya?

Me parece una desconocida. No reconozco nada de su expresión, y hay algo nuevo, algo que no había visto antes, ni siquiera aquel primer día en que nos juntaron para formar una banda aunque no quisieramos.

Desdén.

Rose me está despreciando por primera vez. ¿Qué le pasó? Y ¿por qué ahora?

—Rose —avanzo un paso hacia ella—, no quiero pelearme contigo por esto, sólo me preocupo por ti... Me importas.

—Ya lo sé. —Su expresión se suaviza, pero no mucho—. Pero es que quizá deberías mirarte un poquito al espejo antes de preocuparte tanto por mí, ¿sabes? Tú ya tienes tus propios problemas.

Seguimos caminando, pero es distinto, como si toda la confianza y la buena relación que teníamos se hubieran convertido en fricción y problemas. Ya no caminamos al mismo paso. Cuando pasamos por el puente, me da miedo mirar el agua, por si acaso el río empieza a llamarme, igual que en mi pesadilla.

Waterloo Road da paso a otras calles secundarias, hasta llegar a las avenidas suburbanas, y por fin, al final de todo, a la esquina de Albion Street, mi calle. Me detengo para iniciar una de nuestras largas despedidas habituales, pero Rose se limita a sonreírme con pocas ganas y a encogerse de hombros.

—¡Hasta mañana!

—Ensayamos a la hora de comer, ¿eh? —le digo desde lejos, pero no me responde, y me veo un poco patético.

Mientras recorro la calle hasta mi puerta, me digo que todo esto no significa nada, que no es más que una tontería, un pequeño bache en nuestra amistad. Pero puede que sea más que eso, tal vez se trate de la onda expansiva de lo que le pasó a Naomi, avanzando en círculos que se desintegran lentamente, pero con la fuerza suficiente para sacudir y agitar lo que nos hace ser nosotros cuatro, o lo que fuimos. Me digo que todo volverá a la normalidad mañana, pero cuando llego a la puerta, sé que no es cierto.

Allí de pie, delante de la descarapelada pintura verde de la puerta, con la llave en la cerradura, lo único que sé es que no quiero entrar todavía. Una vez más, el coche de papá no está estacionado en la calle. La emisora Heart Radio suena demasiado alta en la sala, y en algún lugar estará Gracie construyendo su propia burbuja en la que resguardarse de todo. Sé lo que debería hacer, debería entrar a ver a mi hermanita y sacarla de su burbuja, pasar tiempo con ella y aportarle un poco de normalidad, pero ¿y si yo no soy normal?

Si entro ahora, es posible que mamá esté sobria, puede que sea capaz de mirarme, y quizá lo haga como cuando yo tenía la edad de Gracie, con ternura y asombro, como si todo lo que hacía o decía fuera maravilloso. Pero también puede ser que tuerza la cara cuando me vea y se le empañen los ojos, y hoy será culpa mía lo que no le permita afrontar el mundo sobria. Y la verdad es que me duele. Me duele mucho cuando me mira así, porque la extraño. La extraño muchísimo.

Así que no abro la puerta. En su lugar, escondo mi mochila entre el frondoso seto que rodea nuestra casa, saco el dinero que debería durarme toda la semana, me guardo la tarjeta de transporte en el bolsillo, me doy media vuelta y me echo a correr.

Imagen de Camden High Street

---

0 reacciones   Hace 1 minuto

17

No tengo ni la menor idea de adónde voy ni de lo que hago, sólo sé que quiero estar en un lugar donde no tenga que ser yo, así que corro lo más rápido que puedo, hasta que me arden los pulmones y el sudor me entra en los ojos. Cuando echo un vistazo alrededor, me percato de que estoy delante de la estación de metro de Vauxhall, y sé exactamente lo que quiero hacer.

Tomo la línea hacia Euston, y un elevador me escupe en una estación rebosante de zombis de aspecto humano que miran con cara boba la misma pantalla de salidas, a la espera de recibir la señal para poder moverse. Paso entre ellos, esquivando las muchedumbres estáticas, hasta que salgo por Eversholt Street.

Y me dirijo hacia Camden Town.

Este último año he ido a Camden muchas veces. Hubo un tiempo, un par de años atrás, en el que me parecía un lugar importante y exótico, donde se respiraba una libertad y una música que estaban fuera de mi alcance, y pensaba que, si conseguía llegar allí, habría cumplido una meta en mi vida.

Sin embargo, aún recuerdo el miedo que sentí la primera vez que fui con Leo, Rose y Naomi, como si algo horrible fuera a sucedernos. ¿Y si nos perdíamos, nos secuestraban o nos drogaban y despertábamos golpeados y sin dinero en un barco en mitad del canal...? Sin embargo, una vez que llegamos, lo que encontré no se parecía nada a lo que había imaginado.

Era una trampa para turistas, llena de puestos donde se vendían trapos desteñidos con cloro y sombreros raros, con bares temáticos y gente que daba vueltas en busca de un poco de originalidad que aportar a sus tristes vidas. Gente igual que yo.

Cuando descubrí aquello, me sentí un poco más fuerte, un poco mayor y con más experiencia, y desde ese momento, nada de lo que había en Camden volvió a darme miedo, desde sus calles repletas de basura hasta sus *pubs* atestados. Y lo mejor de todo era ir en solitario.

Porque en Camden nadie mira a enclenques de pelo rojo con media cabeza rapada, un arete en la nariz y cuatro agujeros en las orejas. Aquí, eso no llega a calificarse como raro. Aquí puedo respirar y ser yo, y a nadie le importa una mierda.

Entro y salgo de entre una muchedumbre de desconocidos, y me encanta que nadie me conozca, y que ni una sola persona en el mundo sepa que estoy aquí. El aire huele a cerveza y a tabaco, y arrastra el sonido del tráfico, de gritos y de risas. Me abro camino hasta un bar subterráneo que se llama Gin Bath, un antro donde se esfuerzan demasiado por darle un aspecto sórdido y sucio. Cuando me paré delante de la boca de metro de Vauxhall, me acordé de que hoy es su noche de micrófono abierto, y lo tuve claro. Ahora, a pesar de mi timidez e introversión habitual, no dudo ni un segundo en cruzar la puerta, porque aquí no soy nadie, aquí soy invisible y aquí puedo ser yo.

Casi es como si me hubiera emborrachado con el aire por el camino, que me envolvió en una especie de ilusión de carisma. El portero no me detiene, y el mesero apenas me mira cuando pido una Coca-Cola en la barra.

Todavía es temprano, no son ni las seis, y al mirar mi celular veo que no hay cobertura. Nadie puede tocarme aquí.

El bar se va llenando poco a poco mientras van entrando los músicos acompañados de todos sus amigos, hasta que el montón de gente nos empuja a mí y a mi Coca-Cola ya sin gas desde la barra a una esquina junto al escenario. Me apoyo en una pared mugrienta y gris, me cruzo de brazos y espero a que empiece la primera actuación. Es una chica con una guitarra, porque casi siempre es una chica con una guitarra, todas con mucho talento y que saben tocar y cantar. El sonido de sus voces unido a las cuerdas de sus instrumentos me resulta agradable, pero no me habla, no tiene ni una pizca de la pasión y la intensidad que muestra Rose cuando canta una de nuestras canciones. Ahora bien, en realidad no importa, no tanto como estar aquí, mientras contemplo al público compuesto por los novios y los amigos de las cantantes, que aplauden como desquiciados.

Cuando se encienden los focos y suena la música a través de las bocinas, no quiero moverme de aquí, me encantaría que el medio centímetro de Coca-Cola que me queda en el vaso durara para siempre y que la vida que me espera al salir desapareciera.

—Llevo un rato mirándote.

Me sobresalto cuando una de las cantantes se dirige a mí de repente. Me había metido tanto en lo de ser invisible que casi se me olvida que sí pueden verme si me miran. Su nombre está justo a la mitad del cartel, Danni Heaven, con su pelo negro y liso hasta la cintura, su piel clara, casi blanca, y una guirnalda de tatuajes alrededor de la cintura. Creo que me lleva algunos años, y también es más alta que yo.

A veces me pregunto cuándo me tocará a mí darme ese estirón por el que todo el mundo ya pasó.

—Qué mal estuvo, ¿no? —respondo con una sonrisa burlona.

Al fin y al cabo, aquí no soy inferior a nadie, sino una persona ingeniosa y valiente, de las que protagonizan su propia vida.

—Sí, perdón, no sonó muy bien, ¿verdad? —Le hace gracia y se echa a reír. Después se toca el pelo, luego el cuello, y sigo el recorrido que van haciendo sus dedos. ¿Está coqueteando conmigo esa chica tan guapa? No puede ser—. Vi que llevas aquí toda la tarde sin compañía. —No deja de sonreír—. Y te estuve mirando mientras estaba con mis amigos y me dio un poco de envidia. Hay que tener mucho valor para no necesitar a los demás.

—Puede que no tenga amigos —le sonrío.

Estoy coqueteando con ella, no lo puedo creer. De repente soy lo mejor. Si ahora se da media vuelta y se larga, me dará igual, eso es lo que me da para arriba: ser capaz de tentar a la suerte para ver hasta dónde llega.

—Estoy segura de que tienes un montón de amigos —dice—. Apuesto a que eres muy popular. —Su mano me roza y se acerca un poco más. Su perfume tiene un olor dulce, como a vainilla—. Oye, vamos a ir a un antro, ¿te quieres unir?

—No puedo —respondo. Entonces, no sé por qué, me saboteo con lo próximo que digo—: Tengo que ir al colegio mañana.

Red, eres de lo peor.

—¿Vas al colegio? —me pregunta con los ojos y la boca muy abiertos—. Dios mío, ¿cuántos años tienes?

—Dieciséis. —Me encojo de hombros—. Lo siento.

—Vaya, y además eres adorable. —Niega con la cabeza, pero sin dejar de sonreír, y me quita el celular de las manos—. Bueno, vamos a tomarnos una *selfie*. —Miro con estupefacción mi propio reflejo con el brazo de esta chica al hombro, hasta que salta el flash y la imagen se queda grabada en mi retina—. Ahora mejor te dejo irte, ya que mañana tienes clase, pero te quiero dar algo para que me recuerdes.

Antes de que pueda darme cuenta, me besa, durante un segundo, o puede que tres, y percibo el tacto pegajoso de su brillo de labios y el dulce aroma a vino de su aliento. Al apartarse, inclina la cabeza hacia un lado y me mira otra vez.

—Búscame dentro de un par de años —dice.

Cuando me suelta la mano, distingo un tatuaje en su muñeca, prácticamente idéntico al de Naomi excepto porque tiene forma de triángulo.

—Espera. —La tomo de la mano y ella sonríe.

—¿Cambiaste de opinión?

—Me gustaría saber dónde te hiciste ese tatuaje tan bonito.

Se tapa la muñeca con la otra mano con mala cara y se aparta de mí.

—No es bonito, fue un error, y muy grande.

—Pero ¿dónde te lo hiciste? Es que mi amiga tiene uno muy parecido y...

Mira a su alrededor con los ojos muy abiertos, y después acerca su cara mucho a la mía. Esta vez no tiene nada de sensual, sino que de pronto está enojada... y asustada.

—Dile a tu amiga que salga corriendo —sisea ella—. Dile que se vaya lo más lejos que pueda y que no vuelva hasta que se cansen de buscarla. Dile que huya.

Sin otra palabra, se marcha, abriéndose paso a codazos antes de que pueda preguntarle qué quiere decir, de qué está hablando.

¿De qué se supone que debería huir Naomi?

La casa está a oscuras y en silencio cuando llego. Entro por la puerta sin hacer ruido e intento contener la energía que bulle por cada uno de mis músculos.

Una parte de mí se siente en las nubes, fuerte e invencible, y, como en un sueño o una visión del futuro, soy capaz de imaginar mi vida dentro de unos años, cuando todo esté bien, haya encontrado mi lugar y sea quien debo ser. No dura más que un segundo, pero no importa, porque eso me basta para volver a albergar esperanza. Ni siquiera me había dado cuenta de que había dejado de tenerla hasta que la recuperé. Ahora bien, otra parte de mí no sale de su asombro y se pregunta: «¿Qué diablos está pasando?».

¿Cuál era la probabilidad de que me encontrara con alguien con un tatuaje como el de Nai? ¿A qué se refería con lo de que huyera? Las preguntas sin respuesta se acumulan en mi cabeza, y me abruman. Intento olvidarlas. ¿Y si todo es cosa mía? ¿Y si imaginé la semejanza con el tatuaje de Naomi cuando no existía? Puede que me esté inventando una historia de la nada. Lo más probable es que haya asustado a esa chica con mi intensidad. Al fin y al cabo, es propio de mí. O eso es lo que dice Rose.

Tengo que calmarme y volver a la Tierra, porque, si no, acabaré de perder la cabeza.

Subo la escalera y veo la puerta de Gracie abierta. Duerme acurrucada sobre la colcha, con el uniforme del colegio puesto. No hay nadie en el cuarto de mis padres, lo que quiere decir que mi madre se habrá quedado adormilada en la planta de abajo y que mi padre tampoco vendrá hoy. La dejé sola mientras me desconectaba de mi vida y buscaba mi lugar en el mundo. La abandoné a su suerte, y ni siquiera sé si cenó.

A mí me queda poco para largarme de aquí, un par de años y a volar. A Gracie, en cambio, aún le falta un montón, y soy lo único que tiene. ¿Cómo podré asegurarme de que esté bien?

Abro la *laptop* y busco en Google a Danni Heaven, pero todas sus cuentas son privadas, cosa rara en una cantante que trata de abrirse camino. No hay nada que indique que la hayan abducido unos extraterrestres para ponerle un chip y un tatuaje bonito, por decir algo.

Sin embargo, hay un detalle que no me había imaginado, y es que se había enojado, y mucho, cuando mencioné el tatuaje.

Tiene que haber un nexo que relacione todo. Algo que uniera a Danni con Naomi, y lo único que se me ocurre ahora mismo es la música. ¿Y si Danni tuvo un admirador loco que la hubiera agredido... y tatuado? De acuerdo, suena como una locura, pero igual que todo. Tal vez fuera eso lo que le había pasado a Naomi, salvo porque no tenemos admiradores locos y la mayoría de nuestros fans van en mi salón y tengo sus números de teléfono... Excepto DarkMoon.

Vuelvo a su perfil de Toonify en busca de alguna pista. Puede que también haya canciones de Danni en sus listas. Paso las que son copias de las de Naomi en busca de alguna nueva. No encuentro nada de Danni Heaven, y eso que ella aparece como artista en la aplicación, no como Mirror, Mirror, pero entonces veo algo que me hiela la sangre.

Hay una canción de Mirror, Mirror, *Encuéntrame antes de que me pierda*.

Como en todas las canciones, las letras están ahí mismo, justo debajo, y lo que más molesta es que la canción que esta *loser* se pirateó es la misma a la que le puse música y le canté a Naomi en el hospital...

Entonces caigo en cuenta de que eso no es posible, porque saqué esa letra de la libreta que encontré en la habitación de Naomi. Las únicas dos personas del mundo que sabemos que existe esa canción somos Nai y yo.

Entonces, DarkMoon tiene que ser su novio. Eso es. Tiene sentido. Debe de ser la persona con la que se fue. Tal vez si descubro quién es, pueda averiguar qué fue lo que le pasó, dónde estuvo y por qué no nos dijo nada.

Le doy a la canción con el dedo y me acerco el teléfono a la oreja. Oigo una guitarra acústica y una melodía increíblemente parecida a la que compuse. La guitarra suena un poco baja incluso con el volumen al máximo, y la calidad no es muy buena, parece una grabación de celular. Entonces, entra la voz y se me acelera el pulso. Es una voz femenina, dulce, tierna y melancólica, que sube y baja, de la exaltación a la nostalgia, al compás de las cuerdas y a capela, creando un poema sonoro.

Conozco esa voz porque es la de una persona a la que quiero. Conozco cada nota y su entonación.

Es Naomi. Lo sé con toda seguridad.

La lista se creó el 22 de agosto, cuando Naomi seguía desaparecida. Y, por fin, lo entiendo.

DarkMoon no es el novio de Naomi, sino ella misma.

¿Por qué usó un nombre falso?

¿Por qué no se puso en contacto con nosotros? ¿Por qué no nos dijo dónde estaba, al menos?

A no ser que... Vuelvo a leer el título de la canción.

Encuéntrame antes de que me pierda.

La identidad falsa de Naomi no tiene sentido...

A menos que estuviera secuestrada y supiera que la observaban en todo momento.

A menos que estuviera haciendo lo que podía para llamar nuestra atención, sin lograrlo.

A menos que tuviera miedo.

Tomo el celular y llamo a Ash.

—¿Qué? —contesta al primer tono.

—No vas a creer esto —le digo.

Instagram de Rose Carter
Publicado a las 11.03

A veces hay que olvidar lo que otros esperan de ti, ser quien quieres ser y hacer lo que quieres hacer, porque el amor verdadero es algo demasiado extraordinario para perdérselo.

Les gusta a 64 personas

Kasha: ¿Estás borracha?

Sarah: Ja, ja, ja, ¿cómo se llama el tipo?

Leo: ¿Dices algo coherente alguna vez?

Ben: Puta

Ava: ¿Es el fortachón guapo de St. Paul's? ¡Amor total!

Holly: Estás preciosa, niña. ¿Quién es tu amorcito?

Jade: ¡Me encanta tu look!

Ben: Te quiero coger

Leo: Si no te callas, te callo, Ben

Celeste: Qué bonito pelo. ¿Qué usas?

Beth: Rose, te crees lo mejor, pero no lo eres, ¿sabes?

Ben: Te estás poniendo gorda

Leo: Ben Akerman (etiquetado), más te vale que no te agarre mañana

Ben: Esto no es contigo, imbécil. Ten un poco de orgullo, *loser*

Leo: Ya nos veremos mañana

Red: Rose (etiquetada), te mandé un mensaje, ¿lo viste?

18

No he pegado ojo. Todo lo que está ocurriendo me mantuvo en vela, como si tuviera una orquesta estruendosa tocándome en el oído. Así que, en lugar de dormir, me pasé la noche discutiendo con Ash.

—Tenemos que contárselo a la policía —le dije.

—¿Por qué? —respondió ella—. Pensarán que no es más que una adolescente a la fuga que subió no sé qué canción a una *app* de música. Eso no es nada. No, de ninguna manera. Al menos no hasta que pueda investigar a ese tal DarkMoon. Si hubiera sido Naomi, se habría imaginado que la buscaría, y habría dejado más pistas.

—Si hubiera sido Naomi y necesitara ayuda, ¿por qué no habría escrito un correo o mandado un mensaje? O se podría haber subido a un autobús. ¿Por qué no habría vuelto a casa?

—Por eso no vamos a decirle nada a la policía —dijo Ash—. Porque son igual de inútiles que tú. Ya nos veremos en la escuela.

Y me colgó.

Ir a la escuela me parece absurdo en este momento. Preferiría ir a ver a Nai y preguntarle qué le pasó, eso es lo que quiero hacer. Pero no puedo.

Ash me había dicho que seguiría inconsciente otras cuarenta y ocho horas por lo menos. Por la noche, los médicos se habían llevado a Max y a Jackie aparte y les habían soltado un sermón: «Lo normal es que hubiera mejorado más rápido. Procuramos no inducir el coma a un paciente durante más de unos cuantos días. Cuanto más tiempo pase así, más probabilidades hay de que se produzcan daños cerebrales o de que no se recupere nunca. Deben prepararse para lo peor».

Y me lo había dicho así, sin más, con voz plana y monótona. Creo que no le parecía real, igual que a mí.

Así que decido levantarme e ir a clase porque tampoco sé qué otra cosa hacer.

—¿Te cambiaste de ropa? —le pregunto a Gracie cuando entro en la cocina y la veo sirviéndose cereal en un plato.

Se mira el uniforme arrugado y encoge los hombros.

—Vente, enana —le digo mientras la llevo de la mano escaleras arriba—. Vamos a ponerte una camiseta limpia al menos.

Por suerte, encuentro una camiseta interior y una polo, de modo que le quito el uniforme de ayer y le digo que la esperaré fuera mientras se cambia los calzones. Sale del cuarto muy rápido, y no tengo muy claro que se haya molestado en hacerlo, pero supongo que tampoco importa demasiado cuando tienes siete años.

—¿Dónde estuviste anoche? —me pregunta mientras la llevo al baño para que se lave la cara y se cepille los dientes.

—¿Cómo que dónde estuve? —digo fingiendo demencia.

Había dado por hecho que nadie habría notado mi ausencia. Al final de la repisa del baño, detrás de varios botes de acondicionador a medio usar de los que compra mamá y se harta de ellos al cabo de una semana, encuentro uno de los cepillos viejos de papá, lleno de polvo y con unos cuantos pelos, como una reliquia. Como si hubiera olvidado que aún vive aquí.

—Fui a buscarte —dice Gracie—. Mamá estaba echándose una siesta, así que me comí un cereal y fui a tocar la batería contigo, pero no estabas en tu cuarto. Ni en ningún lugar, porque te busqué.

—Mierda —digo la palabra en voz alta mientras me pongo manos a la obra para intentar hacer algo con su abundante pelo rizado, un poco más claro que el mío, un rubio rojizo.

—Mierda —repite Gracie, y tengo que contenerme la risa.

—Lo siento, pequeña, ayer tuve un mal día y salí por ahí. No debí haberte dejado sola.

—Bueno, estaba mamá. —Entonces señala la repisa donde hay un par de pasadores de «Mi Pequeño Pony», con varios pelos enganchados de ayer—. Ponme eso —me pide.

—Bueno, pero ya sabes que no se me da muy bien hacer peinados.

—¿Estás bien, Red? —me pregunta.

Le recojo la mitad del pelo en un chongo redondo y le coloco uno de los pasadores para mantenerlo.

—Claro que sí —le digo—. ¿Por qué lo preguntas?

—Porque tienes cara triste y de cansancio.

Entonces me detengo un momento y miro a mi hermana, con la mitad de su pelo rebelde formando una pelota a un lado de la cabeza, y la otra mitad surgiendo del otro lado como una bola de fuego.

—Pues claro, pequeña. Soy adolescente, es mi trabajo. Cuando vuelva de la escuela, te enseñaré a tener una crisis existencial.

—¡Genial! —responde encantada.

—Ya está —le digo mientras admiro mi obra—. Pareces una princesa Leia psicótica.

Gracie se pone de puntitas para mirarse en el espejo.

—Me gusta, pero quiero tener el pelo como tú.

Entonces se voltea y me toca la parte rapada de la cabeza.

—A mamá le daría un ataque —le respondo con una mueca, y ella se echa a reír.

—Red, ¿puedo jugar con tus tambores cuando vuelva a casa de la escuela?

La puerta de mi madre se abre, y a través de la rendija veo que la cama no está deshecha, sólo arrugada. Ni rastro de papá.

—¿Ya estás lista, cariño? —le dice mi madre a Gracie, con una sonrisa cálida y la voz cariñosa. Seguramente se siente una mierda por no recordar nada de lo que pasó anoche—. Qué bien.

—Me ayudó Red. —Gracie me sonríe orgullosa.

—Gracias —dice mi madre sin mirarme a la cara.

Ya debería haberme acostumbrado a que sólo me suelte exabruptos, pero aún me duele. Casi tanto como que la única persona que haya notado que ayer no regresé a casa hasta la una de la madrugada haya sido Gracie.

—Y papá, ¿otra vez se fue temprano al trabajo? —le pregunto sin dejar de mirarla, de pie en el pasillo, con el pelo alborotado y el maquillaje de ayer corrido por la cara—. A veces me pregunto si no se habrá mudado sin decírnoslo.

Mi recompensa es ver cómo le cambia la cara, por mucho que se esfuerce por esconderlo. Ver cómo se empañan sus ojos enrojecidos y su boca se cierra en un fino rictus de tristeza. Tengo que reconocerle una cosa, a mi madre: no permite que Gracie la vea infeliz y furiosa. Al menos cuando está sobria.

—Anda —le dice a Gracie—, ve a ponerte los zapatos.

Espero a que Gracie desaparezca antes de hablar.

—Anoche se quedó dormida con el uniforme.

—Ya lo sé —me contesta de mala manera—. Tenía el capricho de dormir con él, y pensé que tampoco pasaba nada, es una niña.

—Mamá, sabes que eso es mentira... No puedes seguir haciendo como si todo estuviera bien. No es justo para ella.

—Y ¿qué te hace pensar que no está todo bien? —me pregunta con un destello de furia en la mirada.

—Que te quedes adormilada en el sofá antes de que Gracie haya cenado —le digo—. Que papá esté cogiéndose a otra cuando lo llamo por teléfono. Las cosas no están bien, mamá, están... —No soy capaz de acabar la frase.

Ella cierra la puerta.

—¿No crees que ya tengo bastante en esta vida con intentar llevar esta casa mientras tu padre está por ahí de parranda y sólo vuelve para que le lave la ropa, a la vez que procuro proteger a Gracie de todo este disparate absurdo...? —Me señala. Yo soy el disparate absurdo—. Para que ahora vengas tú, tú, a decirme que soy una mala madre. Más vale que te resignes, porque soy la única madre que tienes. Y mientras vivas en mi casa, tendrás que respetarme.

Su dedo índice llegó hasta mi cara, como un arma punzante y llena de ira.

Durante una milésima de segundo, pienso en extender el brazo, tomarla de la mano y decirle: «Por favor, mamá, te quiero y te extraño, pero me preocupo mucho por ti y por lo que te estás haciendo, y no tengo a nadie más, tengo miedo y te necesito. Por favor, déjame ayudarte. Y ayúdame, por favor». Porque eso es lo que quiero decirle, ese era el final de la frase que no pude acabar. No obstante, en ese instante, salta la chispa que desata la furia, y lo que siento por ella no es amor, sino odio.

—No creo que puedas llamarla tu casa cuando no haces nada aparte de beberte el sueldo de papá e ignorar todo —le suelto a la vez que la aparto con el codo—. Estás horrible y hueles fatal. Todo el mundo sabe que bebes, todos los vecinos, toda mi escuela y todo el colegio de Gracie. No me sorprende que papá no quiera tocarte ni con un palo. Hoy llevo yo a Gracie al colegio. Báñate, por el amor de Dios, y procura no apestar por todos los poros cuando la recojas.

Bajo corriendo la escalera, tomo mi mochila y la de Gracie, y las saco a la calle con un portazo. Sé que mi madre está en el baño de arriba con la puerta cerrada, llorando.

Y me siento una mierda, pero así es como me hace sentir ella a mí.

Leo
¿Dónde estás?

 Red
En camino

 Leo
¿Por qué llegas tarde?

 Red
Anoche salí. La cosa se puso interesante

 Leo
¿Por dónde? ¿Con quién? Indecente

 Red
Camden. Conocí a una chica. ¿Quieres verla?

Toca para ver

 Leo
Guau, está guapa

 Red
¿Verdad que sí? Pero eso no es lo interesante. Tenemos que hablar

 Leo
¿Qué pasó?

Red
Por aquí no. En persona

 Leo
¿Qué? ¿Por qué?

 Red
Porque sí. ¿Tú estás bien?

 Leo
No sé. Aaron volvió a las andadas. Va a haber problemas

 Red
¿Y eso?

 Leo
No sé, pero quiere meterme

 Red
No puede obligarte

 Leo
A lo mejor no le hace falta

 Red
Tengo algo tuyo

 Leo
¿Qué?

19

—Hola, Leo.

Lo veo al principio de la fila para comprar el almuerzo. Si uno intenta saltarse la fila de la cafetería, puedes salir herido, pero tengo que hablar con él sobre el celular que encontré y sobre DarkMoon. Debo asegurarme de que no me oculta nada sobre Naomi. Aunque Ash me dijo que mantuviera la boca cerrada mientras no tuviéramos motivos para sospechar, tengo que aclarar esto con él.

—Leo, ¿vienes al ensayo?

—Sí, nos vemos en diez minutos —dice él, señalando con la cabeza a Kasha, una chica popular, con curvas y muy intimidante—. Ahora me agarras ocupado, Red.

Sin embargo, no tengo tiempo que perder, y mucho menos con los ligues de Leo, y más aún cuando sé que Kasha no es con quien quiere estar de verdad.

—Leo, tengo que hablar contigo. Es importante. En serio.

—Mierda. —Leo se voltea hacia Kasha, se acerca a su oído y le dice—: Nos vemos luego, guapa, ¿okey?

Kasha le sonríe burlona, como si quisiera decirle puede que sí o puede que no.

—Carajo, Red. —Leo me mira mientras salimos del comedor—. Mi trabajo empezaba a dar frutos.

—Esto es más importante.

—¿Qué pasa?

Espero a salir del edificio principal, de allí vamos a un rincón que frecuentan los alumnos que quieren besarse, fumar o ambas cosas.

Saco el Nokia de mi bolsillo y se lo doy.

—Mierda. —Niega con la cabeza.

—¿Para qué lo quieres, Leo? —le pregunto—. Porque es muy extraño que un chico de tu edad vaya por ahí con un teléfono desechable. Y ¿por qué tiene el número de Nai grabado? ¿Pasaba algo entre ustedes que los demás no supiéramos? ¿Sabes dónde estuvo?

—¿Qué? Carajo, Red, ¡yo qué iba a saber! —Leo niega con la cabeza—. Ni siquiera sé de qué me estás hablando. Vamos, ¿no creerás que tuve a Nai escondida? Es imposible que pienses eso de mí.

La expresión de dolor de su cara me toma por sorpresa; hasta ese momento no me había planteado que le importara lo que yo pudiera pensar de él. Ver a Leo tan inseguro es superchocante.

—No. —Dejo caer los brazos y me encojo de hombros—. La verdad es que ya no sé qué pensar. Todo esto es una locura, una puta incoherencia. Pensaba que conocía a Nai, pero no tenía ni idea de que planeara huir, ni de en qué andaba metida antes de...

Me detengo y dejo la frase sin terminar. Todavía no sé cómo contarle lo de la canción de Nai en Toonify.

—Y Rose está distante y rara, como si se quisiera alejar de mí.

—No es sólo contigo, conmigo está igual —dice Leo.

El dolor vuelve a asomar en su mirada y, de repente, entiendo a qué se debe su repentino interés por Kasha: intenta olvidar a la chica de la que está enamorado en secreto. Lo comprendo demasiado.

—A Rose le pasa algo —insisto—. Y tú vas por ahí con un celular desechable con el número de Nai. Así que lo siento, eres mi amigo, pero en este momento todo parece posible.

—De acuerdo —acepta Leo. Se sube de rodillas a una bardita que rodea un jardín dedicado a una chica que se suicidó hace unos años y que casi siempre está cubierto de hierbas—. Te entiendo. Y también sé a qué te refieres con lo de Rose. Pero lo de ese teléfono... te prometo que había olvidado que lo tenía. Aaron me pidió que se lo consiguiera cuando estaba dentro. Si conseguía un teléfono, podíamos hablar. A veces, colaba cosas para él, lo que necesitara para sobrevivir.

—¿Me estás diciendo que le pasabas contrabando en la cárcel? —Abro los ojos de par en par.

—Allí dentro la vida es muy dura, necesitas tener objetos de contrabando para ganarte el respeto de los demás.

—Pero ¿cosas como... drogas?

Leo no responde, y yo sigo sin dar crédito a lo que acaba de confesarme. Tal vez él tenga razón y nuestra amistad no sea más que un juego, porque los amigos de verdad están al tanto de lo que ocurre en sus vidas.

—Por Dios, Leo, ¿y si te llegan a atrapar?

—No tenía ni dieciséis años, tampoco habría sido para tanto.

No se me ocurre cómo explicarle que la mera idea de que haya hecho algo tan peligroso me da ganas de vomitar, así que ni siquiera me molesto en intentarlo.

—Eso sigue sin explicar por qué tenías el número de Nai.

—Verás... La primera noche que estuvimos buscándola, antes de enterarme de que su celular estaba apagado y desaparecido, pensé... Bueno, creí que valía la pena intentar llamarle desde un número desconocido. Así que probé suerte, pero entró el buzón de voz. Lo intenté unas cuantas veces. Pensé en volver a hacerlo dentro de un par de días y guardé su número; para entonces, sin embargo, ya sabíamos que estaba fuera de servicio, así que lo dejé.

Su historia parece coherente, pero, aun así, Leo es uno de mis mejores amigos, y tenía un teléfono secreto. Sigo sin tenerlo claro.

—¿Puedes devolvérmelo, por favor? —me pide.

Se lo entrego sin vacilar.

—Si Aaron ya salió, ¿para qué lo necesitas?

—Porque... tocar en un grupo con tus compañeros de la escuela es de niños, y yo quiero empezar a vivir la vida real. —Se pasa ambas manos por el pelo casi rapado—. Aaron me necesita y debe poder localizarme sin llamar la atención. De todos modos, ahora lo tiraré y me compraré otro. Mira, hemos tenido un buen año con la banda. Puede que haya sido el mejor de mi vida, y voy a darlo todo en el concierto, pero, en algún momento, tengo que aceptar que esta no es mi vida y dejar de fingir que puede serlo. La gente como yo no vive de tocar la guitarra. Esas cosas no pasan, Red. Y punto.

—Lo que dices suena más a Aaron que a ti —replico—. No dejes que te defina.

Leo me fulmina con la mirada y, probablemente, si yo fuera otra persona, me habría pegado un puñetazo, pero no.

—Lo único que digo es que no renuncies a lo que se te da bien. No tires tu esfuerzo por la borda. Eres un gran músico, Leo. De verdad. No malgastes ese talento.

—Carajo, Red, ya no sé qué pensar. El tipo con el que Aaron se peleó se adueñó de su zona aprovechando que estaba encerrado. Ahora tiene que castigarlo más que la última vez. De lo contrario, dice que perderá su prestigio y que nadie querrá volver a hacer negocios con él. Aaron quiere que lo acompañe cuando vaya a arreglar cuentas.

—¿Pretende hacerle algo peor? Pero si casi lo mata la última vez... —Entonces me doy cuenta de lo que intenta decirme—. Carajo, Leo, no puedes estar considerándolo.

Él niega con la cabeza.

—Lo dices como si fuera fácil, como si tuviera que escoger entre girar a la derecha o a la izquierda, y no es así, Red. Para nada. No quiero meterme en esa mierda, pero es mi hermano, ¿okey? Además, él se preocupa por mí, y no conozco a mucha gente que lo haga.

—Yo me preocupo por ti —le digo—. Y Rose, y Naomi..., y el señor Smith..., y tu madre. Leo, por favor, no hagas tonterías.

—No soy idiota —me gruñe—. Pero tengo que ver cómo resuelvo este asunto.

—Bueno, pero antes de tomar una decisión, ¿puedo contarte algo?

—Claro, lo de Kasha ya no se logró.

—Es ella. —Leo me mira—. La que canta es Naomi. Entonces... ¿Naomi es DarkMoon?

—Eso, o DarkMoon estaba con ella cuando desapareció. Nadie más puede conocer la canción. Y luego está lo de los tatuajes. Mira, Leo, puede que esté exagerando, pero creo que veo un patrón. Creo que, en algún momento, después de que Nai se marchara, la retuvieron contra su voluntad. Puede que se metiera en una situación de la que después no supiera salir, o que la mantuvieran retenida y no pudiera pedir ayuda.

—Carajo, eso es mucho suponer.

—Ya lo sé, pero la canción..., la letra... Parece que está llorando.

—Oyes lo que quieres oír, te lo podrías estar imaginando.
—Leo no parece convencido—. Se escapó con un tipo, no
quería que la encontraran y creó un perfil nuevo: no hay más
misterio. Tal vez, luego la cosa se torció, Nai se metió en algún problema y se cayó al río; a lo mejor... quién sabe, a lo
mejor saltó. Cualquiera de las dos opciones es mucho más
probable que tu historia. Si tenía internet, ¿por qué no nos
avisó para que fuéramos a por ella?

—Porque, quizá, también la vigilaban. Ella podía tener
miedo a que la descubrieran —sugiero—. Es muy fácil es-
piar el historial de internet de otra persona. Mamá siempre
controla el iPad de Gracie; lo tiene vinculado a su teléfono
para asegurarse de que usa las aplicaciones como es debido.
Mi padre también instaló una aplicación que controla cada
tecla que pulsa. Así que, si alguien vigilaba a Nai y debía
asegurarse de que no intentaba escapar o pedir ayuda, claro
que procuraría llamar nuestra atención, pero de forma que
no la descubrieran.

Me cuesta encontrar las palabras para expresar mi corazonada.

—Si no quería que la hallaran, ¿por qué clonó sus listas
de reproducción? ¿Por qué dejó tan claro que había un vín-
culo entre Naomi y DarkMoon? Piénsalo, ¿sigue pareciéndo-
te una locura?

—No sé... —Leo se muestra vacilante.

Cuando miro por encima de su hombro, veo una mariposa
revolotear entre los arbustos, no se detiene más de un segundo, y pienso que eso es exactamente lo que pasa en mi cabeza:
la respuesta está ahí, pero no consigo posarme en ella.

De repente, se me ocurre algo que puede hacer cuadrar
mis ideas.

—¿Te acuerdas de Carly Shields? —le pregunto—. La
chica a la que dedicaron este jardín.

Leo echa un vistazo por encima del hombro.

—Pues claro. Es difícil olvidar a la chica que se tiró delante de un autobús. Iba en la generación de mi hermano, incluso salieron juntos. Era diferente cuando estaba con ella. Pero... ¿qué tiene que ver ella con todo esto?

—¿Sería posible que...?

Saco el teléfono y busco la página web de la escuela. Cuando se acaba el año, los alumnos que se gradúan graban un video, haciendo el *playback* de una canción, y lo suben al canal de YouTube oficial. Retrocedo tres años, después cuatro, y doy con el video.

—Ay, Dios, es ella —digo al observar a un grupo de chicas que corren por el pasillo al ritmo de una canción de Beyonce.

Lleva el pelo diferente, corto y oscuro, y también lentes; a pesar de que no tiene ningún tatuaje en los brazos, tengo claro que es la misma chica.

—¿Carly? —Leo entorna los ojos—. Por Dios.

—No —digo—. Es Danni Heaven.

—¿Quién? —Leo me mira pasmado.

—La chica que conocí en Camden, tenía un tatuaje muy parecido al de Nai, y cuando se lo mencioné, se puso como loca. Iba a esta escuela. Y Carly Shields era una chica brillante, todos la querían mucho, campeona de natación y tocaba el arpa. La vida le sonreía, y de repente se lanzó delante de un autobús, ¿por qué? No tiene ningún sentido. No parece propio de ella.

—Por Dios. —Leo niega con la cabeza—. Estás sacando las cosas de proporción y armándote una película de mierda en la cabeza. Además, por desgracia, irse de casa sí encaja con la forma de ser de Nai.

—Puede que con la Naomi de antes, pero cambió desde que creamos el grupo. Mira, a lo mejor me equivoco, pero...

estamos hablando de tres chicas del mismo colegio, una de ellas está muerta y las otras dos tienen un tatuaje similar. No me cabe duda de que pasa algo raro.

—¿De qué están hablando? —Ashira aparece de repente.

—¿Y a ti qué te importa? —salta Leo, antes de ver mi mirada asesina—. Lo siento, es que Red no para de decir estupideces.

—Mencionaste a Carly Shields —dice Ashira—. La chica que se suicidó. ¿Qué tiene que ver con Naomi?

¿Nos había espiado desde detrás de la esquina? Carajo, qué intensa es esta chica. Y eso me gusta.

—No es nada. Me acordé de Carly, y pensé: ¿y si alguien la empujó para quitarla de en medio?

—¿Un asesino en serie? —me pregunta Ash, totalmente en serio.

—No sé, pero tengo la corazonada de que en todo este embrollo hay más de lo que se ve a simple vista. Algo grande e... invisible.

—¿Como los Illuminati?

—¿Los qué? —le digo con gran impresión—. ¿Has averiguado algo sobre DarkMoon?

—Nada. Bueno, algo sí. Descubrí que su cuenta está vinculada a una dirección de correo electrónico, pero no puedo acceder. En cualquier caso, no hay duda, la que canta es Naomi.

Bajo la mirada al suelo, y el mismo sentimiento nos invade a los tres. Lo que está pasando es real, no es un juego, ni una película. Es real. Vaya.

—Danni Heaven también iba a Thames.

—¿Quién carajos es Danni Heaven? —me pregunta Ash.

—Una chica que conocí. No le di importancia en su momento, porque pensé que la cabeza me estaba jugando una mala pasada, pero ahora no me cabe duda de que tenía un tatuaje similar al de Nai. Deberíamos ir a decírselo a la policía —concluyo.

—Y una mierda —responde Leo, de forma muy constructiva—. Son tal para cual, se están dejando enredar por un cúmulo de coincidencias. Si se lo cuentan a alguien, creerán que han perdido la cabeza. Déjen eso por la paz y concéntrense en Nai y en el concierto.

Miro a Ash, que asiente levemente con la cabeza.

—Puede que tengas razón —respondo—. Sí, supongo que todo es producto de mi imaginación.

—¿Vendrán al hospital esta tarde? —Ash nos mira a los dos—. Por favor.

—Sí, claro —respondo por mí y por Leo, sin pensar.

—Gracias. Oye, Red —se aleja unos pasos, y Leo pone los ojos en blanco. Yo me encojo de hombros, la sigo y me susurra al oído—: Carly Shields. Danni Heaven. Voy a intentar averiguar algo más sobre ellas. Yo te creo. Nos vemos luego.

Observo cómo se marcha y me pregunto si que la chica más chiflada de Londres te crea es bueno o no.

—No creo que pueda ir esta noche —dice Leo, a mi espalda—. Aaron quiere que vaya con él.

—Leo, no le hagas caso. Que no te joda la vida.

—Se lo debo, es de mi sangre —dice Leo, con una actitud feroz.

—Pues bueno —respondo, con hastío—. Es tu vida, o lo que queda de ella.

—Vete a la mierda —me dice.

Le hago la mala seña y me doy la vuelta. Por encima del hombro, me giro y le grito:

—Oye, ¿podrás preguntarle a Aaron si sabe algo de Carly Shields?

—No —dice Leo—. Le gustaba de verdad, y no lo ha superado. Así que no pienso mencionársela. Si quieres seguir adelante con esta teoría conspirativa, hazlo por tu cuenta.

Tiene razón, es una teoría de conspiración sin pies ni cabeza, y no tiene ningún sentido. Y aun así... no puedo olvidarlo sin más y fingir que todo está bien, porque no es así.

De vuelta a clase, caigo en la cuenta de que no he visto a Rose en todo el día.

Y la extraño mucho.

Hoy 15.36

Hola, Kasha. ¿Has visto a Rose hoy?

Leído 15.37

Hoy 15.37

No.

Hoy 15.38

¿Y tienes idea de si le pasa algo?

Leído 15.38

Hoy 15.39

Nooo, nadie la ha visto. 🙄

Hoy 15.40

Bueno, si te enteras de algo, avísanos, ¿ok?

Enviado

20

Cuando se abren las puertas del elevador y el tufo a productos químicos del aire me golpea, me doy de bruces con Max y Jackie, y los dos están llorando.

—¿Qué pasó? —pregunto—. ¿Naomi se ha...?

—No. —Jackie intenta esbozar una sonrisa, pero sólo se le escapa un sollozo—. No, cariño; pero no mejora tan rápido como nos gustaría. No es aconsejable que permanezca en coma tanto tiempo. Es muy duro, pero no quiero preocuparte. Todo saldrá bien, te lo prometo.

Me abraza y se echa a llorar de nuevo; yo me quedo inmóvil, esperando a que se calme.

—Ash no quiere irse a casa, dice que no puede dejarla sola. ¿Sería mucho pedir que le echaras un ojo?

—Sin problema. —Diría cualquier cosa con tal de que se sintiera mejor, pero es más fácil de decir que de hacer.

Me da un beso en la frente y, en lugar de apartarme, me inclino durante un momento. Extraño que una madre me abrace. Me hago a un lado, le sonrío e intento con todas mis fuerzas transmitirle tranquilidad cuando entra al elevador. Ashira nos espera fuera de la habitación de Nai, con la cabeza apoyada en la ventana.

—Hola —le digo, de pie, a su lado.

—Hola —responde.

Sin decir una palabra más, nos quedamos hombro con hombro, mirando a Nai, a la chica preciosa y vivaz que conocemos tan bien y que está atrapada en esa especie de animación suspendida. Dado que no se me ocurre nada que decir, opto por otra vía que me parece más apropiada: la tomo de la mano. Ashira no se mueve, no dice nada. Sólo me aprieta levemente los dedos.

Respira hondo, me suelta y se voltea hacia mí.

—A ver, Carly Shields no tenía ningún tatuaje, al menos el día antes de morir, que es lo máximo que he podido comprobar. Podría conseguir el informe de su autopsia si quisiera, pero no me parece bien.

—Ya, te entiendo..., pero ¿cómo averiguaste lo demás? —le pregunto.

—En el archivo del periódico de la escuela. Participó en una competición de natación el día antes de su muerte y la ganó. También tocó el arpa en un concierto escolar esa noche. Supongo que podría tenerlo escondido, en una zona que quedara cubierta por el traje de baño, pero si tanto Naomi como Danni lo tienen en la muñeca... ¿Crees que podríamos intentar vernos con Danni para hacerle unas preguntas?

Entonces me pasa la foto de un periódico local que había impreso, y me quedé sin respiración. En la foto sale mi padre, quien, como miembro del comité escolar, está colgándole una medalla a Carly, que está en traje de baño. No es una foto demasiado buena, está un poco pixelada, y él tenía más pelo. Pero no cabe duda de que es él. No puedo apartar la mirada de esa imagen suya junto a una chica muerta, y noto cómo se me eriza el vello de la nuca. Vaya coincidencia de mierda.

—No creo que quiera hablar —digo lentamente. Prefiero no confesarle a Ash que mi padre sale en la foto, porque parece parte de un secreto que aún no sé cómo confesar—. De todos modos, lo intentaré. La buscaré en Instagram y le enviaré un mensaje.

—De acuerdo. ¿Podrías quedarte con Nai un rato? —La voz de Ashira parece que no tiene energía; ya no sabe dónde buscar a su hermana, aunque la tengamos delante de nuestras narices—. Voy por un refresco, ¿te traigo algo?

Asiento, y me armo de valor antes de abrir la puerta.

Nai tiene mejor aspecto cada vez que la veo. Aún no le han quitado el vendaje del ojo, pero la piel de alrededor se ve menos hinchada y amoratada. Si me esfuerzo por ignorar los tubos y los vendajes, casi parece que esté dormida.

—Escuché tu canción —le digo—. Está muy bien, Nai. Tu versión es mejor que la mía. Ojalá supiera cuándo la grabaste y cuándo abriste esa cuenta tan rara y por qué... ¿No puedes despertarte y decirnos qué te pasó? ¿Qué te parece? Así, las cosas volverían a la normalidad. Podríamos recuperar lo que teníamos; porque, desde que te fuiste, todo parece estar empeorando. Leo otra vez está metido en los asuntos de Aaron, y Rose, bueno, con Rose nunca se sabe. No pasa por un buen momento. Si te despiertas ahora, podrás tocar con nosotros la semana que viene, que es tu cumpleaños. Vamos, Nai, despiértate y habla conmigo.

Las máquinas siguen zumbando y pitando, mientras ella respira y todo sigue igual, como era lógico. Naomi está sedada. Le tomo la mano y me alegro al ver que los moretones de la muñeca han desaparecido por fin, pero el tatuaje sigue ahí. Le levanto el brazo tanto como puedo e intento observarlo con más detalle. Es de una belleza extraña, y muy detallado; tuvo que soportar mucho dolor durante bastante tiempo, lo que resulta extraño para una chica que detesta los tatuajes. Tal vez sería buena idea tomarle una foto y llevarla a un estudio, como me sugirió Ash. No tengo nada que perder. Saco el teléfono y tomo un par de fotos, pero mi sombra tapa todos los detalles. Cambio la cámara a modo *selfie*, levanto con delicadeza su muñeca y tomo la foto, procurando no bloquear la luz.

Mierda. De repente lo veo, claro como el agua.

—¿Qué pasa? —Ash se extraña al ver el gesto de mi cara.

—¡Ven, mira! —Le paso mi teléfono y observa la imagen.

—¿Qué ves, Ash?

—Ay, Dios. —Ash lo mira con detalle y se gira hacia mí—. Veo números, a montones. Números y letras, rayas y puntos, unos encima de otros, pero están ahí. Creo que puede ser un código, Red. Digo, podría ser cualquier cosa, pero también un código. —Me mira—. Tengo fotos del tatuaje en mi celular, así que puedo invertirlas... Red, esto es enorme.

—¿De verdad lo crees?

—Me tengo que ir a casa —dice ella—. Si es un código, intentaré descifrarlo: esta podría ser la clave para saber qué pasó.

Veo un brillo en sus ojos negros, parece enfervorecida.

—Ash, no te precipites. Ahí hay unos cien caracteres diferentes, o quizá más. Podría ser completamente aleatorio —digo—. Una broma privada. Y, aunque fuera un código, hay miles de millones de combinaciones diferentes: a lo mejor es imposible de descifrar.

—Me da igual, tengo que intentarlo.

Ash ignora mi recelo y sale de la habitación de Nai, pero la sigo hasta el elevador y me pongo delante del botón de llamada. Me lanza una mirada aterradora. No le gusta que le digan lo que tiene que hacer.

—Ash, me preocupas —le confieso.

Se sorprende al oír mis palabras, e incluso la rabia de sus ojos parece disminuir un poco.

—¿Ah, sí?

—Me preocupa que tú... y yo estemos perdiéndonos buscando pistas, como si fuéramos Shaggy y *Scooby Doo*, cuando no hay nada que descubrir.

—Y ¿quién soy yo? ¿Shaggy o *Scooby*? Porque siempre me he identificado más con Vilma.

Su comentario me hace sonreír. Me gusta lo graciosa que puede ser sin perder la seriedad.

—Bueno, la cosa es que no quiero que te vayas a casa a encerrarte en tu cuarto y te desquicies para intentar encontrar sentido a algo que puede no tenerlo. Sé que ahora parece imposible, pero Nai se despertará y, entonces, tú necesitarás tener tu propia vida.

—Puede que sí —concede Ash—. Gracias por preocuparte por mí. Es muy amable por tu parte. Pero no puedo dejarlo ahora. Dudo que los números sean aleatorios. Debe de haber un patrón, porque si nadie puede leerlo, ¿para qué hacer un diseño tan complicado? Ese tatuaje debe de tener sentido para alguien. Quiero usar un *software* que tengo en casa que me sirve para robar contraseñas, ¿te quedas con ella?

—Igual puedo ayudarte —me ofrezco.

—Lo dudo mucho —me dice, luego me aparta y entra en el elevador.

Cuando se ha ido, me invade una sensación extraña. Y no sé si es para bien o para mal, así que mejor no le doy más vueltas.

Miro a mi amiga, que permanece ajena a todo.

—Bueno —le digo—. Te pedí que hablaras... y lo hiciste.

21

Salgo tarde del hospital, pero no he tenido noticias de Ash. Me parece que lo que está haciendo le llevará bastante tiempo. Me cuesta no pensar en ella, perdida tras esa cortina de pelo oscuro, buscándole sentido a esta situación, y me siento bastante culpable. Soy yo quien descubre las conexiones, quien alimenta su necesidad de develar una verdad que tal vez ni siquiera exista. Y, además, vi una foto vieja de papá en un periódico y pensé que podría estar metido en asuntos turbios. Todos mis miedos secretos me parecen muy plausibles.

De camino a casa, la ciudad tiene el mismo aspecto de siempre, la gente pasa a mi lado como si yo no existiera, igual que siempre; la maraña de pensamientos de mi cabeza parece una pesadilla que se desvanece a la luz del día. Me detengo un momento en el puente, respiro el aire cálido y contaminado mientras las grúas que hay a lo largo del Támesis brillan en la oscuridad, casi como planetas recién llegados a nuestro sistema solar.

«Tienes que recuperar la compostura, Red, por tu propio bien y por el de Ash. Por Nai, e incluso por Rose, que se esfumó sin que nadie sepa si está bien ni con quién se fue.» El problema de Rose es que es mucho más frágil de lo que parece, y a veces me da la impresión de que intenta romperse.

Saco el celular y escribo sólo dos palabras:

¿Estás bien?

Lo envío y espero, pero no hay respuesta. Al menos, ahora sabe que estoy pensando en ella. Ya es algo. Mañana la buscaré a conciencia, me aseguraré de que está bien, porque Rose debe saber que, pase lo que pase, haga lo que haga, diga lo que diga, siempre estaré a su lado.

Cuando quieres tanto a alguien como yo a ella, no puedes evitarlo.

Al abrir la puerta principal, me encuentro a mamá, sentada a la mesa. De inmediato veo que ha estado llorando. Me quedo un momento en el recibidor sin saber qué hacer.

Me ve y me sonríe.

—¿Quieres una taza de té?

—Eh..., sí, claro, gracias —digo, aunque preferiría un refresco del refri.

Me siento y dejo la mochila a mis pies.

—¿Qué pasa?

Mamá pone una taza delante de mí y vuelve a sentarse en su silla.

—¿Dónde está Gracie? —pregunto.

—En casa de una amiga —contesta mamá, con las manos apoyadas en la mesa.

Por primera vez, me doy cuenta de que las tiene cuarteadas y secas. Se le desprenden escamas de piel de los dedos y del dorso. Se ha mordido tanto las uñas que las tiene rojas y en carne viva. Las manos de mamá me dan tristeza.

—Quería darte las gracias por lo que hiciste hoy en la mañana —empieza a decir, midiendo cada una de sus palabras—. Por levantar a Gracie y por vestirla. Fui muy mala contigo. Debí haberte dado las gracias.

—No pasa nada. —La observo con cautela. Tiene los ojos hinchados, con unas profundas ojeras—. No me importa ayudar.

—Mira, cariño —continúa—, sé que hace tiempo que las cosas no van bien. Y que están empeorando. Tú te das cuenta. Eres testigo de que tu padre casi no viene a casa y de que yo... —Titubea—. Sé que no soy perfecta, y a veces lo pago contigo.

Me mira y, durante un segundo, recuerdo cómo me sentaba en su regazo hace muchos años, me abrazaba y me susurraba historias al oído.

—No pasa nada —le digo, y deseo con todas mis fuerzas que sea así. Quiero que no le pase nada—. Tu vida ha sido dura y has tenido que arreglártelas sola. Pero me tienes a mí.

—Tampoco me extraña que todo se te haga tan difícil. Con lo de Naomi y... no sé, todo. Nunca has tenido a nadie a tu lado. Papá no suele estar mucho por aquí, y yo le presto mucha más atención a Gracie, y ya sé que no es justo. Creo que debería demostrarte más cuánto me importas y cuánto te quiero. Soy una madre de mierda.

Me recuesto en mi silla y me sorprende que me inunde un enorme alivio, que está a punto de hacerme llorar. Igual mamá no me odia.

—Así que se me ocurrió dejar a Gracie con una amiga para que tú y yo pudiéramos hablar de verdad, aclarar algunas cosas con el fin de encarrilar nuestras vidas otra vez. ¿Te parece bien?

—Me parece genial, mamá. —Pero cuando voy a abrazarla, se aleja.

—Si de verdad quieres ayudarme... —Desvía la mirada, y aparta las manos—. Debes saber que me preocupo por ti, y no me gusta ver el camino que estás tomando. Te veo con ese pelo y esos aretes, pienso en todo el tiempo que te está quitando la banda, y en lo que le pasó a tu pobre amiga Naomi y... No sé... Mira, entiendo que sientas que no te prestamos suficiente atención. Es lógico. Pero ya es hora de que vuelvas a ser normal, te lo pido por favor. Con todas estas tonterías me estás avergonzando, y ya tengo suficientes cosas de las que preocuparme.

«Normal»: esa palabra me corta y me deja una herida abierta.

—Soy normal —le digo con mucha calma—. Para mí esto es ser normal. ¿Cómo es posible que no lo entiendas? No quiero hacerle daño a nadie, sólo quiero ser quien soy.

—No. —Mamá niega con la cabeza—. No. No lo entiendo. Y tú tienes que aceptar que ser así no te hará feliz, cariño. No conseguirás que te acepten, ni llegarás a tener éxito. Te pasarás toda la vida llamando la atención por los peores motivos posibles. Puede que pienses que te digo esto porque te odio, pero no. Te lo digo porque te quiero, y no me gustaría que te pasaras la vida sufriendo. Por favor, Red, por favor. Mírate, con delineador de ojos y las uñas pintadas de negro. Es un pésimo disfraz. Pareces uno de esos delincuentes que salen en las noticias por provocar un tiroteo en la escuela. Te lo suplico, Red, escúchame y quítate ese aro de la nariz. Y todos los demás aretes. —Arruga el ceño—. Por favor, vuelve a ser normal. Tal vez llamar la atención sea lo único que se te dé bien, pero déjalo ya.

—Mamá —le digo con sumo cuidado—. Si buscara llamar la atención, sabrías que tengo tres tatuajes.

—¿Cómo? —Se queda con la boca abierta.

—Si se me diera llamar la atención, habrías notado que, cuando tenía diez años, me llevaba comida a escondidas a mi habitación para darme atracones, hasta que engordé tanto que no podía caminar sin quedarme sin aliento. Y, claro, no te diste cuenta, igual que no fuiste capaz de ver que, más tarde, dejé de comer y pasaba todos los fines de semana en la cama, porque estaba demasiado débil y triste para levantarme. No te diste cuenta de nada porque crees que el mundo gira a tu alrededor.

—¿Tres tatuajes? —Es lo único que consigue soltar.

—Quieres que sea normal, ¿no? —añado, levantándome sin darme cuenta, y sin poder controlar mis palabras—. Bueno, pues si lo fuera, ¿qué debería hacer con la borracha de mi madre, una mujer que repugna tanto a mi padre que ni siquiera soporta estar en la misma casa que ella; una mujer que duerme borracha en el sofá sin darle de cenar a su hija de siete años? Porque si eso es lo que consideras normal, puedes metértelo por el culo.

Me precipito escaleras arriba y paso por delante de la habitación de Gracie para llegar a la mía; pongo la música a todo volumen, quito las fundas de la batería, tomo mis baquetas y toco hasta que me duelen los brazos y la cabeza, y hasta que los vecinos empiezan a golpear las paredes. Me pierdo en la música y no pienso en nada más que en los platillos, tambores y bajos, y en las series de síncopas. Cuando, por fin, mis nervios se acompasan, cuando todas las células de mi cuerpo vibran al mismo compás, me detengo y apago la música. Mi madre ni siquiera subió a regañarme.

Gracie ya debe de estar en casa. Oigo a mamá prepararle el baño y cantar mientras ella juega con las burbujas. Actúa como una madre perfecta. En cuanto la oigo leerle un cuento, decido bajar por algo de cenar. Sentada en la cama de mi hermana pequeña, bañada por la luz rosa, parece que sigue sobria. Su voz suena normal, y no pasa a toda prisa las páginas, desesperada por volver al consuelo de la bebida y de la televisión. Sin embargo, al volver la mirada al pasamanos de la escalera, veo un vaso alto, lleno de un líquido claro, con burbujas. Al menos tuvo la decencia de esperar a que Gracie estuviera acostada.

Mientras espero a que se tueste el pan, oigo que se abre la puerta de atrás, y aparece papá, con la camisa arrugada y barba de varios días. Está gordo y tiene pinta de cansado.

—Hola —me saluda.

—¿Estás en casa?

—Sí, no sé a qué viene tanta sorpresa. Vivo aquí.

—Eso dicen.

—¿Estás bien? ¿Qué tal la escuela? ¿Trabajas mucho? ¿Alguna noticia de Naomi?

—Papá —respondo mientras tomo el pan tostado en el aire, sin poder quitarme de la mente la foto de él con Carly Shields en traje de baño—, si pasaras más tiempo aquí, lo sabrías.

—Mira, ya sé que paso mucho tiempo fuera, pero lo hago por ti y por Gracie. Y por mamá. Para que tengan un techo sobre sus cabezas y para poder pagar todo lo que quieran.

—Mamá te extraña —digo—. Se disgusta mucho cuando no estás. Sabemos que estás con otra, papá.

—No —insiste papá—. Es trabajo.

—Okey —respondo—. Lo que tú digas. La verdad es que me da igual si trabajas con ella o si te la coges. Me importa un carajo.

Papá abre y cierra los ojos, el gesto de su rostro se tensa, y sé que quiere gritarme, pero no lo hace, lo que me revela más que si confesara.

—Bueno, ahora estoy en casa. Subiré a ver a Gracie, y después podemos pedir comida china para nosotros tres, ¿te parece? Puedes pedir todo lo que quieras, no te diré nada si te pasas.

—Ya me preparé la cena.

Papá me mira decepcionado y aliviado a la vez. Así que decido aprovechar el momento.

—Papá, llevas en el comité escolar mucho tiempo, ¿verdad? Desde antes de que yo empezara a ir al colegio. ¿Cómo entraste?

—¿De verdad quieres saberlo? —me pregunta mi padre, con el ceño fruncido—. Verás, tenían un proyecto para que empresarios y políticos locales se involucraran en la estrategia de desarrollo del colegio. «Proyecto de ampliación del espectro», lo llamaban.

—Ah, ya entiendo. —Sonrío como si me interesara—. ¿Y te gusta?

—Sí. —Papá se relaja.

No le suelo pedir que me cuente su vida, y está claro que le gusta, lo que me hace sentir culpable.

—¿Recuerdas a Carly Shields?

Se sienta un poco más derecho.

—No me suena —dice él, pero yo sigo presionándolo.

—Carly era la chica que se lanzó delante de un autobús. Se suicidó justo delante del colegio.

—Ah, sí, claro. —Papá se sube las lentes—. Una tragedia terrible. Tenía muchos problemas, pero nunca pidió ayuda. Muy triste.

—Le diste una medalla por ganar una competencia de natación justo antes de que ocurriera —le recuerdo.

—¿En serio? —Se levanta—. Pues no me acuerdo. Estoy tan cansado que no voy a cenar. Creo que me voy a la cama.

—Si no son ni las ocho.

Siento un escalofrío que me recorre la nuca y me llega hasta la punta de los dedos. Por supuesto que recordaba a Carly, ¿por qué mentía?

—¿Papá? —Al oírme, se detiene en el umbral—. Las cosas por aquí están muy mal. Me preocupa Gracie. Quédate en casa esta noche. No dejes sola a mamá, por favor. No nos abandones.

Me mira como si no entendiera lo que digo. Así que vuelvo a intentarlo.

—Tú eres el adulto, papá. Deberías ser responsable. Carajo, no es justo que te escapes, que te marches a ocuparte de tus estúpidos asuntos y nos dejes a mí y a una niña de siete años con todo lo que le pasa a tu mujer. Eres un hombre, demuéstralo.

—Escucha, Red...

—Vete al diablo.

—Vuelve aquí —me grita mientras sube la escalera detrás de mí.

En ese momento, mamá sale del dormitorio de Gracie.

—Regresó por ropa limpia —le digo.

En casa reina el silencio, así que me quedo en el descansillo y aguzo el oído. Papá no se ha ido. Lo oigo roncar en la habitación de invitados. Bajo la escalera muy despacio y llego a la sala; su computadora está en el sofá. Contengo la respiración y la abro. Me pide una contraseña para desbloquearla, y no la sé. Me pregunto qué haría Ash. Pienso en papá: ¿qué es lo que más le importa? Decido probar suerte. El 9 de mayo es el cumpleaños de Gracie, así que pruebo con Gracie09. Bingo.

Sin embargo, mi sonrisa se congela en cuanto entro en su escritorio. Porque lo primero que veo es una foto de una chica, más o menos de mi edad, tal vez incluso más joven. No la conozco, y no parece que supiera que la estaban fotografiando. Es guapa, sonriente y de brazos fuertes, y lleva una mochila de Hello Kitty. Hago clic en la foto, aumento su tamaño y descubro que cuando sonríe se le marcan hoyuelos. No lleva nombre, ni ninguna otra información. Simplemente es la imagen de una chica desde la distancia.

Tiene un montón de carpetas en su escritorio, y las reviso una a una. Vaya tarea, los ojos me arden, pero sigo mirando, con la esperanza de encontrar algo. Y, por fin, ahí está. Encuentro una carpeta con archivos encriptados. Pruebo con la misma contraseña, pero nada. Lo intento tres o cuatro veces más sin éxito. Observo los archivos, que no llevan nombre, sólo series de números. Es imposible adivinar qué hay dentro. Pero una idea se me pasa por la cabeza.

Recuerdo cómo miraba mi padre las piernas de Rose.

Mi padre ayudaba a Naomi a solicitar una plaza en Duke of Edinburgh justo antes de que desapareciera.

Le había entregado una medalla a Carly, que estaba en traje de baño.

El olor a distintas mujeres que siempre lo acompaña.

No quiero pensar que esos archivos contengan fotos de más chicas. Chicas como esa. Y chicas que conozco.

No quiero pensarlo, pero no me queda más remedio. Tengo que saberlo.

Rose
¿Estás durmiendo?

Rose
¿Red?

Rose
¿Red?

Red
Sí. Estoy en eso. Es tarde o muy temprano

Rose
Uy, lo siento

Red
¿Qué pasa?

Rose
Fui insoportable contigo, no sé por qué

Red
No pasa nada

Rose
No. Sí pasa

Red
En serio, yo estoy bien si tú estás bien. ¿Ok?

Rose
Sí. Contigo estoy bien

Red
🙄

Rose
¿Fuiste a ver a Nai hoy?

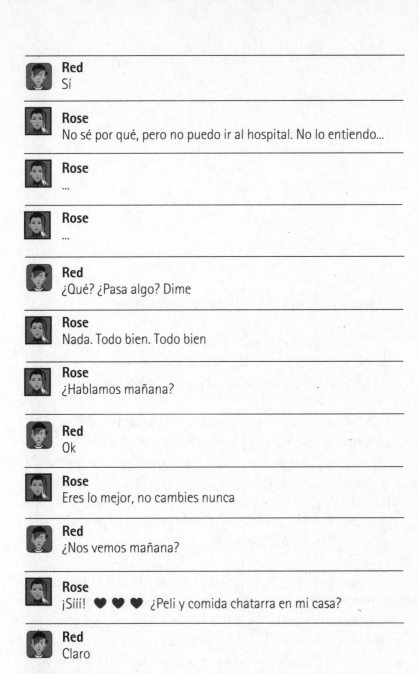

Red
Sí

Rose
No sé por qué, pero no puedo ir al hospital. No lo entiendo...

Rose
...

Rose
...

Red
¿Qué? ¿Pasa algo? Dime

Rose
Nada. Todo bien. Todo bien

Rose
¿Hablamos mañana?

Red
Ok

Rose
Eres lo mejor, no cambies nunca

Red
¿Nos vemos mañana?

Rose
¡Síííí! ♥ ♥ ♥ ¿Peli y comida chatarra en mi casa?

Red
Claro

Rose
♥ ♥ ♥

22

Cuando me levanto, veo un mensaje de Ash.

> Hoy no, me pasé la noche en vela. Ningún progreso por ahora.
> Necesito más tiempo. Luego iré al hospital.
> Ok. A ver si nos vemos. Tengo que preguntarte algo.

Está demasiado ocupada para preguntarme qué ocurre. Los puntos suspensivos aparecen en la pantalla un par de veces, pero, al final, se van. Pasé muy mala noche, con sentimientos oscuros e inquietantes, pero hoy es un nuevo día, ha salido el sol, y nada de lo que vi me parece tan grave o peligroso. Es increíble lo mejor que me siento hoy con respecto a ayer, y sólo hay una diferencia.

Rose.

No hay palabras para expresar lo mucho que significa ver sus mensajes y emojis de nuevo en mi pantalla, después de veinticuatro horas de silencio absoluto. Hasta que mi teléfono empezó a vibrar bajo mi almohada, no había conseguido dormir, sólo había cerrado los ojos mientras daba vueltas a las mismas ideas en la oscuridad. Entonces, me escribió y todo mejoró.

El cielo está despejado y no amenaza con llover, así que puedo disfrutar de la vista de Londres que se extiende a ambas orillas del río: del London Eye, de los edificios antiguos y nuevos, unos al lado de otros, como si hubieran surgido de la tierra al mismo tiempo en lugar de a lo largo de los siglos. Me encanta este lugar donde todo el mundo puede ser quien quiera y que a nadie le importe. Adoro Londres porque en esta ciudad nunca te sientes fuera de lugar.

Durante unos minutos, todo parece estar bien. Como antes de que se desmadrara.

Leo me espera en la esquina, junto a la parada de metro, y a su lado está Rose. Está apoyada en un poste de luz, concentrada en su teléfono, y Leo mira en la dirección contraria. Están juntos, pero no del todo.

—Hola. —Al acercarme me invade una repentina timidez, la que sentía al principio, cuando formamos la banda.

—Hola. —Leo se separa de la pared, pero Rose sigue recostada hasta que llego. Entonces, tengo miedo de sonrojarme, y me cuesta mirarla a los ojos.

—El grupo se reúne de nuevo. —Rose sonríe cuando por fin levanta la vista del celular—. Siento haber estado desaparecida estos días. Cosas de chicas, ya saben. Pero ahora estoy aquí al cien por ciento. Quiero que esto salga bien, por Nai y porque no me gustaría decepcionarlos, chicos. Los quiero a los dos.

Leo y yo intercambiamos una mirada, pero él se apresura a relajar la situación:

—Todos nos distanciamos un poquito —dice—. Yo también he tenido mis cosas.

—Ya lo sé. —Rose le toca el brazo—. Siento haberlos abandonado. Prometo que intentaré mejorar, ¿me perdonan?

Entre ellos pasa algo, pero finjo no darme cuenta. Podrían haber tenido esa conversación antes de que yo llegara, ¿por qué esperaron hasta que yo estuviera presente?

—Red viene esta noche a mi casa —dice Rose—. Pelis, palomitas y comida chatarra. ¿Te apuntas?

Leo se voltea para mirarme, y yo me encojo de hombros. En mi interior, cruzo los dedos para que diga que no puede. Quiero tenerla sólo para mí unas cuantas horas. Si puedo estar a solas con ella un rato, todo se arreglará.

—No puedo ir —responde Leo—. Aaron me necesita.

—¿Para qué? —pregunta Rose, con una arruga de preocupación en el entrecejo.

—Es una cuestión de números. —Leo se encoge de hombros como si no fuera nada, pero es mucho.

—¿Números? —Rose me mira sin entender nada.

—Sí, hay un tipo con el que tiene ciertas cuentas pendientes, y quiere reunir al mayor número de gente posible. Según él, soy su mano derecha.

Levanta la barbilla al decirlo, es obvio que se siente orgulloso.

—Leo, en serio, no vayas con él. No dejes que te arrastre a sus enredos —digo—. Hace cinco minutos que salió de la cárcel, y ya está buscando problemas. Puede que esa sea la vida de Aaron, pero no es tu estilo.

—Tiene razón, Leo —dice Rose, con una delicadeza sorprendente—. Hazle caso, por favor.

—¿Y a ti qué más te da? —pregunta él. Su tono no llega a ser de enojo, más bien grave, como si buscara una respuesta.

Rose me mira y descubro incertidumbre en sus ojos. Leo no conseguirá la respuesta que espera, y lo peor es que una parte de mí está encantada.

—Porque eres mi amigo, tonto —responde Rose—. Además, si te agarran haciendo algo que no deberías antes del concierto, estamos jodidos, ¿o qué?

Leo pone los ojos en blanco, como si no le importara, pero sé que no es así. Sabe tan bien como yo que si Rose le dijera que lo quiere, haría lo que fuera por ella.

—¿Le preguntaste a Aaron por Carly? —cambio de tema.

—No, ni de broma. No ha estado precisamente de humor.

—¿Quién es Carly? —pregunta Rose.

—La chica que tiene un jardín dedicado a su memoria en la escuela —respondo.

—Ah, esa Carly. —Rose suspira—. Pensaba que hablaban de algún ligue. ¿Por qué estamos hablando de ella?

—Pues porque Red conoció a una chica en Camden —añade Leo, para intentar cambiar de tema.

Rose abre la boca sorprendida.

—¿Qué? ¡Cuéntame! Red, ¿de repente tienes vida sexual?

—No —digo con firmeza, a la vez que disfruto al ver que la noticia, por tonta que sea, parece molestarle un poquito. Necesito hablar con Aaron, a pesar de que no soporto la idea de verle la cara—. Oye, Leo, ¿puedo ir contigo a casa después de clase y hablar con tu hermano? Luego iré a casa de Rose, cuando tengas que irte a ser un número, o esas cosas tuyas.

Leo me mira de arriba abajo.

—No sé... yo..., Red, Aaron y tú no son exactamente... compatibles, y el ambiente ya está bastante caliente por el tema de los números.

—Bueno, sólo quiero hablar con él, no pedirle matrimonio —protesto—. Y tal vez me puedas usar como excusa para no meterte en sus asuntos.

—De acuerdo, si tantas ganas tienes de celebrar tu funeral... —Leo se encoge de hombros y sonríe al mismo tiempo. Resulta un poco amenazante.

—Qué buen plan —susurra Rose, mientras Leo corre a cruzar la calle para alcanzar a un amigo. Acabamos de llegar a Dolphin Square, y nos unimos a los centenares de chicos que van en la misma dirección—. No lo pierdas de vista y que no se meta en problemas.

Mientras Rose se pone al día de los chismes con Kasha y las chicas, Leo se queda atrás y me espera.

—Qué *cool* que vayas a verla hoy —me dice—. Así podrás asegurarte de que no se meta en problemas. ¿Podrías intentar averiguar con quién se ve a escondidas?

—¿A escondidas de quién? —le pregunto.

—De nosotros, idiota —replica.

El barrio de Leo siempre está lleno de vida, las veinticuatro horas. Por la tarde, los niños pequeños juegan después de clase en las zonas verdes que hay bajo los árboles, entre chillidos y risas. Algunos de los mayores andan en bici y otros practican con sus patinetas utilizando banquetas y haciendo saltos, aun con el riesgo de enfrentarse a la ira de los ancianos que disfrutan del buen tiempo de septiembre en las bancas. De las ventanas de la torre de edificios, que se eleva hasta donde alcanza la vista, salen música y ruidos de electrodomésticos.

Leo vive en el octavo piso de una cuadra de edificios no demasiado altos, con terrazas desde las que se ven los jardines de la calle.

El elevador hace ruido, es lento y huele a mariguana.

—¿O sea que estás dispuesto a convertirte en el secuaz de Aaron? —me atrevo a preguntarle a Leo, por fin.

En el camino, sólo hablamos de las tonterías habituales: ensayos, futbol, chicas, música, pero en cuanto nos acercábamos a su casa, se calló. No dijo ni una palabra más.

—No es eso, y lo sabes —me responde.

—¿Pues qué es?

—La gente lo respeta, Red —dice—. Por quién es y por lo que ha hecho.

Aunque intento morderme la lengua, no lo consigo.

—¿Por vender drogas y casi matar a un tipo?

—Ese tipo tenía muy claros los riesgos que corría. Aaron no fue por un simple fulano. Se había declarado la guerra en las calles.

Siento el impulso de reírme, pero me contengo, porque no sé cómo reaccionaría Leo; y, además, tiene cierta razón. En este último año llevamos un apuñalamiento por semana. Incluso tuvimos una reunión sobre el tema en el colegio. Pretendían recaudar fondos para poner un detector de metales en la puerta, una soberana estupidez porque hay otras diez maneras de entrar y salir del edificio.

—Pero tú eres un fulano cualquiera. Eres guitarrista, y muy bueno. ¿De verdad crees que vale la pena meterte en esa mierda?

Leo me mira con dureza, y el elevador se detiene de golpe.

—Red, no tienes ni idea de cómo es mi vida. No creas que me conoces.

—¡Red! —A la madre de Leo se le ilumina la cara cuando me ve—. ¿Te quedas a cenar?

Soy la compañía que toda madre quiere para su hijo, porque les aseguro que no verán a sus retoños metidos en una guerra de bandas un miércoles por la tarde, a la salida de clase.

—Gracias, señora Crawford —digo—, pero no puedo.

No puede ocultar su decepción, e incluso me parece atisbar cierta angustia en su rostro. Leo no sabe la suerte que tiene por que su madre se preocupe tanto por él.

—¿Cómo está Naomi? Le llamé a Jackie, pero no contesta el teléfono. Es lógico, no puedo ni imaginar por lo que está pasando.

—Por ahora no hay cambios —le informo.

De repente, me abraza y me susurra al oído:

—Me alegro de verte. Cuida de mi chico, ¿sí? Me tiene preocupada. —Se separa de mí y me dice—: Ya sabes que puedes volver cuando quieras.

Asiento, y le prometo en silencio que haré lo que pueda. Pero, ¿y si Leo tiene razón? Es posible que no lo conozca en lo absoluto.

Aaron está jugando con la consola, desparramado en un sillón, con una pierna sobre el descansabrazos. En la pantalla, varios pandilleros generados por computadora caen bajo los disparos de su pistola.

—¡Ahí! ¡Cabrones! —Se voltea para gritarle a Leo—. Ven aquí, hombre, y verás cómo mato a estos hijos de...

—Hola —saludo.

Aaron me mira de medio lado.

—¿Qué carajos es eso? —me dice contemplándome—. Puta madre, ya me mataron.

—Soy Red —le digo—. Vine con Leo.

—Red está en la banda —añade Leo, como si se avergonzara de que lo vieran conmigo.

—Ah, sí —dice Aaron, mientras me repasa de arriba abajo—. Tienes un aspecto único..., Red.

—Gracias —respondo, y él me sonríe de medio lado.

Está claro que no pretendía darme un cumplido.

—Bueno, y ¿qué tal te va en la vida? —digo para intentar entablar una conversación.

—Pues me iría mucho mejor si dejaras de hablarme —dice, y deja caer el control de la consola tras perder otra vida—. ¿Puedes llevarte a esa cosa de aquí, hermano, por favor?

No me doy cuenta hasta pasados unos segundos de que al decir «esa cosa» se refiere a mí.

—¿Te podría preguntar algo sobre cuando ibas al Thames? —Ojalá mi tono de voz no sonara tan mimado, pero es lo que hay. La cuestión es que si intento hablar como pandillero, sería peor.

—Bueno, procuraba no pasar mucho tiempo allí, ¿me entiendes? —Aaron suelta una carcajada, y Leo se mira los pies.

—¿Te acuerdas de Carly Shields?

Aaron me observa extrañado, con la cabeza ladeada.

—Sí, era buena chica. Muy dulce. Estuvimos juntos. Fue muy injusto lo que le pasó.

Me sorprende la suavidad de su voz, su sonrisa.

—¡Aaron! —grita la madre de Leo desde la cocina.

—¿Qué carajos quieres? —responde Aaron—. Siempre jodiendo.

—Mira, da igual —digo, y me levanto—. Leo, ¿vienes a casa de Rose?

—Sí, puede... —Leo hace ademán de seguirme.

—Me quedé destrozado cuando se suicidó. Fue muy triste. Era buena, incluso consiguió que sintiera que yo también podía mejorar. Después me dejó, sin más, y se volvió muy rara.

—Rara... ¿cómo? —pregunto, procurando que no se note mi interés.

—Se alocó, no sé, unos días antes de suicidarse. Me acuerdo como si hubiera sido ayer. Cambió por completo.

—¿En serio? ¿Qué pasó? —interrogo.

—Vino a verme y me preguntó si conocía a alguien que pudiera matar a una persona. Incluso me aseguró que tenía dinero para pagarlo.

—¿Qué dices? —pregunta Leo

—¿Me estás diciendo mentiroso? —salta Aaron, desafiante—. Yo le dije a esa tipa que no quería involucrarme, pero, ahora que lo pienso, debí haberme quedado con su dinero, al fin y al cabo, ella no iba a necesitarlo.

Carly cambió. Tenía miedo. Y quería ver muerto a alguien...

—Parece que se le fue de las manos —concluyo—. ¿Vienes, Leo?

Leo se levanta, pero Aaron lo detiene con una mano.

—No, Leo. Tú no vas a ninguna parte, hermano. Tenemos planes.

—Pero si no me necesitas hoy, ¿no? —Leo cambia el peso de un pie al otro.

—Que te necesite o no es lo de menos. Eres mi hermano, así que vienes conmigo.

—Okey. —Leo se sienta, resignado.

—Mándame un mensaje después —le pido.

—Claro. —Durante un momento me pregunto si debería quedarme, tal vez si estuviera por allí podría ser de alguna ayuda. No me gustaría nada dejar que Leo llegue al punto de no retorno si puedo evitarlo—. Si quieres, puedo...

—Tú, engendro, no existes aquí —me dice Aaron—. Me das mala espina.

—¿Leo? —Mi amigo no me mira a los ojos—. ¿Y si llamo a Rose y le digo que venga? Podríamos hacer algo los tres juntos.

—Red —Leo me lanza una mirada de advertencia, con la que me dice que no es buena idea—, tienes que irte.

Sigo sin moverme, porque no puedo. Aaron salta de su asiento y se planta delante de mí, muy cerca de mi cara.

—Mi hermano te dijo que te largues, así que lárgate si no quieres que te enseñe a bajar la escalera de la manera más rápida posible.

Veo que se le acumula saliva en la comisura de los labios

y las venitas rojas de sus ojos. Sabe cómo hacer que alguien se cague en los pantalones. Conmigo lo logró.

—Nos vemos, Leo.

Me mira, pero no responde. No tiene por qué, lo dice todo con la mirada.

23

La calle de Rose es tranquila; todos los niños están a salvo dentro de sus casas con aire acondicionado o jugando en jardines cercados. Fuera hay coches, relucientes e impolutos, que cuestan el doble de lo que mucha gente gana en un año; no cabe duda de que, si me hubiera cruzado con alguien, se habría girado a mirarme sólo para poder comentarlo en la siguiente reunión de seguridad vecinal. Su casa está en silencio. No hay ni rastro de su padre ni de Amanda.

Me siento un poco culpable por no haber ido a ver a Naomi, pero Ash dice que ella tampoco irá hoy. Parece que pasó toda la noche intentando descifrar números que probablemente sean un caos. Ahora bien, yo tengo que estar aquí, porque Rose es más que una persona, es también un lugar donde no se me obliga a pensar, donde puedo ser yo durante un rato, y eso ya es todo un alivio. No me había dado cuenta del cansancio que arrastraba, ni de lo mucho que necesitaba un respiro.

La casa de Rose es el lugar perfecto para desconectarme. Es un oasis de orden que nada en dinero. Tienen contratada a una mujer de la limpieza que acude cuatro veces a la semana, así que nunca hay montañas de ropa sucia en la escalera ni tazas sin lavar en la cocina. Siempre huele bien, e incluso hay jarrones con flores frescas en el recibidor, en la sala y hasta en el piso de arriba.

En cuanto llegamos, Rose sube a su cuarto a cambiarse y vuelve a bajar, vestida con una camiseta ancha, *leggings*, descalza y con la melena suelta. La observo mientras prepara unos sándwiches de tocino, y me da el mío acompañado de un vaso de Coca- Cola y un popote de rayas.

—Y bien, ¿hay motivos para preocuparse por Leo?

—Todo apunta a que sí —le digo—. ¿Tú qué piensas?

—No estoy segura. Tiene un lado oscuro.

—¿A qué te refieres? —le pregunto.

—A veces no es el Leo que conocemos. Se enoja.

—¿Contigo? —pregunto.

Rose nota inquietud en mi voz.

—No, por supuesto que conmigo no. Lo tengo comiendo de la palma de mi mano. Pero me pareció atisbar cierta furia. Se siente atrapado.

—No sé. —Suspiro—. Mis padres me odian. Tú odias a los tuyos. Guardar rencor a la familia es bastante normal, ¿no te parece?

No obstante, en mi fuero interno sé que los sentimientos de Leo van más allá de la ira. Se ve triste y asustado. Y cuando está con Aaron, actúa como si tuviera que ser otra persona, no él mismo.

—¿Qué tal están las cosas por tu casa? —me pregunta Rose con la boca llena.

Yo me encojo de hombros.

—No tan tranquilas como aquí —respondo.

—La tranquilidad que ves ahora no existe cuando mi padre y Amanda andan por aquí —me dice Rose—. Ya te imaginarás. Además, creo que pretenden tener un bebé, o ella ya está embarazada. En cuanto me ven, se callan. Y la verdad es que me da igual si procrean o no, pero me da lástima por el bebé, que tendrá que crecer con esos cabezas huecas. Debería haber una ley o algo, no sé, un examen que te impida embarazarte si no tienes el intelecto suficiente para criar a un ser humano.

—Pero ¿qué dices? —pregunto entre risas.

—¿Qué? No me mires así. —Rose se ríe también.

—Ese discursito no es propio de ti. Casi parece que hayas leído un periódico o algo.

—¿Insinúas que tengo poco intelecto?

Rose arranca la orilla de su sándwich y me la lanza cuando me encojo de hombros; nos reímos, y veo que le brillan los ojos. Esta es mi Rose, relajada, sin preocupaciones, que no cambia su forma de ser por nadie, y no esa chica distante y grosera que vi el otro día.

—Rose... ¿Puedo preguntarte algo un poco desagradable?

—¡Ja! Sí, adelante. —A Rose se le iluminan los ojos de curiosidad.

—Es sobre mi padre. ¿Alguna vez...? Uf, no sé cómo decirlo. A ver...

Rose sigue asintiendo, a la espera de que yo vaya al grano.

—¿Crees que mi padre pueda ser un pervertido?

Rose suelta una carcajada

—Sin duda alguna.

—¡Mierda! ¿Qué te hizo?

—¡No, no, Red! Estaba jugando contigo, claro que no creo que tu padre sea un pervertido. Siempre me ha tratado muy bien, aunque alguna vez haya intentado levantarme la camiseta.

—¡Ay, Dios! —Me tapo la cara.

—Es broma, idiota. —Se ríe—. Tu padre es como todos. Da un poco de pena ajena, pero no es malo. Estoy bastante segura.

—¿En serio? —Mi preocupación debe de ser evidente, porque me abraza.

—Deja de decir tonterías y concéntrate en lo que importa —dice ella—. ¿Vemos la peli aquí abajo o en el piso de arriba?

Veo la tele grande, colgada en la pared, y a la vez pienso en estar a solas con Rose, en su cama matrimonial.

—Como prefieras.

—Pues vamos arriba. Tendremos más intimidad. —Me sonríe, toma una bolsa de papas fritas y un par de refrescos más.

—¿No vas a beber? —le pregunto.

—Puedo pasar veinticuatro horas sin alcohol —me dice—. No soy tu madre.

Por deprimente que sea, ella hace que tenga gracia.

Antes de que empiece la película, Rose apaga todas las luces, excepto la guirnalda de colores que hay alrededor de la cabecera de la cama y unas cuantas velas aromáticas que tiene en una mesita. Me siento en un lado de la cama, doblo una almohada para apoyar la espalda y mantengo un pie en el suelo en todo momento. Antes de morir, mi abuela me contó que, en los viejos tiempos de Hollywood, antes de que las escenas de sexo y la desnudez estuvieran permitidas, había una regla según la cual incluso las parejas casadas debían aparecer en pantalla con, al menos, un pie en el suelo, porque así la posibilidad de que estuvieran teniendo relaciones sexuales quedaba descartada. Aunque, por supuesto, es perfectamente factible coger con un pie en el suelo, si te esfuerzas lo suficiente, o eso es lo que me dijo ella. En cualquier caso, esta noche me parece un buen momento para aplicar esa regla, para mantenerme a raya y no decir nada que pueda delatar lo que siento, que es una mezcla de felicidad y agonía.

—Tu película favorita. —Rose entra en el catálogo de iTunes y envía la película a la televisión—. *El club de los cinco*.

—¿En serio? —Le sonrío—. ¡Pero si no te gusta ni un poco!

—No es que no me guste, simplemente prefiero ver películas grabadas después del nacimiento de Cristo, pero tú dices que es la mejor película de adolescentes de la historia, así que voy a darle otra oportunidad. Además, te debo una disculpa por haber sido grosera contigo; me parece que es lo menos que puedo hacer.

—Tranquila, está en el pasado —digo, mientras intento disimular lo maravilloso que es este momento.

—Entonces, ¿admites que fui una grosera?

—No, lo que digo es que no parecías tú misma. Y me preocupo por ti, eso ya lo sabes.

—Sí. —Rose me abraza brevemente—. Pero ¿sabes una cosa? Estoy bien. Estoy más que bien. Creo que, por fin, empiezo a entender quién soy. Estoy más cerca de ser una mujer, Red.

Me río y me sale Coca-Cola por la nariz. Ella me pega en la cabeza con una almohada y pienso que, quizá, sólo quizá, esta sea la primera vez en mucho tiempo que he sido realmente feliz. Si pudiera, me aferraría a este momento y pararía todos los relojes.

Vemos la película, o, al menos, yo observo cada escena, mientras intento asimilar cómo me siento sin éxito.

Molly Ringwald hace su truco con el pintalabios, y Judd Nelson da golpes al aire y, mientras pasan los créditos de inicio, Rose me toma de los brazos y me jala para meterme más en la cama.

Y lo consigue. La miro mientras me lleva hasta el centro,

donde me espera, y me levanta el brazo y acomoda su cabeza sobre mi hombro.

Mierda, ¿qué está sucediendo?

—¿Sabes qué, Red? —dice ella—. Creo que eres la mejor persona que conozco.

—Ya, no digas tonterías —respondo, dando gracias porque no vea la estúpida sonrisa con la que miro hacia el techo.

—No, es en serio. —Echa la cabeza hacia atrás, y doblo el cuello para contemplarla—. Nunca has perdido la esperanza conmigo, ni me has decepcionado, por muchas estupideces que haya dicho o hecho; eso es muy especial. Eres muy especial para mí, lo sabes, ¿no?

Cuando acomoda su barbilla en mi pecho, pienso que se me va a detener el corazón; con el peso de su cuerpo sobre el mío, siento que una energía efervescente se apodera de mí, y cuando me pone el brazo sobre el vientre, se me corta la respiración. Está ocurriendo de verdad: estoy en la cama de Rose, y ella casi está tumbada encima de mí.

—A veces, me preocupa que no te des cuenta de lo genial que eres —dice con voz suave y dulce.

No puedo más. Me muevo, y me pongo de lado, de modo que quedo a la misma altura que ella, y nos miramos a la cara; seguimos a unos centímetros de distancia, pero al menos así puedo respirar y no fallecer.

—Pues yo no me considero genial —digo—. Sólo soy yo misma.

—Cierra el pico —insiste Rose—. Eres la bondad personificada; además, nadie toca mejor la batería que tú en todo el universo conocido, ni baila mejor; y me encanta cómo te cae el pelo sobre los ojos, esas camisas de cuadros que te pones todos los días... Red, hay algo que juré que no te contaría, pero no puedo seguir ocultándotelo...

El tiempo parece ralentizarse y, entonces, se detiene. Sólo soy capaz de ver el reflejo de las luces en sus profundos ojos azules, el vello de sus suaves mejillas, cómo se curva su labio superior al hablar, y la cicatriz que tiene en la comisura izquierda de la boca. Siento que todo lo que ha ocurrido en mi vida y en el universo, desde el inicio de los tiempos, estaba diseñado para culminar en este momento perfecto y precioso.

No necesito oír lo que me ha ocultado, porque lo sé. Ocurre lo impensable: Rose siente algo por mí.

¡Ella también me quiere!

Mientras me acerco a Rose, todo parece un sueño; coloco la mano sobre su cintura y me inclino hacia ella y la beso con la seguridad de que el destino me guía. Sin embargo, en el preciso momento en que nuestros labios se rozan, veo que sus ojos se abren, sus hombros se tensan y noto cómo se echa hacia atrás; aun así, mis labios se juntan con los suyos, y durante una fracción de segundo, beso a la chica a la que amo, y vivo un momento de felicidad perfecta.

Tan sólo un instante después, Rose se ha ido y en su lugar solamente queda aire frío.

Cuando tomo conciencia de lo que pasó, veo a Rose de pie, mirándome, horrorizada. A partir de ese momento, el tiempo se acelera.

—Puta madre, Red, ¿qué carajos haces? —dice ella—. ¿Por qué...? No quería que me besaras, ¿por qué creíste que sí? Y ¿tú, de entre todas las personas del mundo, intentaste forzarme?

—No... No quería... Lo siento... Es que pensaba que...

Los acontecimientos se precipitan sin que yo pueda hacer nada. Es como si estuviera viendo una película: mi mente y mi cuerpo aún no han asimilado su expresión. No sé qué me pasó por la cabeza, pero me equivoqué. Lo malinterpreté, metí la pata hasta el fondo. Ay, carajo, no, mierda, carajo, no.

—Lo siento mucho. —Salto de la cama—. Lo siento. Es que pensaba... Bueno, me pareció que querías que te besara. Lo siento muchísimo, Rose.

Nunca he visto a Rose tan disgustada, tan enojada. Tiene partes de la cara rojas y otras blancas.

—Ay, carajo, Red, soy tu mejor amiga. Y tú eres la única persona que no quiere cogerme. Confiaba en ti, me sentía a salvo contigo. Y... y... y...

—Tú también eres mi mejor amiga. —Intento acercarme a ella—. Rose, por favor...

—¡No! No te me acerques.

Me da miedo moverme o hablar. No tengo ni idea de qué va a ser de mí.

—Si valoraras tanto mi amistad como dices, no habrías hecho eso, Red. Si de verdad soy tu mejor amiga, deberías saberlo...

—¿Saber qué?

Dejo caer la cabeza, porque sé exactamente cuál va a ser su respuesta, porque es mi mejor amiga, la conozco mejor que nadie, y, a pesar de todo, la cagué.

Así, antes de que abra la boca, ya sé qué va a decir:

—Red, no soy como tú. Soy hetero. Yo no beso a chicas.

Diez meses antes...

Nuestra primera presentación fue la mejor. Sólo llevábamos juntos un par de meses, pero teníamos muchas canciones, las suficientes para dar un concierto. Ah, y éramos increíblemente buenos. No sonábamos como un grupo escolar, ni como una bola de niños que se junta a pasar el rato. Éramos buenísimos.

Cuando tocábamos los cuatro juntos, no se nos escapaba ni una nota. Era como si nuestro destino fuera encontrarnos y dejar nuestra huella en la historia de la música con nuestro sonido radical. Era emocionante.

Para entonces, ya éramos amigos, compartíamos risas y bromas. Salíamos y hablábamos sin parar. Yo era una pieza del engranaje. Por primera vez en la vida, sentía que formaba parte de algo especial y mágico.

Nai nos consiguió la primera presentación a fuerza de acosar y perseguir al dueño de un *pub* que tenía un escenario en la parte de atrás en el que podíamos tocar. No quería pagarnos, pero nos daba igual, aunque no viniera nadie a vernos, ¡teníamos un concierto! Y eso, por sí solo, ya era pura magia.

Cuando terminamos de instalar el equipo, la sala estaba vacía. No había luz, sólo un par de focos en el techo que se tambaleaban. Daba igual, era nuestro debut en sociedad. Y sonábamos muy bien. La pista seguía desierta, pero no nos dimos ni cuenta. Sólo nos fijábamos los unos en los otros. Nuestras miradas se cruzaban, golpeábamos el suelo con los pies, nos balanceábamos y movíamos los labios. Aunque nunca había tenido relaciones sexuales, me costaba creer que el sexo pudiera ser mejor que eso: cuatro personas tan conectadas que conocían el ritmo al que latía el corazón de los demás.

Entonces, empezó a llegar poco a poco gente del bar hasta que, a la quinta canción, conseguimos reunir a una multitud, y la temperatura subió tanto que el vapor se condensaba en el techo y caía como gotas de lluvia. Tocamos todas nuestras canciones; cuando se nos acabaron, tocamos *covers* de todas las que se nos ocurrieron, hasta que tuvimos al público rendido ante nosotros y pidiéndonos que siguiéramos. Era la mejor droga del mundo.

Al final, el dueño del local nos ordenó que acabáramos y desconectó el equipo, provocando los abucheos de todo el bar, que exigía a gritos más canciones. Era increíble. Una vez en el pasillo, me tomé una botella de agua casi entera, y me encontré con Rose, que salía del baño.

—Eres genial —me dijo, tomándome la cabeza y estampándome un beso en la boca cerrada—. Te quiero mucho, Red.

Después de que se fuera, necesité un buen rato para recomponerme e intentar comprender qué me ocurría. Mi corazón iba a toda velocidad, pero ¿era por su beso o por la actuación? En cualquier caso, la adrenalina me hacía temblar, y supe que ya no había marcha atrás. Me había enamorado de una chica que ni me correspondía entonces, ni lo haría nunca.

Mientras subíamos mi equipo a la camioneta de un amigo de Rose, después de que todo el mundo se hubiera ido, el dueño del local vino a vernos. Prendió un cigarro y nos dijo:

—Si quieren, pueden venir a tocar otro día.

—Sólo si nos pagas —respondió Naomi.

—Cincuenta libras —resopló él.

Nos sentimos millonarios.

24

No sé qué ocurrió después de que Rose me dijera que no besaba a chicas, sólo recuerdo su mirada, su expresión, que era lo opuesto al amor. Recuerdo irme de su casa, aunque no sé si me puse los zapatos ni si tomé mis cosas. Recuerdo el aire frío de la noche en las mejillas y que las suelas blandas de mis tenis no hacían ningún ruido mientras corría por la calle. No recuerdo haber llegado a casa, ni nada anterior a este momento, cuando estoy delante del espejo, mirándome.

Veo a la persona que está ahí de pie, con brazos fuertes pero no musculosos, con el abdomen tonificado bajo una camiseta holgada que oculta mis pechos pequeños.

Y veo a mi otro yo: a la chica que está detrás de mí, la desdichada, la que podría haber sido. Es la versión de mí misma que me sigue allá donde voy, es mi fantasma personal.

Por primera vez, levanto la vista por encima del hombro de mi reflejo y la miro directamente a los ojos. Trae el pelo largo y se lo alisa todos los días. Se pone la cantidad justa de brillo de labios para su edad y elige el de color durazno porque va con su tono de piel. Es una chica del montón, que cae bien a todo el mundo porque no es ni demasiado guapa ni demasiado llamativa; es la amiga perfecta, aplicada en los estudios y con las tareas siempre bien hechas. Le va bien en cla-se, le va bien en la vida, y, si un chico se fija en ella, finge emoción. Puede que, gracias a esos vestidos con vuelo que su madre le compra y a los botines de tacón, se consiga novio pronto, pues, aunque es pelirroja, está bien, de rasgos delica-dos·y con grandes ojos verdes. Por fuera, es el prototipo de chica de dieciséis años.

Y su madre se siente muy orgullosa de ella.

Por dentro, en cambio, no pasa un segundo sin que quiera llorar. En su lucha interna, su realidad grita para que la dejen salir a la luz. Se siente perdida y sola; y, además, fingir ser al-guien que no es le duele tanto que le parece asombroso que su corazón siga latiendo.

Llegó un momento en que dejé de mirarme en el espejo, porque lo fundamental era rehacer mi aspecto exterior de modo que encajara con cómo me sentía por dentro.

Ahora, sin embargo, me obligo a mirar.

Me fuerzo a mirar a la persona que soy: los lados de la ca-beza afeitados y la explosión de cabello que me cae sobre los ojos; la cara angulosa y unos preciosos iris verdes.

Ahora, me miro en el espejo y me veo a mí misma, y mi aspecto exterior encaja con mi interior, por fin.

No veo a nadie raro, ni gay, ni hetero. Ni a una chica que quiere ser un chico.

Sólo me veo a mí. Soy quien soy, encajo en mi propia cate-goría, y a nadie más le debería importar. Lo único que quiero es ser yo.

Pienso en Rose y en la expresión de su cara.

Siento el dolor de esa chica fantasma a la que conocía tan bien.

Me permití enamorarme de Rose. Y eso es horrible. Pero todavía es peor haberlo revelado cuando no debía. Rose me estaba confiando algo importante y de peso, y yo le robé el protagonismo, la decepcioné cuando necesitaba una amiga, no una amante.

Carajo, la cagué en grande.

Mierda. Mierda. Mierda.

Carajo, ¿qué hice?

Entonces, me miro directamente a los ojos y me siento mejor. Me ayuda ver mi reflejo, que me devuelve una mirada compasiva.

Mi único error fue mostrar mis sentimientos.

Revelé mi amor, anhelo y deseo.

Y no tiene nada de malo. Ser quien eres no es malo. Durante unos segundos, toda la ansiedad desaparece, y aparto la vista del espejo para fijarme en la ciudad que se ve por la ventana que hay detrás de mí: las luces de millones de vidas titilan en el horizonte.

No tiene sentido que sufra por haber sido valiente. Por arriesgarme a ser sincera. En realidad, me siento libre porque hoy rompí una barrera más para ser yo misma, crucé otro puente hacia la vida que quiero. Y al menos por ahora, me siento bien, aunque tenga que hacer frente a las consecuencias.

Me siento orgullosa.

Cuando llego al hospital, Ash está esperando sentada en el pasillo. Cuando la veo me siento mejor, anclada. Tenerla ahí es lo único que hace que no me desespere y pierda el control.

—¿Alguna vez vas a tu casa? —le pregunto. Se apoya en mí y se relaja; noto la calidez de su piel sobre la mía—. Ash, ¿podrías hacerme un favor? —le pido.

Me mira adormilada.

—¿Cuál? —pregunta.

—¿Podrías entrar a la computadora de mi papá?

—Claro, dame su *e-mail* —me responde.

—Me encanta que ni siquiera me preguntes por qué.

—Seguramente tienes un buen motivo. —Ash bosteza—. Porque yo sólo uso mis poderes para el bien. Pero en este momento no puedo, ¿okey? Voy a cerrar los ojos un minuto.

Noto el peso de su cabeza sobre mi hombro y cómo su respiración se vuelve más lenta.

—Ash, creo que me arruiné la vida.

Sus ronquidos son su única respuesta.

Video

Publicado hace 1 hora

Ayer descubrí que @RedDrums es una mentirosa y una pervertida. Pensaba que era mi amiga, pero lo único que buscaba era acostarse conmigo. Lo que quería era bajarme los calzones.

87 reacciones

Ver los 49 comentarios

Kasha: ¡Uy! ¡Qué asco!

Gigi: Por Dios. Siempre me pareció que esa chica me miraba raro.

Kasha: ¿Estás bien, Rose? ¡Debió de ser un trauma!

Parminder: No te preocupes, me ocuparé de esa hija de puta.

Maz: ¿Quieres que le diga un par de cosas a esa zorra?

Kasha: Ay... Voy a trolearla sin parar.

Gigi: Se merece todo lo que le pase.

Amy: ¡Qué desagradable!

Haz clic aquí para ver más comentarios

25

Me despierto muy temprano, antes de que amanezca, después de haber dormido una hora en mi cama. Afuera, todo sigue oscuro, pero oigo ruidos escaleras abajo. En cuanto abro los ojos, me despabilo del todo, el corazón me late desbocado y tengo el cuerpo en tensión, así que me obligo a salir de la cama y miro el celular. Está lleno de notificaciones. Una exageración. Entro a Instagram y hay un video de Rose llorando. Enojada y disgustada.

Lo veo.

El teléfono se me cae de las manos.

¿Por qué?

¿Por qué me hizo eso? No es propio de Rose.

Cometí un error, pero no hice nada de lo que ella me acusa. Estoy segura. ¿Por qué quiere vengarse?

Comprendo que esté enojada. Que quiera que me disculpe. Pero que no me etiquete en esa publicación para que la vea todo el mundo. La misma gente que pensaba que era una inadaptada antes del éxito del grupo. Ahora tienen motivos para volver a tratarme como a una mierda.

¿Qué debo hacer?

¿Voy a clase y actúo como si nada, a pesar de saber que seré el objetivo de todas las miradas, chismes y cosas peores?

El orgullo y la libertad que sentía ayer, cuando me fui a la cama, se desvanecen.

Creía que Rose era mi amiga, que yo le importaba.

Y no hablo de mi sangre, de mis músculos o de los huesos que me sustentan, sino de quién soy en mi corazón y en mi mente. Pero lo que pasó ayer por la noche debió de ser mucho peor de lo que yo pensaba, porque resulta evidente que está muy enojada y que la herí, y, si por mi culpa se sintió utilizada y maltratada... Ay, Dios, ¿será que soy igual que los demás?

—¿Amy? —Gracie sólo usa mi nombre cuando mamá le pide que me llame—. ¿Amy?

No respondo, me quedó tumbada. Sin saber qué hacer.

—¿Red?

—Pasa, peque —le grito, y ella entra, con su pijama de *Scooby Doo* y frotándose los ojos somnolientos con el puño.

—¿Qué pasa?

—Mamá dice que tienes que llevarme a la escuela porque ella está vomitando. Pero no hay leche para el cereal, y no sé qué más puedo desayunar.

—Okey, ahora voy. Revisa si queda pan.

Lo único que quiero es arreglar las cosas. Que todo lo que ocurrió anoche, incluida esa publicación que corre por las redes sociales, de perfil en perfil, desaparezca sin más.

Pero no sé cómo.

Me resulta casi imposible combatir el miedo y la ansiedad que quieren impregnar cada célula de mi cuerpo, pero me obligo a ignorarlo, vestirme y ponerme unos tenis. Mientras bajo la escalera, me detengo en la puerta del dormitorio de mamá. Está mirando hacia la ventana, encorvada.

—¿Quieres un poco de té? —pregunto.

Con un gruñido, se voltea para mirarme. Tiene el patrón de triángulos de la colcha marcado en la cara, y veo la tristeza en sus ojos. Su aspecto es deplorable.

—Sí, por favor. —Su voz suena áspera y seca, la habitación apesta a rancio, y me pregunto si habrá mojado la cama.

Me quedo allí un instante. Ojalá... ojalá pudiera hablar con ella, pero no hay nada que hacer. Así que me concentro en la única tarea que tengo en marcha. Mi hermana.

—Yo recojo a Gracie por la tarde, ¿te parece? Puedo salir diez minutos antes de la escuela.

—Gracias. —Mamá intenta esbozar una sonrisa, pero no lo consigue. Se aleja de mí y se cubre la cabeza con el edredón.

Gracie me habla, pero no la escucho, no me hace falta. Lo único imprescindible es tomarle la mano y sentir cómo jala mi brazo mientras da brincos y saltos, y concentrarme con todas mis fuerzas en no pensar en lo que me espera en la escuela. Podría no ir, dejar a Gracie en la escuela e irme a Camden. Pero presentarse allí es la única forma de conocer la gravedad del asunto. Si me salto las clases, no sabré si Rose está bien.

Gracie tiene que darme un tirón para que la suelte cuando llegamos a las puertas de su colegio.

—¿Vendrás a recogerme? —me pregunta, y yo asiento.

—¡Hasta luego!

La observo entrar corriendo a clase, hasta que el patio del colegio se vacía y los adultos se marchan. Después, ya no queda nada más que hacer que darme la vuelta y enfrentarme a lo que venga.

Ash
¿Qué carajos está pasando? Todo el mundo dice que abusaste de Rose.

Red
Puta madre. ¿Viste su Instagram?

Ash
Odio Instagram.

Red
Pues velo.

Ash
Uf. Bueno, está claro que tú no hiciste eso...

Red
Pasa algo que no sabemos. Esto no es propio de Rose...

Ash
O quizá no la conozcas tan bien como crees...

Red
La conozco. La conozco perfectamente y... No puedo explicarlo, pero no es su forma de ser.

Ash
Tranqui, no te preocupes. No pasa nada.

Red
¿Cómo que no pasa nada?

Ash
¿Tienes ganas de desaparecer y tirarte de un puente?

Red
Ya entendí. ¿Ha habido suerte con el tatuaje?

Ash
No, aunque mientras más lo observo, más convencida estoy de que es un código. Pero necesito ayuda. Voy a ponerme en contacto con ciertos conocidos.

Red
¿Qué conocidos?

Ash
El tipo de gente que se mueve por la parte oscura de internet. Mientras menos sepas, mejor.

Red
Por Dios, Ash, sabes que no eres Edward Snowden, ¿verdad?

Ash
¿Quién?

26

Cuando entro a la escuela, todo el mundo está ya en clase. Mi celular sigue sonando y vibrando dentro de mi bolsillo por las notificaciones de las redes sociales, y aún no he perdido la esperanza de que se acabe de una vez. Me acuerdo de cuando Tally Lawson envió una foto de sus pechos a Clarke Hanson y él hizo una captura de pantalla, que acabó recorriendo toda la escuela. Muchos llamaron puta a Tally, otros dijeron, con razón, que Clarke había sido un completo imbécil. Al final, los expulsaron dos semanas por comportamiento indecente, no sin que la policía le explicara a Tally lo arriesgado que había sido enviar esas imágenes.

Después saltó la noticia de la desaparición de Naomi y nadie volvió a preocuparse por las tetas de Tally.

Todo el mundo me odia y siento la misma incertidumbre que antes, como si el fantasma de mi acosadora me hubiera atrapado y se hubiera metido en mi cuerpo, haciéndome cargar con el dolor y la ansiedad que ocupaban su pecho.

Tal vez sí sea una mentirosa. Nunca me había sincerado con Rose acerca de lo que siento por ella.

Quizá no soy la buena persona que creía ser.

Quizá al final soy un monstruo.

Entro en el aula de música y me siento en primera fila. Los susurros malintencionados que se oyen a mis espaldas no me pasan desapercibidos. Dado que mi celular no para de vibrar, lo saco y cierro sesión de todas mis cuentas.

—Red, ¿qué haces? —El grito del señor Smith me toma por sorpresa—. ¡Dame el teléfono!

Sin esperar a que se lo entregue, me lo arranca de las manos y lo guarda en el cajón de su escritorio.

—Puedes venir a buscarlo a la hora del recreo —me informa.

Sin embargo, no tener celular no arregla nada, pues sigo oyéndolo vibrar en el cajón y noto el resplandor de las pantallas a mi alrededor, un enjambre de palabras electrónicas que se multiplican en el aire, cada una con su propio aguijón afilado.

Cuando suena el timbre, me quedo en mi silla, intentando mostrar que me importan un bledo todos los insultos que murmura la gente al salir.

Cuando el aula se ha despejado, voy a la mesa del señor Smith.

—Perdón por haberte gritado. —Parece alterado—. Esta clase me saca de quicio. Pero tú eres buena alumna y no te lo merecías.

—No pasa nada.

—¿Qué ocurre? —me pregunta.

Saca el teléfono del cajón, pero se lo queda en la mano mientras espera a que responda.

—Nada —contesto, encogiéndome de hombros y mirando a la puerta.

No quiero que sea amable conmigo porque temo que acabaré llorando.

Se levanta y rodea el escritorio para colocarse a mi lado.

—Escucha. —Me tranquilizo al notar su mano en mi

hombro. Mirándome a los ojos, me dice—: Si alguien de este grupo se está metiendo contigo, dímelo, ¿sí? No quiero secretos. Todo se puede hablar, Red. ¿Sabes que puedes contar conmigo?

—Gracias —le respondo.

Me quedo allí unos segundos más y me pregunto si de verdad puedo confiarle que mi segundo beso con una chica arruinó nuestra amistad. Tras mirarlo directamente a sus ojos verdes, decido que la respuesta es no.

—Estoy aquí si me necesitas —insiste—. Eres una gran chica, Red.

Casi me dan ganas de reírme, porque yo creo que soy una persona horrible.

—Puta cerda —dice Kasha cuando paso a su lado—. ¿Quieres verme las tetas, lesbiana?

Mantengo la cabeza gacha y por primera vez lamento haber dejado mi melena en el suelo de la peluquería, porque ahora no tengo dónde esconderme.

—¿No sabes lo que es el consentimiento? —me pregunta Parminder al pasar—. Violadora sin pito.

Entonces me detengo y recuerdo que me corté el pelo porque no quería esconderme detrás de una cortina.

—No tienen ni idea de lo que pasó.

Cuando me doy la vuelta, descubro que Parminder y Kasha no son las únicas presentes, otras seis o siete personas de mi año se les unieron, y están con los brazos cruzados y un gesto desafiante.

—A ver, ignoro por qué subió Rose ese video —empiezo a decir, pero no sé continuar, así que vuelvo a intentarlo—. Yo... cometí un error, nada más. Malinterpreté una situación. Y no tengo ni idea de por qué ella reaccionó así.

—Ah, sí, claro, culpa a la víctima. —Kasha da dos pasos hacia mí, y yo retrocedo—. ¿Y luego qué? ¿Dirás que lo iba pidiendo?

—Pero ¡si no fue prácticamente nada! —Noto un nudo en la garganta, y sé que, si no me callo, acabaré llorando; si me marcho, daré la impresión de que no me importa, y, si me quedo, será patético.

—Váyanse todos a la mierda. —Leo aparece a mi lado—. En serio, lárguense de aquí ahora mismo y llévense sus chismes a otra parte.

—O sea que estás de su lado. —Kasha levanta una ceja—. ¿Crees que lo que le hizo a Rose está bien?

—No estoy de lado de nadie, niña inmadura, porque no los hay. Que se larguen les digo, carajo, ya.

Kasha y Leo se miran desafiantes durante un momento, hasta que ella, por fin, con un bufido, se da media vuelta, y Parminder y los demás la siguen.

—¿Qué rayos...? —Leo me mira y niega con la cabeza.

—No... No sé... Pensé, parecía que...

Me pone una mano en el hombro y me lleva hasta el salón de música. No sé si me está protegiendo o si me quiere dar una paliza, pero al menos nadie se mete con Leo, nadie lo detiene ni le dice nada. Sólo nos miran.

—¿Qué diablos hiciste, Red? —vuelve a preguntar Leo, después de cerrar la puerta.

—No sé —balbuceo—. Sólo... Sólo intenté darle un beso.

—Pero ¿en qué carajos pensabas? —Leo me mira sin dar crédito, como si fuera imbécil, y la cuestión es que probablemente tenga razón.

—Ya lo sé. Sé que suena fatal. Me equivoqué. Me dejé llevar y malinterpreté lo que Rose quería decirme, pero duró menos de un segundo. Entonces, ella me dijo que me fuera y ahí acabó todo. Intenté besar a una chica, y me rechazó.

No me digas que nunca has hecho lo mismo, y seguramente no se armó este escándalo.

—Pero Rose no es una chica sin más, Red. —Leo me da un golpecito en el hombro, que me hace retroceder—. No es una chica a la que te encuentras en un bar. Es Rose. ¡Rose! Puta madre, ¿sabes cuántas veces he tenido ganas de decirle lo que siento por ella o he querido besarla? Pero me he aguantado, porque Rose no quiere que ni tú ni yo nos enamoremos de ella. Deberíamos ser más importantes. Necesita que seamos sus amigos. ¿Por qué crees que no he intentado besarla, a pesar de lo mucho que me gustaría?

Con esta última admisión, su voz se suaviza, y deja caer la cabeza.

—Ay, hombre —dice, y niega con la cabeza.

—Es que ese es el problema, que no soy un hombre.

—Hombre —repite Leo—. Red, a nadie le importa que seas una chica o gay. Eso da lo mismo.

Me siento en la plataforma donde está puesta la batería, me paso los dedos por la cabeza y siento vértigo; no sé dónde encajo, ni cómo buscar mi lugar.

—Ay, Dios, Leo, ¿qué voy a hacer?

—Para empezar, ve a buscar a Rose. —Leo se sienta a mi lado—. Asume las consecuencias de tus actos y arréglalo. Pero antes tienes que averiguar quién eres. Y aceptarlo de verdad. Porque parece que ya lo sabes. Te vistes como si lo asumieras, pero, en realidad, interpretas un papel, y tu pelo y tu ropa te ayudan. No obstante, escondes tu verdadero ser y lo que quieres. Vives tu vida en punto muerto, y eso no funciona. No puedes ir por ahí con la esperanza de que nadie se fije en ti y en tu culo flacucho; porque sólo conseguirás que la gente exagere y te tenga miedo por ser tú misma.

—Vete a la mierda, Leo —replico, dolida porque sé que dice la verdad—. No me hace falta que vengas a explicarme mi sexualidad. ¿Cómo ibas a saber tú lo que es ser gay? Tú lo tienes fácil, eres un chico hetero, eres más alto que las chicas. No tienes nada de qué preocuparte.

—No lo dirás en serio... —dice, fulminándome con la mirada—. ¿Acaso se te olvida de dónde vengo?

—A mí no me importa de dónde viene la gente, ni de qué color es su piel, ni cuánto dinero tiene, ni si les gustan los chicos o las chicas... Ninguna de esas mierdas. ¿Por qué no podemos ser personas sin más?

—Porque la gente es cruel —afirma Leo—. Y dicen que el mundo es un lugar cada vez mejor y más justo, pero por Dios. Y seguirá sin serlo bastante tiempo. Así que lo único que podemos hacer es cuidar de nosotros mismos, Red. Y no hay más.

Ambos nos quedamos callados un momento. Creo que los dos sentimos que un movimiento en falso podría complicar más las cosas, y preferimos evitarlo.

—Bueno —empieza a decir Leo con un tono de voz más tranquilo—. ¿La has visto desde que pasó?

—No, ¿vino a la escuela?

—Ni idea. No la he visto esta mañana.

Mierda, me arruiné la vida y voy a tener que empezar de cero.

—¿Crees que Rose venga al ensayo?

—¿No pensarás que el concierto sigue en pie? El concierto era por Naomi, y ahora... Carajo, ¿por qué tuviste que besarla? Desde el principio dijimos que sólo seríamos amigos. ¡Así se rompen los grupos de música!

—Ya, claro. Entonces, si Rose entrara ahora mismo y te pidiera salir, tú le dirías que no, ¿verdad?

—Pues claro... Le diría que somos amigos y ya.

La puerta se abre con violencia y aparece ella. Rose. Con las manos en las caderas, el pelo recogido, sin maquillaje, en *jeans* y camiseta. Y está muy enojada.

—Elige: Red o yo —dice mirando a Leo, pero señalándome a mí.

—Rose... No jodas... ¿En serio? —Leo niega con la cabeza—. Red la cagó, pero sabes que no pretendía hacerte daño. Ya la conoces.

—¿Pretendes justificar lo que hizo? —A Rose le brillan los ojos, y no sólo de ira, sino también de dolor puro. Noto que se me retuerce el estómago de angustia—. Pensaba que estaba con una amiga y de repente intenta acostarse conmigo. Es como... como si hubieras intentado meterme mano, somos todos amigos. Sería asqueroso.

Dudo que Rose sepa el daño que le hizo a Leo con esas pocas palabras; aunque yo sí me doy cuenta por cómo aprieta la mandíbula y por el suspiro que se le escapa, a ella ni se le pasa por la cabeza. Rose sólo busca pelea.

—En serio, lo único malo que hizo Red fue enamorarse de ti y ser un poco idiota. —Leo se levanta para estar cara a cara con Rose—. Intentó besarte y, okey, no debió haberlo hecho, pero no merece que la acosen.

—¿Me estás llamando mentirosa? —Rose da un paso adelante, sin dejar de echar chispas.

Leo frunce el ceño y espera a que Rose se tranquilice, o al menos ceda un poco. Entonces, me mira a mí y luego a ella.

—Fue sólo un beso, ¿no?

—Vete a la mierda —dice Rose—. Si yo no quería, da igual que fuera un beso, que me metiera mano o que me rozara con un dedo. No se puede tratar a una persona así. No está bien.

—Rose, por favor. Lo siento mucho. No pretendía hacerte daño, sé que la cagué, pero me importas mucho.

—Sí, eso creía yo. —Rose me fulmina con una mirada en la que se mezclan la furia y el odio, y me hiela la sangre—. Pensaba que era algo más que un pedazo de carne, que significaba más, pero eres igual que todos. No sé cómo pude confiar en ti.

—¡Te quiero! —Las palabras salen como una explosión de mi boca—. Te quiero porque no eres sólo un «trozo de carne», eres graciosa, inteligente, tienes talento y eres buena, y además te preocupas por mí, y a veces siento que eres la única persona que lo hace. Y ayer esos sentimientos me abrumaron. Cometí un error. Debí haberlo mantenido en secreto. Fue un error, Rose. Si fueras mi amiga, lo entenderías.

Rose se queda mirándome durante unos segundos que se me hacen eternos.

—Si tú fueras mi amiga, entenderías por qué no puedo perdonarte. El concierto se cancela.

—Rose.

Leo corre en su busca, pero justo cuando ella abre la puerta, aparece el señor Smith. Rose se detiene en seco al verlo, lo mira fijamente a los ojos, mientras sus hombros se mueven arriba y abajo al ritmo de su respiración. No sé si piensa gritarle o si se va a echar a llorar. Al final, no hace ninguna de las dos cosas. Se queda petrificada.

—¿Adónde crees que vas? —dice él, tomándola del brazo—. Chicos, tenemos que hablar.

Espero a que Rose lo haga a un lado para poder salir, pero, para mi sorpresa, se aparta para dejarlo entrar al salón y se apoya en la puerta cerrada.

—Miren —empieza a decir el señor Smith—, los profesores acabamos enterándonos de los chismes que rondan por ahí. Ustedes dos, ¿están bien?

Mira a Rose y luego a mí.

—Me disculpé —me apresuro a aclarar—. Fue un error.

—Okey —asiente el señor Smith—. Red, me parece horrible lo que te está pasando...

Rose resopla y niega con la cabeza.

—¿Y yo qué? —suelta ella—. ¿Lo que me pasó a mí le parece bien?

—Rose, deja un momento el papel de reina del drama, por favor. —El señor Smith la mira, y sorprendentemente, Rose baja la cabeza y se pone colorada.

—¿Papel? ¿Acaso está bien lo que me hizo? —Rose da un paso en su dirección.

—No, claro que no. —Smith me mira y quiero que me trague la tierra—. Eso no debe permitirse nunca, Rose. Red cometió un error, pero ¿de verdad crees que fue por malicia, furia u odio? Le dijiste que se apartara y lo hizo, ¿no?

—Sí. —Rose se encoge de hombros, y puedo percibir que una parte de su ira se desvanece—. Supongo que sí.

—Las bandas de escuela se separan porque sus miembros se rajan, o bien se involucran demasiado y se hartan. —El señor Smith nos observa de uno en uno—. Esa historia es aburrida, es predecible, y no interesa a nadie, porque al final no se terminarán dedicando a la música. Dentro de un par de años, dejarán la escuela, y tú vivirás de tu padre —dice dirigiéndose a Rose, antes de voltearse para mirarme—, tú te irás a la uni y conocerás a una chica que te quiera, y tú... —Posa la mirada en Leo—. Bueno..., con un poco de suerte, no seguirás los pasos de tu hermano.

La expresión de Leo se vuelve taciturna.

—Eso es lo que podría decir —añade el señor Smith—. Y es lo que diría si fueran como cualquiera de las otras bandas con las que he trabajado. Pero ustedes son distintos. Son buenos de verdad. Saben tocar, componer y cantar, y tal vez consigan triunfar; pero sólo si pueden mantenerse unidos a pesar de esta... pelea. Al meos háganlo por Naomi. Imagino que no les parecerá bien decepcionar a su familia, a sus padres, que esperan con tantas ganas el concierto para poder comprobar cuánto significa su hija para los demás. Eso les daría una pizca de esperanza, porque algo bueno saldría de un suceso horrible.

Rose se hunde en la silla y esconde la cabeza entre las manos.

Leo se voltea para mirar por la ventana.

Soy la única que no aparta los ojos del señor Smith.

—Quiero tocar en el concierto —añado—. Y lo haré.

—¿Leo?

—Sí. —Leo asiente—. Cuenten conmigo.

—¿Rose?

Rose se queda unos segundos en silencio, y después se aparta el pelo de la cara.

—Está bien —acepta—. Pero sólo por Nai.

—Gracias —dice el señor Smith—. Rose, haz lo posible para que dejen en paz a Red, ¿de acuerdo? Di lo que tengas que decir para que se calme el ambiente. No nos hacen falta más dramas.

Rose suspira y aprieta los labios.

—¿En serio? —Smith la mira con dureza—. Yo creía que no eras una *bully*.

Durante un momento, parece estar a punto de desafiarlo, pero consigue controlarse y se limita a encogerse de hombros.

—De acuerdo —dice ella—. Pero sólo por Nai, por el concierto.

—Genial, pues pónganse a ensayar —concluye el señor Smith, antes de abrir la puerta y pasar entre la pequeña multitud que se ha reunido para mirar por la ventanilla.

—El espectáculo se terminó —les grita Rose—. ¡Váyanse!

—¿Yo también? —la voz de Leckraj surge de entre las caras apretujadas.

—No, claro que tú no... Entra, idiota.

Tomo mis baquetas y me siento detrás de la batería.

Leo repasa la lista de canciones.

—Creo que deberíamos repasar *Leftovers*. Es la que menos ha ensayado Leckraj.

—Bueno, pues a trabajar. —Rose ajusta el pie de su micrófono.

—Rose —le digo—. Gracias por no irte.

—Vete a la mierda —me responde sin mirarme—. Esto no cambia nada.

Lista de reproducción de Red «Vete al carajo»

Psychosocial, Slipknot

Please Don't Go, The Violent Femmes

Ride a White Swan, T. Rex

Girls Like Girls, Hayley Kiyoko

Make Me Wanna Die, The Pretty Reckless

Death of a Bachelor, Panic! At the Disco

Smells Like Teen Spirit, Nirvana

Heathens, Twenty One Pilots

27

En cuanto acaba el ensayo, me escabullo de la escuela para irme al hospital. No tengo ganas de aguantar esa mierda dos horas más.

Al llegar, me encuentro a Ash sentada en el pasillo, con los audífonos puestos y la *laptop* prendida.

Veo a Jackie y a Max en la habitación, sentados junto a la cama. Jackie toma a Nai de la mano, y Max hace lo mismo con Jackie. Ambos observan en silencio cómo sube y baja el pecho de su hija al respirar.

Me siento al lado de Ash y le doy un golpecito en el hombro. Se quita los audífonos y me mira; su habitual melena lisa se ve un poco revuelta y enmarañada.

—¿Alguna novedad? —le pregunto.

—Después del fin de semana, empezarán a retirarle el medicamento —dice Ash—. Los médicos dicen que la inflamación ha bajado, que no hay hemorragia y que las demás heridas se están curando, así que ahora sólo podemos esperar y ver qué pasa cuando se despierte. Si puede respirar por sí sola, si puede hablar, ver..., ese tipo de cosas.

—Guau. Qué fuerte.

Incluso después de estos días, tras pasar horas junto a su

cama, sigue pareciéndome imposible que sea real. No consigo aceptar que pueda despertarse con daños irreversibles, o, peor aún, que no vuelva en sí. Ash levanta la mirada de la computadora.

—En cierto modo sería casi mejor si se quedara así para siempre, al menos, mientras no haya cambios hay esperanza.

—Qué deprimente —digo.

—Así me siento.

Ash suspira, y yo me uno por solidaridad. La verdad es que tengo ganas de entrar, sentarme junto a Naomi y quedarme un rato con ella, pero no quiero interrumpir la vigilia silenciosa en la que se ha convertido su habitación. Me pregunto si sueña o siente el tacto de la mano de su madre. ¿Sabe que estamos aquí? Espero que sí. De lo contrario, pasar los días encerrada dentro de su cabeza, con todos los secretos que nos ha ocultado, debe de resultar aterrador y solitario.

—Tu padre mordió el anzuelo que le lancé esta mañana con el correo de *phishing* —me explica Ash; otra idea oscura que me asalta—. Los viejos son muy fáciles de engañar.

—¿Revisaste su computadora?

Ash asiente.

—Sí, de arriba abajo. ¿Sabías que tiene guardadas tus fotos de bebé? Qué fea eras, mujer, toda roja.

—Ash, hoy no estoy para tonterías.

La esquina de su boca se curva en una media sonrisa.

—Red, tu padre es buena persona. Mejor que la media. Dejando de lado a todas las mujeres con las que está engañando a tu madre, es de lo más formal.

—¿En serio? —No puedo evitar sonrojarme. Siento un alivio enorme—. Y ¿quién era esa chica?

—Colabora con una organización benéfica que se dedica a dar hogar a familias afectadas por la violencia doméstica.

La foto la tomó su propio padre maltratador, que averiguó dónde vivía y se la envió a su madre como amenaza. Por eso los archivos están numerados. No tienen nombre por seguridad; pero, de verdad, tienes que avisarle que actualice su *software* y darle unas cuantas orientaciones básicas sobre no abrir correos sospechosos.

—Mi padre es buena persona —repito.

—No es perfecto, pero tampoco es malo.

—Mejor, porque ¿te imaginas lo incómoda que sería la situación? —digo, y nos sonreímos, en un momento de complicidad.

Si algo bueno puede salir de todo esto es conocer a Ash, pasar tiempo con ella y descubrir el humor que suele ocultar con tanto recelo.

—Llevo horas viendo este tatuaje. —Ash vuelve a concentrarse en la pantalla—. Logré separar ocho capas de números, signos de puntuación y letras, ¿ves?

—¿Cómo? —pregunto, y echo un vistazo por encima de su hombro—. O sea, ¿cómo sabes a qué capa pertenece cada número?

—Porque, aunque no lo parezca, hay un patrón. —Su sonrisa se vuelve a asomar—. Ya te dije que no quedaba otra. Mi teoría es que cada número o letra toca directamente parte del número y de la letra de otra capa. Al menos, eso espero. Si no es así, me voy a morir, porque no se me ocurre nada más.

Ash me enseña ocho semicírculos que ya separó del diseño original.

—Ahora estoy buscando otro patrón que tenga sentido. Algo que me permita descifrar el código. No tengo ni idea de por dónde empezar. Ya probé con todas las combinaciones que he podido, y no estoy más cerca de encontrar una solución, porque hay miles de millones. Le pregunté a un grupo de activistas que conozco, pero todos están asombrados con esto. Estoy atascada, sin ideas, y empiezo a pensar que quizá esté intentando descifrar algo que ni siquiera existe, ¿sabes lo que te digo?

Me mira, y yo me encojo de hombros. Estos asuntos no son mi fuerte. Ahora bien, si pretendiera disgustar y alejar a una de las personas que más quisiera en el mundo, ahí sí podría ayudarle.

Contemplo las imágenes, una tras otra. Son como esas molestas pruebas que te encuentras en algunas páginas web y que tienen el objetivo de demostrar que eres un ser humano. Mientras más miras, menos ves.

—Una cosa, ¿sabemos que están en orden? —le pregunto—. ¿Van de izquierda a derecha?

Ash se encoge de hombros.

—Ni puta idea.

—Lo digo porque ese tercer círculo... ¿Crees que podría ser...? No, nada, olvídalo, es una tontería.

—No, ¿qué viste? —Ash me anima con los ojos—. Dime, toda idea es bienvenida.

—Bueno, ¿crees que podría ser un «.com»?

Ash observa fijamente el círculo.

—Dios mío —dice ella.

—Bah, tú eres la genio de la tecnología, no sé por qué hablé, es una tontería.

—No, a ver, algunos tipos de *malware* tienen un mecanismo de seguridad. Una dirección web superlarga que puede apagar el virus. Y una página web larguísima y aleatoria sería una manera genial de esconder algo turbio. Porque tendrías que saber la combinación exacta de letras y números para encontrarla. Ahora bien, incluso la dirección más larga tiene que acabar con un «.algo». Red, ¡creo que diste en el clavo!

—¿En serio? —La miro con cara de estar estar muy asombrada.

—¡Me dan ganas de besarte! —exclama, con una brillante sonrisa de oreja a oreja.

Por un segundo, quiero decir: «¡Sí, adelante!». Pero, entonces, recuerdo lo que pasó la última vez que besé a una chica. Ella se da cuenta de lo que acaba de decir, su sonrisa se congela en una mueca. La situación se pone un poco incómoda.

—Digo, a lo mejor me equivoco. —Ash mira con atención su pantalla, y yo me levanto—. Pero es posible; seguiría habiendo un montón de combinaciones, pero... es una pista. No eres tan tonta como pareces en las *selfies* que te tomas y que luego nunca llegas a subir.

—Muy graciosa. —Me alegra que volvamos a la normalidad.

—¡Red! —Jackie y Max salen de la habitación de Nai—. ¿Te dijo Ash que van a intentar despertarla? ¡El lunes! El día del concierto. ¿No sería genial que se despertara y pudiéramos contarle lo que están haciendo por ella?

—Desde luego —respondo—. ¿Les importa que entre y me siente un rato con ella?

—No, por favor, adelante. —Max me sonríe—. Eres una buena amiga, Red. La mejor.

Entro y me siento al lado de Nai. Hablo un buen rato sobre los buenos tiempos, cuando todo iba sobre ruedas.

La noche anterior
a la huida de Naomi...

Sólo queríamos bailar.

Ya se habían acabado las clases, hacía calor y éramos libres. No teníamos la obligación de hacer nada, ni de ir a ningún lugar. Podíamos ser nosotros mismos. Y nos sentíamos tan bien que queríamos salir, desmadrarnos y bailar.

Incluso Nai estaba dispuesta, a pesar de no entusiasmarle las multitudes, ni salir de noche, ni llamar la atención. Se puso un vestido amarillo y unas sandalias de tiras; Rose le puso unas margaritas en el pelo. Empezamos la fiesta tomándonos un par de pastillas cada uno mientras caminábamos junto al río; dejamos atrás la zona del Parlamento y cruzamos Trafalgar Square, en dirección al Soho. Podríamos haber tomado un autobús, habríamos tardado la mitad, pero ¿por qué meternos en una lata agobiante y calurosa, llena de extraños, cuando podíamos ser libres, disfrutar de la brisa del río, del cielo azul y del olor del verano en la ciudad, del asfalto a punto de derretirse y del humo de los tubos de escape? Caminamos, hablamos y nos reímos, y con cada paso que dábamos, el mundo parecía un poco más brillante, como bañado en oro. Un sentimiento de alegría me inundó el pecho y se expandió hasta que alcanzó los dedos de las manos y de los pies; estábamos en una burbuja de felicidad llena de arcoíris.

No tengo ni idea de cómo salimos bien parados aquella noche, ni de lo que hicimos ni de dónde estuvimos, pero la cuestión es que lo logramos. Entramos a *pubs* y bares, tomamos copas que Rose pagaba con la reluciente tarjeta de crédito de su padre. Sin miedo y sin pensar en nuestra edad, nos turnábamos para engañar a los meseros y conseguir vodka y cerveza para ellos tres y Red Bull para mí. Yo no bebí, pero me sentía borracha, me reía a carcajadas, abrazaba a mis amigos y les decía lo mucho que los quería. Esa noche las declaraciones de amor salían de nuestros labios al final de cada frase.

En el sótano de un edificio de Wardour Street hay un bar clandestino. Antes era una guarida ilegal para emborracharse, pero ahora que el Soho es sólo para turistas, apenas queda ningún local alternativo de verdad. Otra ronda de pastillas y bajamos la escalera, siguiendo el ruido que llegaba hasta la calle. El local estaba lleno hasta reventar, con gente de todo tipo, raza y orientación sexual. A nadie le importaba cómo eran los demás, sólo la música, y nos sumergimos en el ritmo. Piel con piel, caderas, culos, mi cuerpo, su cuerpo, los de ellas, todos moviéndonos como una feliz masa sudorosa. Mientras bailábamos, se hizo de noche; Rose fue la primera en aburrirse y nos arrastró a la calle. Yo podría haberme quedado hasta el amanecer, me encantaba perderme entre los cuerpos.

Esquivamos las multitudes hasta llegar a Soho Square, donde hay vagabundos que apestan a cerveza y orina, y hombres que besan a otros hombres en los bancos. Nos tumbamos en el pasto, y Leo encendió el porro que guardaba en el bolsillo trasero; estaba un poco aplastado, pero todavía se podía fumar. No sé si esto pasó de verdad o si me lo imaginé, pero, ahí, de espaldas sobre la hierba, sentía que la luna estaba muy cerca, casi la podía tocar con los dedos, de modo que podría saltar y llegar allí sin ningún esfuerzo si me lo propusiera.

—Es muy raro que este año escolar acabe en julio —comentó Nai—. No parece un final, sino un principio más bien.

—Mejor, porque no quiero que esto que tenemos acabe nunca —dijo Rose—. Somos lo mejor de este mundo.

—Exacto —añadí—. ¡Los cuatro, juntos siempre!

—Sí —aceptó Leo—. Escribirán sobre esto en la revista *NME*, es justo cuando estamos a punto de hacernos famosos. Nosotros nunca nos separaremos. Eso seguro.

El hecho de que Naomi no dijera nada, que simplemente se tumbara en la hierba con su vestido amarillo, mirando la luna y sonriendo de oreja a oreja, no parecía significar nada en absoluto. Era sólo Nai.

Sin embargo, al día siguiente desapareció, y todo empezó a desmoronarse.

Sólo ahora, cuando lo veo en retrospectiva, me doy cuenta de que se estaba despidiendo.

28

Casi llegando a casa, envuelta en una neblina de música y recuerdos, caigo en cuenta de que no fui a recoger a Gracie. Ya hace cuarenta minutos que debió de haber salido del colegio. Mierda. Saco el teléfono del bolsillo, me doy la vuelta y me echo a correr.

Llamo a mamá por teléfono, pero nadie responde, así que sigo corriendo mientras busco el número de la escuela de Gracie y llamo. Me salta directamente el buzón de voz.

—¿Hola? —grito, casi sin aliento por la carrera—. Hola, tengo que recoger a Gracie Saunders, pero voy tarde, así que...

Suena un pitido para indicarme que tengo una llamada en espera. Me detengo.

—¿Dónde estás? —pregunta mamá en cuanto respondo.

—Tuve un pésimo día en la escuela —le explico; mi único deseo es que mi madre me abrace—. Luego fui a ver a Naomi y... lo siento, se me olvidó.

—Llamaron de la escuela —dice mamá con voz gélida—. Gracie hizo un berrinche enorme. Por suerte, la señora Peterson la trajo, pero sigue llorando. Más te vale venir lo antes posible. A ver cómo le explicas que la olvidaste.

Cuelga el teléfono.

Carajo.

Mamá abre la puerta en cuanto me acerco.

—Pensaba que al menos Gracie te importaba —me espeta.

—Claro que me importa. Y soy la única que se preocupa por ella —digo—. Tuve un día de mierda. ¿Dónde está?

—Un día de mierda no es excusa para dejar tirada a tu hermana de siete años.

—Pero el vodka, sí —contraataco.

Me toma del brazo con tanta fuerza que me hace daño.

—Me tienes muy harta, Amy. Se te olvida que tú eres la adolescente, y yo, la adulta.

—Una adulta tan cruda que no era capaz de ir a recoger a su hija a la escuela —digo, y corro escaleras arriba.

—¡Vuelve aquí ahora mismo! —me grita mamá.

Gracie está tumbada en el suelo con sus muñecas, con los pies en el aire.

—Lo siento, peque —le digo.

Se voltea para mirarme y me sonríe.

—Lloré —me explica—. Con mocos y todo. Pero luego me dieron una galleta.

—Soy una hermana horrible. —Me siento en el suelo a su lado.

—No, no es verdad. La maestra me trajo a casa en coche, así que mis compañeros de clase se pondrán celosos. ¡Y eres la hermana con el pelo más *cool*! —Gracie me abraza muy fuerte.

—Entonces, no me odias como todos los demás —le pregunto, con voz llorosa.

Mi fachada de fortaleza se derrumba, porque el sentimiento es demasiado abrumador como para contener las lágrimas.

—No te odio —me asegura Gracie—. ¿Quién te odia?

—Tú no —le respondo—. Y eso es lo único que me importa.

Oigo el timbre mientras Gracie se echa a mis brazos.

—¿Quieres jugar a tomar el té?

—No —respondo.

—Me da igual, me lo debes —dice alegremente—. Soy la reina y tú, la princesa.

Ni siquiera he empezado a tomarme mi taza imaginaria de té cuando mamá empieza a gritar en el piso de abajo; conforme sube la escalera hacia el cuarto de Gracie, sus voces se oyen más fuertes.

—¿Cómo pudiste? ¡¿Cómo pudiste hacer algo así?!

Se queda allí en la puerta, blandiendo un trozo de papel.

—¿Cómo pudiste? —repite ella—. Tu desvergüenza no me sorprende, pero ¿de verdad no te importa esta familia?

—¿De qué me hablas?

El documento me suena, pero no consigo recordar de qué.

—Por Dios santo, Amy. Ya es bastante horrible que vayas por ahí con ese aspecto... —dice señalándome—. Pero intentar abusar de tus amigas es repugnante.

Con cuidado, me quito la tiara y me levanto.

—Enseguida vuelvo, su alteza —digo, y le hago una reverencia a Gracie, que nos observa con sus ojos grandes.

Cierro la puerta tras de mí.

—¿A qué viene esto? —le pregunto en voz baja.

—Ya es castigo suficiente que... no puedas ser normal —me dice entre dientes—. Pero esto ya es pasarse. Sabes que su padre es abogado, ¿no?

Arruga el papel y me lo tira. Cae a mis pies y, lentamente, me agacho a recogerlo.

Tu hija intentó violar a Rose Carter...

—¿Te drogas? —me pregunta.

—Mamá, no exageres —digo, mientras intento mantener la calma, aunque noto cómo me tiemblan los músculos—. Esto es mentira.

—Entonces, ¿no le hiciste eso a Rose?

Me agarra de la muñeca tan fuerte que me duele, y me arrastra a su dormitorio, donde el olor a encerrado y a ropa sin lavar me deja noqueada. Mantengo la cara relajada, sin expresión alguna.

—No, por supuesto que no. Soy tu hija, ¿no me conoces o qué?

—Ya basta, Amy. Estoy hasta el chongo de esta fase. No eres un chico. No eres... lesbiana, o lo que pienses que eres. Sólo lo haces para llamar la atención como desesperada. ¡Es patético!

Escupe la palabra como si fuera veneno; sólo la forma de decirlo me duele mucho más de lo que creía posible. Me suelto el brazo, voy a la ventana y la abro para que entre el aire fresco de la noche.

—No me llames Amy. No soy Amy. Y sí, besé a Rose —le digo sin mirarla—. Como Rose no se lo tomó bien, me fui sin que pasara nada más. Intenté besarla porque estoy enamorada de ella. Ahora estoy fatal y siento que perdí el rumbo porque ella no me quiere. También me duele que pretenda castigarme sólo por quererla. Estoy dolida y triste, porque si hubiera sido un chico al que hubiera intentado besar y se hubiera enojado, podría haber hablado contigo del tema, y me habrías apoyado. Sin embargo, te repugno simplemente por ser yo. Pero eso es lo único que deseo, mamá, sentirme bien en mi propia piel y amar a las personas que me parezca. No pretendo hacer daño ni avergonzar a nadie. Sólo quiero ser yo.

—No. —Niega con la cabeza—. Esta no eres tú. Todo este asunto es asqueroso, tú me das asco. ¡Pervertida! ¿Qué te pasa?

—No, ¿qué te pasa a ti? —Sin ser capaz de contener la ira y la tristeza, las palabras salen de golpe de mi boca—. ¿Quién puede odiar tanto a un hijo simplemente por existir?

—Tú no eres mi hija —dice mi madre amargamente—. Ya no. Ni siquiera te reconozco.

—Ya basta. —Gracie abre la puerta de golpe, con la cara arrugada—. Deja de hablarle así.

Tardo un momento en saber a quién se dirige, pero al final veo que viene corriendo hacia mí y se abraza a mi cintura.

—Ve abajo, cariño. —Mamá intenta persuadir a Gracie con una sonrisa, pero sólo consigue poner una mueca aterradora—. Vete a ver la tele.

—No —dice—. No pienso abandonar a Red. ¿Por qué la odias? Yo la quiero. ¡Y te odio a ti!

—¡Apártate de ella! —chilla mi madre mientras toma a Gracie y la deja en el suelo.

Mi hermana grita y llora, pero cuando voy a buscarla, mamá me bloquea el paso.

—¿Qué crees que estás haciendo? —Nuestras caras apenas están separadas por unos centímetros. Soy de complexión delgada, pero tan alta como ella, y tengo el doble de fuerza—. ¿Qué mierda te pasa? ¿Te das cuenta de lo que me estás diciendo? ¿O de cómo tratas a Gracie? ¿Cuándo dejó de importante cualquiera que no fueras tú y cómo conseguir la siguiente copa? No tienes ni idea de lo que dicen los vecinos. Desde luego no hablan de tu hija la lesbiana. Sino de ti.

No veo venir el golpe, pero me doy cuenta de que no es una bofetada, sino un puñetazo que me asesta con los nudillos y los huesos, y que me duele un montón. Oigo un crujido cuando mi cabeza se desplaza hacia atrás, y la habitación se vuelve borrosa. Hago lo posible por mantenerme firme, por evitar que me fallen las rodillas, y me llevo los puños a las piernas, con la firme decisión de no tocar el lugar donde me golpeó, mientras noto el sabor de la sangre en los labios.

—Red —chilla Gracie, y mamá se aparta, mientras yo me agacho para tomar a mi hermana en brazos.

—No pasa nada —la tranquilizo—. Estoy bien, ¿y tú?

Gracie esconde sus mejillas llenas de mocos en mi cuello, y la aparto de mi madre. Miro al frente, me la llevo a su habitación y cierro la puerta. Al instante, llamo a mi padre.

—¿Red? —responde al momento, y siento tanto alivio que estoy a punto de echarme a llorar.

—Papá, tienes que venir a casa de inmediato. Ya mismo.

—Verás, cariño, aún me quedan algunas cosas...

—Papá, mamá se volvió loca. Gracie le tiene miedo... y no es broma. Tienes que venir enseguida. Somos tus hijas y te necesitamos. —Hago una pausa—. Gracie te necesita.

—Okey. —Cuando dice eso, cuando no discute ni intenta zafarse, las lágrimas afloran a mis ojos, veloces y cálidas. Me las limpio tan rápido como puedo.

—¿Cuánto tardarás? —pregunto.

—Depende del tráfico...

—Pues ven lo antes posible —le digo, y luego cuelgo.

Me siento con Gracie detrás de la puerta cerrada. Bebemos té imaginario, servimos pastel, y admiro su tiara y sus zapatos relucientes, hasta que oigo que un coche se detiene afuera, se abre la puerta principal y se cierra de nuevo. Oigo la voz de mamá, y luego la de papá, que, por fin, abre la puerta de Gracie, y ella corre a echarse a sus brazos.

—No pasa nada, cariño —dice—. Ya estoy en casa.

Me levanto e intento pasar por delante de él, pero me detiene y hace que gire la cara para ver el moretón que se me está formando.

—¿Fue ella?

Digo que sí con la cabeza.

—Red. —Intenta abrazarme, pero me alejo de él, incapaz de aceptar consuelo del mismo hombre que permitió que las cosas llegaran a este punto. Saber que Gracie está a salvo es suficiente—. ¿Adónde vas?

—Voy a salir —le digo, volteándome para mirarlo—. A ningún lugar en particular.

Se limita a asentir y a echarse a un lado, no sé si es porque se me está hinchando la cara o por la mirada que le dirijo, pero me da igual.

En el piso de abajo, mamá llora en el sofá, con la cara enterrada en un cojín. Cuando la miro, siento odio. Puro odio. Por primera vez en mi vida, la odio tanto que me hierve la sangre. Desearía poder acercarme a ella y arrancarle el pelo. Por eso tengo que salir de casa.

Veo su bolsa colgada en el perchero de los abrigos, de ella sobresale una botella de vodka: el plan de esta noche. Sin pensarlo dos veces, la tomo y me voy, dando un portazo tan fuerte como puedo.

El parque está vacío, gracias a Dios, así que me siento debajo de la resbaladilla. Cuando ya nadie me puede ver, me toco el labio hinchado con los dedos. No puedo ni moverlo sin notar una punzada en los dientes y alrededor del ojo.

Me duele todo el cuerpo, y me siento mallugada por dentro y por fuera. Lo único que deseo es dejar de sentirme así.

Desenrosco el tapón de la botella, me la llevo a los labios y bebo.

Sabe fatal, como un jarabe aguado, y hace que me ardan la herida del labio y las encías. Trago contra mi voluntad, y siento retortijones. Aun así, sigo bebiendo sin parar. Un trago tras otro. Fuera de mi pequeño refugio de metal, donde hay nombres y penes grabados, empieza a llover, chorros de agua que caen en diagonal oscurecen la zona de alrededor de la resbaladilla, mientras yo sigo bebiendo un trago tras otro. Poco a poco, mi lengua se acostumbra al sabor, y la cara me va doliendo menos. Con un par de tragos más, la opresión del pecho y del estómago desaparece, y casi ni lo recuerdo. Me siento como si nada, vivo o muerto, del universo pudiera afectarme.

Cierta calidez se extiende por mi cuerpo desde la panza y, aunque tengo las mejillas y los dedos de la mano helados, no siento nada de frío. Cuando el mundo se tambalea, caigo de lado sobre el duro cemento. Me oigo reír a lo lejos, como si estuviera fuera de mi ser y a cierta distancia viera a una chica con la mitad de la cabeza afeitada y la cara maltrecha pegada al suelo que se ataca de risa. Cuando apoyo la cabeza en la estructura sucia, me veo. Cuando me derramo lo que queda de vodka sobre el corte de la mejilla y los labios, me veo. Como si hubiera salido de mi cuerpo. Veo las lágrimas, tan claras como el vodka, que caen hacia mis orejas. Me veo llorar y llorar, mi cuerpo se agita y mi pecho se encoge en un puño y, muy a lo lejos, oigo los sollozos que salen de mí, uno tras otro, pero no los siento, y me parece genial. Levanto la mirada hacia la parte más alta de la resbaladilla, que actúa como una especie de tejado, lleno de telarañas, chicles y no sé qué más. Noto la presencia de algo que no debería estar ahí, pero no sabría decir qué; empieza a girar a la izquierda y a la derecha, hasta que no sé si estoy de pie o tumbada. Me da igual, no tengo miedo. Sólo quiero cerrar los ojos y dejar que el mundo se mueva detrás de mis párpados hasta que pare de sentir.

29

Siento una fuerza que me obliga a expulsar todo por la boca; consigo sentarme a duras penas, con todo el cuerpo adolorido, justo a tiempo para evitar vomitarme encima.

Con las pocas fuerzas que me quedan, me pongo de rodillas y levanto la cabeza; noto un escalofrío y vuelvo a vomitar, mientras un charco de líquido claro se forma en el suelo de tierra.

—Carajo... Mierda. —Soy consciente de que digo esas palabras en voz alta, pero no reconozco mi voz, porque suena grave y áspera.

Puta madre. Es de noche y estoy helada. Me rodeo con los brazos para intentar calentarme, pero no hay manera. Me duele todo, la cara me palpita, siento un fuerte martilleo en la cabeza, y lo peor de todo es que creo que sigo borracha, porque, cuando pretendo levantarme, no consigo mantenerme en pie.

Santo cielo. Salgo como puedo de debajo de la resbaladilla, me obligo a enderezarme, apoyándome en el áspero metal oxidado, mientras aspiro una bocanada de aire frío. En ese momento, me doy cuenta de que ya no estoy sola. Hay una figura en los columpios, vestida con ropa negra. No me habría fijado si no fuera por los chirridos de la cadena oxidada. Lleva la capucha de la sudadera encima de una gorra de béisbol, y está encorvado. Debería sentir algo de miedo, o peligro, al ver a ese chico, porque nadie va al parque a esa hora de la noche para columpiarse.

Sigo sin sentir nada. Debe de ser gracias al vodka.

Te arrebata toda emoción, incluido el miedo. Es cierto que apestas y te duele todo, pero no te asustas por nada. Durante un breve segundo, casi me da lástima mamá; si le hace falta esto para pasar el día, debe de sentirse aterrada en todo momento.

Me siento al lado del chico, en el columpio, y me doy cuenta de que parezco idiota, porque es para bebés y sólo puedo mantenerme en precario equilibrio. Es extraño e incómodo, pero ahora no me puedo mover porque parecería más idiota, si es posible. El chico no se mueve, mantiene la cara oculta, perdida en la oscuridad de la capucha, pero tampoco veo que traiga un arma, sólo unos dedos pálidos y delgados, que me resultan familiares, alrededor de la cadena. Entonces, caigo en cuenta de dónde he visto ese anillo de margarita. Es de Naomi, lo traía cuando desapareció.

—¿Naomi? —susurro su nombre. ¿Acaso murió y estoy viendo su fantasma? Vuelvo a mirar hacia la resbaladilla, por si mi cuerpo sigue ahí, pero no: yo soy real y ella también—. ¿Nai?

—Si serás idiota... —Ashira se voltea para mirarme, con una mueca de asco—. ¿Qué te pasó? No me extraña que pienses que soy el puto fantasma de mi hermana, estás borracha. Y, para que lo sepas, Naomi no se ha muerto. Todavía.

—¿Qué haces aquí? —le pregunto—. Es peligroso venir al parque de noche.

—Cuando tú estás aquí, no. Vine a pensar —dice Ash—. En casa y en el hospital me bloqueo, y estoy intentando descifrar el tatuaje.

—¿Cómo? —Tengo la sensación de ir un par de segundos por detrás de la realidad, y nada de lo que dice tiene sentido.

—Sé por qué estás hecha una mierda —dice Ashira cuando no respondo—. No quise sacar el tema en el hospital porque, bueno, parecías estarlo llevando bien. En fin... La historia fue creciendo conforme pasaba el día. Primero la besaste, después le agarraste una teta, después le metiste la mano en los pantalones... Y la última publicación que he visto sobre el tema es la más chistosa: algún listillo decía que te habías hecho un pito falso y que te lo habías sacado en la cama.

—Por Dios. —Todo mi cuerpo, ya sobrio, se estremece de horror—. Y ¿cómo dicen que me hice ese pito? ¿Con rollos de papel higiénico y una botella de plástico? Por el amor de Dios, me gustan las chicas, ¿por qué iba a querer acercarme lo más mínimo a un pene?

Ash se ríe.

—Los *trolls* no suelen entender esas sutilezas.

—Carajo, no podré volver a poner un pie en la escuela nunca más.

—Claro que sí. —Ash mira hacia el horizonte, donde se elevan bloques de departamentos rematados con elegantes áticos, y grúas con las que están construyendo más—. Si tu hermana desaparece e incluso se intenta suicidar, la gente se interesará tanto que no parará de hablar del tema y te dejarán en paz. Intentar ligarte a Rose Carter no es nada. Digo, al fin y al cabo, media escuela se la ha ligado.

—Tampoco es para tanto —agrego—. Mierda, ahora me siento más idiota.

—Bueno, al menos lo del pene fabricado es mentira. —Ella se ríe, y me contagia su risa—. ¿Sabes qué es lo peor? —Ash me mira con mucha seriedad, y veo el dolor en su rostro—. No sé cómo seguir adelante, Red; no veo salida a esta situación. Al menos hasta que averigüe qué pasó.

—Mira, es viernes; tal vez el lunes se despierte y nos lo explique —le digo para intentar consolarla—. Y puede que sea mejor así, quizá sea más sensato esperar. Porque se despertará dentro de un par de días.

Ash guarda silencio durante un buen rato, las cadenas del columpio dejan de chirriar cuando se queda quieta.

—O puede que no.

—Un momento...

Cuando los efectos del alcohol empiezan a desaparecer, una imagen me viene a la mente, la de algo fuera de lugar. Me levanto y me dirijo hacia la resbaladilla.

—¿Qué pasa? —Ash frunce el ceño.

—No sé si es real o me lo inventé, pero...

Prendo la linterna de mi celular para no pisar el vómito.

—Puaj, qué asco —dice Ash, que me está siguiendo—. Y pensar que quería besarte...

—¿Qué? —¿Oí bien o me lo imaginé?

—¿Qué?

Me aguanta la mirada mientras yo intento averiguar qué dijo, cuando, de repente, se me prende el foco.

—Ah, sí. Me acabo de acordar...

Me agacho debajo de la resbaladilla y echo un vistazo. Solemos sentarnos mucho allí, a hablar y a pasar el rato, pero nunca miramos hacia arriba. De hecho, si no hubiera sido capaz de levantarme, probablemente tampoco me habría fijado.

Cuando ilumino la parte de debajo de la resbaladilla, lo veo, pegado con cinta en una esquina.

—Ay, Dios —susurro, antes de despegarlo y sacarlo para verlo a la luz de la linterna.

—¿Qué ocurre? —me pregunta Ash, pero en cuanto ve lo que encontré, la expresión de su cara cambia—. Es el teléfono de Naomi. ¡Es su celular! ¡Debió de esconderlo ahí!

Nos miramos en la oscuridad.

—Esto es algo grande.

No quiero tener que enfrentarme a mis padres, así que llevo a Ash por el callejón hacia la puerta trasera. Con un poco de suerte, estarán en la sala, arruinándose la vida mutuamente.

—Quítate los zapatos —le susurro antes de que entremos—. Y procura no hacer ruido.

—Esta es tu casa, ¿verdad? —me pregunta Ashira. Cuando la mando callar, abre los ojos, estupefacta—. Cuánto drama.

La puerta se atasca, algo la bloquea. Cuando consigo sacarlo, veo que es la cartera de mamá; hay monedas esparcidas por todo el suelo, su bolsa está bocabajo, el labial está sin tapa, y las llaves están ahí tiradas. Junto a la bolsa, hay un rodapié, como si alguien lo hubiera arrancado de la pared.

—Parece que se enojó mucho de que le robara el vodka —susurro mientras nos movemos lentamente por la cocina.

La puerta de la sala está ligeramente abierta. Mamá está dormida en el sofá, no hay ni rastro de papá. ¿Se volvió a ir?

Me apresuro a subir la escalera, y Ash me sigue, en calcetines. La puerta de Gracie está abierta, y tiene la lucecita para dormir encendida, señal de que estaba triste al acostarse, porque mamá sólo le permite dejar la puerta abierta si tiene miedo. Cuando estoy a punto de entrar, veo a papá tumbado en el suelo junto a ella, con los ojos cerrados y el teléfono sobre el pecho.

Durante un segundo, recuerdo las noches en que dormía junto a mi cama porque yo tenía demasiado miedo para quedarme sola. Me asalta un sentimiento agridulce, entre la felicidad y la tristeza, por lo que he perdido. Hubo un tiempo en que la vida en casa era agradable, segura y buena. Y me alegra que Gracie se fuera a dormir con ese sentimiento esta noche. Ojalá yo también pudiera.

Ash observa mi habitación, la batería en la esquina y la ropa en el suelo; se sienta en mi cama y se queda mirando fijamente el teléfono.

—¿Crees que fue ella la que lo dejó allí? —le pregunto.

—Sí —responde—. Creo que lo guardó ahí porque pensó que lo encontraríamos hace mucho.

—Pero ¿por qué? —Me siento en el suelo, y apoyo la espalda en la puerta del dormitorio—. Si planearas huir, ¿por qué habrías de dejar pistas?

—Porque, fueran cuales fueran sus planes, tenía dudas. No las suficientes como para cambiar de idea, pero se aseguró de que pudiéramos seguirle la pista. Y lo peor es que no encontramos el teléfono hasta que fue demasiado tarde.

—No sé cuántas veces me he sentado debajo de esa resbaladilla desde que ella se esfumó. ¿Crees que aún funcione?

Ash aprieta el botón para encenderlo. No tiene batería.

—Puedo intentar cargarlo, pero no lo guardó en una bolsa ni lo protegió de ninguna manera. La resbaladilla lo ha resguardado de la lluvia, pero no es la protección ideal. Antes de intentar cargarlo, lo desarmaré y lo pondré a secar en arroz.

—¿Deberíamos...?

—No, no vamos a llamar a la policía. Ni hablar —parece exasperada—. Para ser una rebelde, me sorprende lo rápido que quieres involucrar a la policía; pero a ellos les da igual, Red. No lo olvides.

—Eh... Bueno, pues como digas.

—Nos estaba dejando pistas, un reguero de migajas de pan para que pudiéramos encontrarla. —Ash mira el teléfono apagado—. Las listas de reproducción, la canción que grabó y subió después de desaparecer. El teléfono, la cuenta de Instagram de DarkMoon. Debió de conseguir un celular nuevo, un iPad o algo para distraerse mientras estaba encerrada; puede que al principio le pareciera un regalo caro y estuviera encantada.

—Ah, sí, su cuenta de Instagram —digo de inmediato. Tomo mi teléfono y busco su perfil—. Había olvidado eso, pero la revisé y no hay nada, sólo estos dibujos y vistas aburridas de Londres. Es la misma foto siempre.

—Déjame ver. —Ash me quita el teléfono de la mano y revisa las fotos—. Tienes razón, son iguales. Mismo ángulo, misma vista siempre, sólo que en diferentes momentos del día... Ay, mierda, Red. Somos unas idiotas.

—¿Por qué? —me quedo mirando las fotos sin entender nada.

—Porque intentaba enseñarnos dónde estaba. Esta era la vista que tenía desde el lugar en el que la tenían retenida. Pero no nos dimos cuenta a tiempo para impedir que le hicieran daño.

—Tenía acceso a internet, pero alguien la debía de estar controlando y vigilando —continúa Ash, enojada y emocionada por igual—. Sí, sin duda alguna.

Mierda.

Noto un brillo especial en los ojos de Ash.

—Todo encaja.

—Tal vez encaje, Ash, no te precipites.

—Me llevaré el teléfono a casa, y seguiré con el código del tatuaje. Tiene que haber más pistas, más respuestas que nos puedan ayudar a descifrarlo.

—Ash —la detengo antes de que llegue a la puerta—, ¿la habremos defraudado por no encontrar su teléfono hasta ahora?

—Ahora no puedo pensar en eso —responde ella sin vacilar—. Y tú tampoco. Mira —su tono de voz se suaviza—, los inmaduros del colegio pasarán a su nuevo drama antes de que te des cuenta, pero, si no es así y siguen molestándote, recuerda que estoy de tu lado... y que tengo todas sus contraseñas, ¿okey?

—Bueno. Gracias, Ash.

Frunce el ceño cuando me ve la cara bajo la luz de mi dormitorio; levanta la mano y me roza la mejilla con la punta de los dedos, justo por debajo de donde más me duele.

—Mierda. Siento mucho que te haya pasado esto, Red. Sé que es tu madre, pero si me lo pides, no me costaría mucho involucrarla en un fraude fiscal y meterla a la cárcel varios meses. Sería más barato que la rehabilitación.

Esa sugerencia es tan típica de Ash y tan extrañamente dulce que no puedo evitar sonreír, aunque el corte de la cara me duela.

—Todavía no quiero meter a mi madre en la cárcel —digo—. Pero me alegra saber que estás de mi lado.

—Por ahora.

Me abraza con fuerza, y nos quedamos así durante un momento; noto sus muslos contra los míos, y mi mano se posa en la parte baja de su espalda; me sorprende notar que una chispa nace en mi interior. Cuando nos separamos, noto calor en la cara, y espero que los moretones puedan enmascararlo.

Baja la escalera y da un portazo al salir. Ya la extraño.

Cuando vuelvo a mi habitación, papá me esta esperando en el descansillo.

Me acerca la mano a la mejilla, pero yo me aparto.

—Me duele —le digo.

—¿Con quién estabas en tu habitación? —me pregunta.

—Con Ashira, la hermana de Naomi. Es una amiga.

Él asiente.

—Mira, cariño, lo siento mucho. Me mata no haber estado presente. No tenía ni idea de lo mal que estaban las cosas en casa.

Le lanzo una mirada fulminante, y él deja caer los hombros en un gesto de derrota.

—Ya sé que suena a excusa barata. Entiendo que les he fallado. A todas.

Señalo con la cabeza la puerta abierta de la habitación de Gracie, y le indico que me siga.

—Papá, esta situación tiene que cambiar. No podemos seguir así.

—Tienes razón —responde—. No puedo creer que te haya pegado.

—Pues ya ves.

Pese a todo, el odio que sentía se ha desvanecido, y busco maneras de disculparla. Quiero descubrir por qué me pegó, me encantaría entenderlo, pero, aun así, ni lo intento. No puedo esconder lo horrible que es. La quiero, pero ahora no puedo ayudarla.

Al fin y al cabo, soy una niña.

—No sé qué decir... —Papá niega con la cabeza—. Gracie no podía dejar de llorar, y tu madre no me dirige la palabra. ¿Qué les hice?

—No te hagas la víctima, papá —digo—. Ella bebe, sí, pero porque te extraña. Se odia por no ser suficiente para ti. Sabe que hay otra persona, o más bien varias. No podría ser más obvio, carajo. Y no es sólo eso... —Me cuesta seguir—. Me odia. Le repugno. Tuve un problemilla y... me mira como si fuera una mierda. Me rompe el corazón porque, antes o después, acabaré odiándola también.

Por fin, dejo que me abrace y apoyo el lado lastimado de mi cara en su camisa; me pongo a llorar porque lo he extrañado mucho, pero sobre todo porque añoro lo segura que me sentía a su lado, y hace muchísimo que no me sentía igual.

—Te extraño, papá —le confieso.

Y no me refiero sólo a él, sino a la idea que me hice de él en mi cabeza antes de darme cuenta de que era una persona normal, como todas las demás.

—Yo también —dice él.

Nos quedamos así durante un par de minutos y, cuando nos separamos, siento que vuelvo a saber quién es, pero de una forma distinta, que puede llegar a gustarme.

Estoy en mi habitación, y la cabeza me duele una barbaridad, pero no puedo dormir, sobre todo por haber encontrado el teléfono de Nai. Así que tomo su cuaderno y vuelvo a leer todas sus canciones. Tratan de amor, de lujuria, pero no hay ningún detalle que pueda develar de quién hablan. Entonces, pegada entre las páginas, veo la esquina rasgada de un paquete de cigarros. Recuerdo que Nai guardaba de todo en ese cuaderno. Supuse que no tenía ningún valor y lo dejé caer al suelo. No volví a reparar en él.

Por suerte, mamá nunca entra en mi habitación. Me pongo de rodillas y repaso la alfombra recogiendo todo lo que encuentro, y lo vuelvo a colocar encima de la cama. Cuando estoy segura de que no queda nada, dispongo todas las cosas que he recuperado en una especie de cuadrícula.

Fragmentos de letras de canciones.

Un boleto a Hampton Court. Más palabras suyas escritas en el reverso de una entrada para el cine rota, para una peli romántica, aunque Naomi las odiaba.

La etiqueta de una botella de cerveza.

Un paquete vacío de Maltesers.

Mientras observo todas esas cosas, me doy cuenta de que son recuerdos, momentos que pertenecen a una historia cuyo protagonista es la persona a la que Naomi dedicó esas canciones.

Por fin veo el paquete de cigarros al que corresponde la esquina que estaba en el cuaderno; ahora, al menos, sé algo sobre la persona a la que estaba viendo Naomi, porque ella no fuma.

Cuando le doy la vuelta, descubro algo más.

En el dorso hay una nota manuscrita, y no es la letra de mi amiga.

«Ahora me perteneces. Recuérdalo. Pase lo que pase, eres mía.»

Tomo una foto y se la mando a Ash.

«Es él —me responde—. Es el cabrón que se la llevó.»

Y empiezo a creer que puede que tenga razón.

Es él.

Pero ¿de quién se trata?

30

Ya amaneció, pero debajo de mi almohada todo está oscuro, y si la aprieto contra las orejas, reina un completo silencio excepto por los ruidos del interior de mi cabeza; no obstante, así el dolor constante de la mejilla se convierte en una profunda puñalada que me inunda el cuerpo entero. Ahora bien, el dolor no se debe sólo al golpe. Todo parece haberse desmadrado, y me resulta casi imposible imaginar que la vida pueda volver a la normalidad.

«Para. Abre los ojos y siente los latidos de tu corazón, nota el dolor de tu cara y recuerda que estás viva.»

Tiene que haber una forma de arreglar este embrollo, y voy a encontrarla, no sólo por mí, sino también por Naomi. Porque, aunque no sepa lo que le ocurrió, sí sé que casi acaba muerta, y, aunque al principio se metiera en ese problema por su propia iniciativa, se le fue de las manos y el miedo pudo con ella.

Quiero poder hablar con Rose, necesito contarle todo esto y que me ayude, pero eso significa que tengo que arreglar lo nuestro, demostrarle lo mucho que valoro su amistad y que me importa más que los otros sentimientos que pueda albergar por ella.

Sin embargo, cuando desbloqueo el celular, no la consigo

localizar. Reviso todas mis cuentas y no la encuentro en línea en ninguna aplicación. Por un momento pienso que ha dejado las redes sociales por mi culpa, pero después me doy cuenta de que me bloqueó. En todas partes.

Esto me duele mucho más que una bofetada o un puñetazo. Es como si hubiera construido un muro invisible a mi alrededor. Estoy frustrada y confundida. Rose siempre ha estado disponible, cuento con ella y odio que se haya abierto esta zanja entre nosotras.

Me siento en la cama y busco con el pulgar el número de Rose en el teléfono.

Prácticamente nunca llamo. No me comunico así con mis amigos, ni con nadie, si puedo evitarlo. Aprieto su nombre en la pantalla, espero un buen rato hasta que el teléfono se conecta; estoy convencida de que va a mandarme al buzón de voz, así que cuando sólo oigo el silencio y el sonido de su respiración, me sorprendo.

—¿Rose?

—Hola. —Esa única palabra no me da ninguna información. Ni siquiera es un *emoji*, sólo una palabra, plana e indescifrable. Y, después, silencio.

—¿Estás bien? —le pregunto.

—Sí. —Un monosílabo. Pero sigue ahí. Todavía no ha colgado.

Respiro y pienso. No quiero meter la pata.

—Siento lo que ocurrió. La cagué. No fue mi intención enamorarme de ti, y desde luego no pensaba decírtelo jamás. Intentar besarte fue... una estupidez, no tiene otro nombre. Pero lo que siento por ti, lo mucho que me importas, no es una estupidez. Sin duda, eres la persona más increíble que he conocido. Y lo digo no por tu físico, sino por tu forma de ser. Me pareces increíble simplemente por ser como eres.

Silencio. Respiro hondo y vuelvo a intentarlo.

—Creo que sé por qué estás tan enojada conmigo y por qué me bloqueaste y has actuado de esta forma... Espero que cambies de opinión porque te extraño. Y no por los motivos que tú crees, sino porque eres mi mejor amiga, y ahora te necesito más que nunca.

—Entonces, ¿mañana ensayamos en el escenario? —dice ella.

—Sí —respondo—, pero...

—Esa publicación fue una estupidez y me odio por ello. He intentado arreglarlo. Creo que mañana ya se habrá pasado el revuelo. —Hace una pausa, y contengo la respiración—. Pero la verdad, Red, es que pensaba que sentíamos lo mismo la una por la otra. Y ahora sé que no. Y eso me hace sentir rara, como si no hubiéramos sido sinceras. ¿Cómo puedo saber que lo que haces y dices es porque eres mi amiga y no por lo que sientes por mí?

—No tienes por qué pensar en eso. No importa lo que yo sienta... —empiezo a decir, pero ella me interrumpe.

—Claro que importa. Lo que tú sientes importa. Y tú eres la primera que debería querer que fuera así. Y yo... creo que es mejor que pasemos un tiempo alejadas. Necesito un descanso de nuestra amistad. No quiero que pienses que te odio, ¿okey? Porque no es así. Sólo necesito tiempo. Tengo... muchas cosas en la cabeza. Va a pasar algo importante en mi vida, y creo que prefiero que no nos veamos tanto. No faltaré al concierto, pero después dejaré el grupo.

—Pero...

—Nos vemos mañana en el ensayo.

—Rose, por favor, ¿no podemos hablar con tranquilidad?

—Lo único que quiero es que desaparezcas de mi vida, ¿okey? Ahora mismo me hace falta alejarme de todo esto.

—Pero... —Cuelga antes de que pueda decir nada más. Ni siquiera pude explicarle lo del teléfono de Nai.

Me derrumbo en la cama, sin la menor idea de qué hacer ahora. Afuera, el cielo se ha teñido de gris y reina un ambiente invernal. Un día entero sin nada que hacer excepto dormir parece una tortura.

Así que cuando suena mi teléfono, casi me caigo de la cama para intentar contestarlo, con la esperanza de que sea Rose, de que haya cambiado de opinión y me llame para reírse del drama que se inventó y decirme que quiere que todo vuelva a la normalidad. Pero no hay suerte.

—Red, necesito ayuda.

Es Leo.

Me siento. No puedo contener la ansiedad ni la inquietud, porque Leo odia hablar por teléfono incluso más que yo. Ahora bien, no suena enojado. Toda la ira ha desaparecido. Lo único que oigo en su voz es miedo.

—¿Qué ocurre?

—Red, creo que estoy jodido —susurra Leo, y apenas puedo oírlo. No obstante, me doy cuenta de inmediato de que se trata de algo serio—. Estoy metido en un problema, y ahora no sé cómo salir.

—¿Qué? ¿Por qué? ¿Qué ocurre? —pregunto.

—Espera, espera un minuto. —Oigo ruidos al otro lado del teléfono, luego un portazo y pisadas—. Tenía que salir. No puedo hablar aquí. No sé qué hacer.

—¿Qué ocurre, Leo?

—¿Recuerdas que te conté lo del tipo que tiene obsesionado a Aaron? Pues sigue pensando que lo dejó en ridículo y que fue culpa suya que lo encarcelaran. Ya invadió la casa con sus amigos. Se pasaron toda la noche despiertos, drogándose y con la música tan alta que se oye por todo el barrio. Mamá intentó echarlos, pero Aaron la encerró en su dormitorio. Yo intenté dejarla salir, pero él... se puso furioso. Sus amigos y él se dan cuerda unos a otros y se están preparando

287

para pasar a la acción. Y ahora ya averiguaron dónde estará ese tipo y van por él. Aaron quiere que lo acompañe, que me porte como un hombre, y yo no tengo ni idea de qué hacer.

—¿Qué piensan hacer? —le pregunto.

—Les vi una pistola —dice él.

En cuanto oigo esa palabra, se me seca la boca, y el miedo se adueña de mi sistema nervioso.

—¿Piensa dispararle? —Ahora soy yo quien susurra.

—Me está pidiendo que vaya con él, Red. No me quiero ni imaginar lo que hará si me niego. Además, no piensa dejar salir a mamá, ni siquiera ahora. Le robó el dinero y el celular. La oí llorar toda la noche, y ni siquiera puedo acercarme para hablar con ella. Aaron no ha dormido nada, está drogado, paranoico y hecho una furia. Es capaz de hacer cualquier cosa.

—Pues llama a la policía —digo.

—No puedo, no soy un soplón... Si llegara a enterarse de que te llamé... Y, además, no sé dónde va a pasar, ni cuándo. Lo único que me dice es que tengo que ir con él.

—Leo, no puedes hacer eso. No va contigo. ¡No vayas y punto!

—No sé qué otra cosa hacer... —Su voz suena temblorosa, nunca antes lo había oído así—. Le tengo miedo, Red. Me aterra lo que pueda hacerme.

—Vete ya. Sigue caminando y ven a buscarme. Podemos hablar con mi padre y conseguir ayuda.

Oigo un grito de fondo.

—Me está llamando. Llegó la hora. Tengo que irme.

—Leo, espera... ¡No vayas! —grito, justo antes de que la llamada termine.

Me quedo mirando el teléfono, sin saber cómo reaccionar. ¿En serio mi mejor amigo acaba de colgarme el teléfono para participar en un asesinato?

31

Me paso unos segundos dándole vueltas a esa idea, hasta que se asienta y se vuelve real. Carajo. Es muy fuerte, y no puedo permitir que Leo se meta en algo así. Pero tampoco sé cómo impedirlo. Tengo que encontrarlo y alejarlo de Aaron antes de que sea demasiado tarde.

Pero ¿cómo? No sé ni por dónde empezar a buscar. Mientras me pongo unos *jeans* y una camiseta, vuelvo a plantearme acudir a mis padres, pero ¿de qué serviría? ¿Cómo me van a ayudar si ni siquiera son capaces de cuidar de sí mismos? Entonces, se me ocurre una idea: puedo usar la aplicación de Find My Friends de mi celular. Al principio, nos la instalamos como un juego, después, pasada la novedad, dejamos de usarla, porque siempre sabíamos dónde estábamos. Pero ahora puede serme útil.

Abro la aplicación y busco a Leo, y ahí está, un pequeño punto intermitente. Sigue en casa. Me pongo unos tenis, una sudadera con capucha, me guardo las llaves en el bolsillo y salgo corriendo por la puerta sin quitarle el ojo al celular, porque quiero acercarme a él tanto como pueda antes de que el punto empiece a moverse.

Estoy a mitad de camino, cuando se pone en marcha.

Aminoro la velocidad mientras observo el punto y trato de averiguar hacia dónde se dirige. Alterno calles principales y laterales para adelantarme, pero, a pesar de lo rápido que voy, él sigue moviéndose sin que pueda alcanzarlo. Entonces, suena el teléfono.

Por el amor de Dios. Es Ash.

Rechazo la llamada, pero insiste. Como intuyo que seguirá llamando, la pongo en altavoz mientras sigo observando el punto que representa a Leo.

—¿Dónde estás? —me pregunta, sin molestarse en decirme «hola».

—No estoy segura —digo, mirando a mi alrededor—. Intento encontrar a Leo. Está en peligro. Esto es muy serio, así que no puedo hablar ahora.

—¿Cómo que está en peligro? —Suena molesta, no preocupada.

—Y bastante grave. Tengo que encontrarlo.

—Pero te refieres a peligro de verdad, o algo más como drama adolescente, porque tengo cosas que contarte. Y es importante.

—Es algo muy serio —replico—. El hermano de Leo tiene una pistola, y creo que piensa usarla.

—Guau. Okey, ¿dónde estás?

—La verdad es que no lo sé. —Giro a la izquierda, y veo que Leo está dos calles más allá, a unos diez minutos—. Voy hacia la parada de metro de Brixton, creo.

—Muy bien, voy para allá y, una vez que llegue, rastrearé tu teléfono.

—No te tengo en mi lista de Find My Friends —digo.

—No lo necesito.

Prefiero no pensar en eso y concentrarme en lo principal.

—Ash, puede que no sea seguro.

—Y por eso mismo no te voy a dejar ir sola. Naomi siempre me dice lo importantes que son los amigos. Como ella no puede rescatarte, supongo que me toca a mí.

No tengo ni idea de cómo una chica de dieciocho años obsesionada con la tecnología va a detener a un grupo de hombres armados, pero no tengo tiempo para preocuparme por eso.

Giro de nuevo a la izquierda, después a la derecha, y, entonces, me detengo en seco y me meto en una tienda. Desde ahí puedo ver a un grupo de cerca de diez hombres, bajo uno de los arcos del puente por el que pasa el metro, riéndose y hablando. La gente que los ve o bien se cambia de acera, o bien agacha la cabeza. Busco a Leo en el grupo, y, por fin, lo veo. Está en un extremo, encorvado, mirando al suelo, mientras da paraditas a la acera con sus tenis, como un niño pequeño.

Necesito trazar un plan. Ahora que estoy aquí no tengo ni idea de qué debo hacer.

Por fin, me decido. Me acercaré como si nada, saludaré a Leo, le diré que fue una casualidad encontrármelo y que, si quiere, vayamos a tomar algo. Así, él y yo podremos irnos así nomás y, al menos, no participará en lo que ocurra después. Respiro hondo, echo los hombros hacia atrás y me paso los dedos por el pelo. «Sé espontánea, Red; actúa como si no pasara nada; por Dios, sé normal.»

Leo me ve acercarme, y empieza a negar con la cabeza, mientras me hace señas para que me vaya, pero yo sigo mi camino, a mi ritmo, fingiendo que no pasa nada y que no me he dado cuenta de que hay diez tipos enormes junto al puente.

Hasta que prácticamente me tropiezo con ellos.

—Hombre, Leo, ¿qué tal, hermano? —digo en un tono que intento que suene desenfadado y sorprendido a la vez—. ¡Hola, chicos!

(¿«Hola, chicos»? No podría haber sonado más forzado.)
Miro al resto de la banda: todos tienen más edad, son más
grandes y dan más miedo que yo. Pero lo más importante es
que, de repente, todos me miran, como si fuera un pequeño
insecto pelirrojo al que podrían aplastar de un pisotón.

—¡Puta madre! —Aaron toma a Leo por el brazo y lo aleja a rastras del grupo. Los sigo, decidida a no despegarme de
mi amigo—. ¿Le dijiste a esta cosa lo que íbamos a hacer?
—Sus palabras suenan como ladridos, y, al verlo de cerca,
entiendo por qué Leo está tan preocupado.

Está fuera de sí. El gesto desquiciado de su cara deja
muy claro que no está en sus cabales. Tiene saliva alrededor
de la boca, y las pupilas negras y enormes borran todo rastro de color de sus ojos. Casi parece un zombi. Un zombi
muy enojado.

—¿Qué? ¡No! —digo, haciéndome la tonta—. ¿Qué están
haciendo? ¿Hay alguna fiesta de la que no me haya enterado? Eso no se hace, amigo. ¿Dónde es? ¿Puedo ir? Ah, por
cierto, no soy una cosa, soy una chica.

Mi teoría es que si soy lo suficientemente molesta, desafiante y pesada, Aaron le dirá a Leo que se deshaga de mí.

Sin embargo, las cosas no van según mi plan.

—Escúchame, cosa. —Aaron se me acerca tanto que veo
el minúsculo círculo de color que rodea sus pupilas dilata-
das, el sudor que sale de sus poros y me marea con su aliento
rancio. En ese momento, el corazón me late desbocado en el
pecho, y deseo estar en cualquier otro lugar—. Ahora que estás aquí, no vas a ir a ninguna parte. Te vas a quedar conmigo hasta que hayamos acabado, y después, si se te ocurre contar lo más mínimo, te tendré que presentar a mi amiguita.

Parece el villano de una telenovela, y me reiría si no fuera
porque se ve la silueta de la pistola en la parte trasera de sus
pants. Ese pedazo de metal marca la diferencia.

Asiento.

—Ahora, quítate, carajo.

Se voltea hacia los otros, y Leo me lleva debajo del arco, tan lejos de ellos como puede, mientras niega con la cabeza.

—¿A qué carajos estás jugando? —me pregunta enojado—. Te dije que no vinieras. Ahora los dos estamos hasta el cuello de mierda, Red.

—No me dijiste que no viniera, y sólo intento ayudarte —digo—. No me quedaba más remedio que ayudarte. ¿Qué está pasando? ¿Qué esperan? Porque no son precisamente discretos...

—¿Ves esos billares de allí? —Leo señala el otro lado de la calle, y veo lo que me parece un bar venido a menos, con un letrero decorado con bolas de billar en forma de triángulo—. Están esperando a que un tipo salga de ahí. Y entonces... no sé qué pasará, Red. Mira, cuando empiece el problema, tú huye. Corre en dirección opuesta y punto.

—Ven conmigo —le digo apremiante.

—No puedo. Aaron me matará. —No parece una frase hecha.

Aaron recibe un mensaje en su teléfono y, de repente, todo el grupo se pone alerta, preparado para lo que ocurra a continuación, como una manada de lobos, lista para salir a cazar.

—Muy bien, llegó el momento. —Aaron revisa el grupo—. Prepárense.

Nadie presta demasiada atención al habitual sonido de sirenas que forma parte del ruido de fondo de la ciudad hasta que se oye muy cerca; justo al otro lado de la calle, veo que los coches se apartan para dejar lugar a... dos camiones de bomberos. Se detienen delante de los billares y un grupo de hombres uniformados sale corriendo y entra a toda prisa al bar.

—Pero ¿qué... carajos? —Aaron deja caer los hombros y niega con la cabeza—. ¿Qué está pasando? ¡Esto es increíble!

La tensión y la violencia que une al grupo se dispersa gradualmente mientras esperan, observando a la gente que sale del bar a la calle, y se dan cuenta de que no pueden llevar a cabo sus planes.

—Bueno, pues al carajo. —Aaron se voltea hacia nosotros—. ¿Alguien lleva algo de mierda encima para drogarnos?

—Yo tengo algo —dice una voz.

—Genial, pues vamos a ponernos una buena —añade Aaron, y, así, sin más, se marcha y sus amigos lo siguen.

A mí lo único que me importa es que se aleja de nosotros. Cuando está a cierta distancia, respiro hondo.

—¿Qué acaba de pasar? —me pregunta Leo, sin entender nada—. O sea, ¿qué posibilidades había de que ocurriera eso justo en ese momento?

—Muchas, si alguien llama a emergencias para salvarte el trasero —responde Ash, que acaba de aparecer a nuestro lado.

—¿Fuiste tú? —me río, llena de alivio—. Ash, ¡eres una genio! Acabas de derrotar a una pandilla de matones armados tú sola.

—Sí, bueno. —Se encoge de hombros—. Alguien tiene que cuidar de ustedes... Nai los necesitará cuando se despierte. Además, tampoco fue para tanto. Después de hablar contigo, tomé el metro hasta Brixton, te localicé y, cuando vi la situación, llamé a los refuerzos, porque, no te ofendas, Leo, pero tu hermano y los idiotas de sus amigos tienen la misma sutileza que una explosión nuclear. No avisé a la policía porque habría levantado sospechas. Así que pensé: una brigada de bomberos. Antes revisé los escáneres y me aseguré de que no hubiera incendios de gravedad en la zona, de lo contrario habría tenido que pensar en otra cosa. Una amenaza de bomba, tal vez.

Leo y yo nos quedamos mirándola con los ojos abiertos como platos, mientras ella permanece quieta delante de nosotros, con su largo pelo perfectamente trenzado y su chamarra de mezclilla nueva abrochada hasta arriba. Es como una Mujer Maravilla adolescente.

Es increíble lo exultante que me siento, no quiero hacer otra cosa más que reír y correr de un lado a otro. De repente, me siento invencible, poderosa, lo cual es una puta estupidez. Es muy cuestionable que el resultado de estar en peligro y no morir sea sentir euforia. Soy una niña estúpida que se metió en un problema estúpido y me siento genial. Es evidente que eso no puede estar bien.

—Tengo que regresar a casa —dice Leo— y, después, tomar a mi madre y largarnos de allí; Aaron está fuera de control.

—Sí, okey, voy con ustedes —dice Ash—. Pero esperen un minuto. Tengo que decirles algo a los dos. Es importante.

—¿De qué estás hablando? —replico.

Es difícil saber a qué se refiere Ash, pero lo que sé a ciencia cierta es que ella no inventa un drama sin motivo.

—Esta mañana, una de las combinaciones del tatuaje dio sus frutos.

—¿Quieres decir que has encontrado una página web?

—Sí —asiente Ash, con la cara pálida—. En la *dark web*. Una vez que di con ella, no fue tan difícil entrar. Supongo que la mayoría de la gente no sabe buscar. Se trata de... un lugar donde hombres escriben sobre niños, adolescentes a los que acosan y violan. El tatuaje es un símbolo secreto: la mitad de un diseño que es parte de un todo; es decir, un semicírculo se convierte en un círculo, y el triángulo, en un diamante. La otra mitad se la tatúa la persona que se considera dueña de la chica, pero con tinta blanca, de manera que sólo el propio hombre sabe que lo tiene. Es un sello de esclavitud. Alguien le tatuó un puto sello de esclavitud a mi hermana.

—Ay, Dios —dice Leo, después de dar un puñetazo en la pared.

Cierro los ojos para intentar bloquear las imágenes de algunas de las cosas por las que Naomi podría haber pasado.

—No, no puede ser.

Ash tiene un gesto de dolor, pero aún le quedan cosas por contar.

—A veces, si las imágenes de la chica son muy populares y tienen mucha demanda, la convencen para que se escape de casa con uno de ellos. El tipo le dice que la quiere, la aísla de sus amigos y de su familia, y la convence de que tienen que irse lejos para estar juntos, y entonces... el tipo la encarcela e informa a los demás hombres del sitio de cuándo y dónde pueden visitarla.

—Voy a matar a alguien —dice Leo—. Alguien va a morir.

—No puedo ni imaginar... —Miro a Leo, y me rodea con el brazo, casi para que no me caiga.

—Encontré la historia de Nai. —El tono de voz de Ash es automático, robótico, como si se obligara a pronunciar palabras previamente programadas—. Todo lo que pasó entre ella y el hombre que la acosó. Se hace llamar MrMoon. Hay fotos... y videos. Todos los detalles. Hay imágenes de otras veinte chicas sólo en su cuenta. Una de ellas era Carly Shields, y también Danni. Cuando se aburren de una chica, a veces la sueltan, la asustan y la amenazan con dejarla como una puta para que no hable. Leí una lista de consejos sobre lo que hay que decir para conseguir que no hablen de más; pero también había nombres... Los busqué y descubrí que esas chicas habían muerto, bien por suicidio, en un accidente, o salen como desaparecidas. Ahora hay una víctima nueva que se ha convertido en el último proyecto de MrMoon. La está preparando y acosando. Por el momento, para ella no es más que una historia de amor. No ha llegado más lejos.

—¿Quién es? —le pregunto, aunque imagino la respuesta.

—Rose.

32

Estamos en casa de Leo. Justo cuando Ashira acabó de contarnos lo que había encontrado, empezó a llover y acabamos mojados hasta los huesos. Aaron y sus amigos se dispersaron en grupos más pequeños, pero nosotros tres nos quedamos bajo el aguacero, atrapados en un *loop* de incertidumbre. ¿Cómo puedes seguir adelante después de enterarte de algo tan brutal y devastador? ¿Qué haces para sobrevivir los siguientes segundos? ¿Cómo consigues que el mundo siga teniendo sentido?

En ese momento, bajo la lluvia, no teníamos respuesta para ninguna de esas preguntas. De camino a casa de Leo, seguía sin tenerlas. Lo único que podíamos hacer era reaccionar, y Leo se acordó inmediatamente de su madre, que seguía encerrada en su dormitorio. Ir a ayudarla fue lo único que nos pareció lógico.

El trayecto hasta allí nos parece interminable, pero la última parte (la subida en el elevador chirriante) se me hace la más larga de todas. Cuando nos acercamos a la puerta principal el corazón me late a toda velocidad. Me temo lo peor. O, para ser más precisa, lo espero. La sensación de que alguien me arrebató el último velo que protegía el mundo de mi infancia es abrumadora. Un mundo en el que el sol siempre brillaba y el cielo era siempre azul; ahora, en cambio, todo parece gris y sucio, porque me di cuenta de que a la gente que conozco, a la que quiero, también le pasan cosas malas. Yo no soy una excepción.

Y es aterrador.

Vemos, por fin, la puerta del departamento, que está abierta. Probablemente, Aaron estaba demasiado drogado para cerrar antes de irse. Durante un momento está pegada a la pared del descansillo, pero un soplo de viento repentino la cierra de golpe.

Leo la abre, se detiene en el umbral y mira por el pasillo. Dentro, todo está oscuro y tranquilo, a pesar de que alguien dejó la televisión prendida en la sala. Al menos Aaron no está aquí.

—¿Mamá? —grita Leo al entrar—. ¿Mamá?

—¿Leo? —La respuesta es inmediata.

Leo corre a socorrerla, mientras su madre golpea la puerta sin parar.

—¡Espera! ¡Ya voy!

Se echa a llorar al otro lado de la puerta mientras Leo se pelea con la cerradura para intentar abrirla, pese a que la llave está dentro y sólo hay que girarla; pero, cuando estás temblando, incluso la tarea más fácil se vuelve complicada.

En cuanto se abre la puerta, la madre de Leo corre a abrazarlo.

—¡Me estaba volviendo loca! —Habla entre jadeos—. ¿A donde fuiste? ¿Qué hiciste? ¿En qué anda metido tu hermano?

—No pasó nada, mamá. —Leo la intenta tranquilizar—. Nada. Era pura palabrería y ganas de pelearse, pero no hizo nada. No tienes de qué preocuparte, todo está genial.

—Tu hermano no quería escucharme, y cuando no me callé como me ordenó, me pegó y me encerró. Tenía mucho miedo. —Mira a Leo y le toma la cara—. No puede seguir viviendo aquí. Es mi hijo y juré que lo querría desde el día que nació, pero no puedo mantener esa promesa si yo misma temo por mi vida, pero también por la tuya. No podemos quedarnos aquí con él. Sé que es tu hermano, pero...

—Ya lo sé, mamá —asiente Leo—. Tenemos que irnos. Toma algo de ropa y vete a casa de la tía Chloe, ¿okey? Sólo un par de días.

—Ven conmigo —responde ella—. Te necesito a mi lado, Leo. Me hace falta saber que al menos tú estás a salvo.

—Me voy a casa de Red. —Leo me mira y asiento—. Mañana tenemos ensayo del grupo, ¿verdad? Así que me quedaré con ella. Y, cuando pasen un par de días, pensaremos qué hacemos. Tal vez podamos hablar con Aaron y convencerlo de que se aleje de toda esa gente y de las drogas. Porque, mamá, ¿recuerdas cómo era antes? ¿Cómo se hizo cargo de todo cuando murió papá? ¿Y de las horas que pasábamos construyendo maquetas de aviones? ¿Te acuerdas?

—Me acuerdo, sí.

—No puedo tirar la toalla. Tiene que haber una forma de recuperarlo, de hacer que vuelva a ser como de pequeño. Lo único que nos falta es averiguar cómo. Ve a hacer la maleta, mamá; llama a la tía Chloe y dile que vas para allá.

—Eres un buen chico, Leo —dice, mientras le da un beso en cada mejilla—. ¿Estarás bien con Red? —Me mira a mí, y después a Ashira—. ¿Lo van a cuidar?

—Desde luego —dice Ash—. Se lo prometo.

Y eso la tranquiliza.

—Uf. —Leo entierra la cabeza en sus manos, en cuanto ella sale de la habitación, y los tres nos venimos abajo ante la presión de lo ocurrido.

—¿Qué vamos a hacer? —pregunta Ash.

—La única opción es acudir a la policía. Tenemos que contarles lo que encontraste. Tienes pruebas. Te creerán.

300

—No —responde ella, y por primera vez desde que nos localizó debajo del arco, me doy cuenta de cuánto le afectó este descubrimiento: ahora veo que se dejó todo en la investigación, incluyendo casi todo el arcoíris de colores que la convierten en ella misma—. Si consigo cargar el teléfono de Nai y desbloquearlo, podremos descubrir quién es MrMoon. Y podré atraparlo con mis propias manos. Y quiero que él y toda esa escoria sepan que fui yo quien los destruyó.

—Ashira —empiezo a decir con cautela—, no dirás en serio que quieres matarlo...

—No, no voy a matarlo, la violencia no va conmigo. Puedo hacer cosas mejores —replica ella—. Mucho mejores. Me voy a ocupar de destrozarle la vida y, después, me aseguraré de que tenga que vivirla.

—Ya estoy lista —dice la madre de Leo.

Sin embargo, justo cuando aparece ella, Aaron abre de golpe la puerta principal. Si antes tenía mal aspecto, ahora es cien veces peor. Siempre he pensado que tengo aspecto callejero, que soy *cool*, que vivir en Londres implica que entiendo de qué va la vida; ahora bien, nunca antes había visto a nadie tan drogado ni que diera tanto la impresión de estar a punto de vomitar todo su interior y desangrarse por los ojos.

—No te di permiso de dejarla salir.

Aaron agarra a Leo por el cuello de la sudadera y pega su cara a la de él. Para mis adentros pienso: «Ahora es el momento de intervenir y decirle que deje en paz a mi amigo». Sin embargo, reacciono encogiéndome ante su furia, ante una sensación de peligro real. El aire a su alrededor apesta a alcohol, tabaco y algo más. Soy capaz de reconocer a alguien furioso, herido, borracho y cegado por las drogas, y, al ver a Aaron, descubro todas esas cosas a la vez, mezcladas en un torbellino de algo aterrador. Y lo único que quiero hacer es correr.

Pero no hay salida.

—No puedes tenerla encerrada.

Leo se esfuerza por no verse intimidado, echa los hombros hacia atrás y se suelta de su hermano. Mientras tanto, yo lo único que quiero es gritarle que pare, que no hable con él, que no se mueva, que no respire, por miedo a que active sin querer una bomba que nos haga saltar por los aires en cualquier minuto.

—Aaron, no. —La voz de su madre es muy débil, se nota que está muy asustada.

—Es nuestra madre, hermano —dice Leo.

—No pasa nada, hijo, déjalo —añade ella.

—¿Pretendes decirme lo que tengo que hacer? —Aaron cierra la mano en un puño y echa el brazo hacia atrás preparado para pegarle—. ¡¿Pretendes decirme lo que puedo y no puedo hacer?!

Todo pasa tan rápido que, cuando veo a Leo en el suelo, a los pies de Aaron, y con la cara manchada de sangre, tardo un rato en darme cuenta de lo que ocurre y no reacciono. Esta no soy yo. No me reconozco en la persona petrificada por el miedo que no acude a ayudar a su amigo. Yo no soy así. Quiero ir a su lado, enfrentar a Aaron, pero no lo hago. No puedo moverme. No puedo respirar.

—Escúchame bien, hermanito. —Aaron saca la pistola del bolsillo de sus pantalones y se la pone a Leo en la cabeza, de modo que el cañón le toca la frente—. Estoy harto de que la gente me diga lo que puedo y no puedo hacer. Y me importan una mierda los idiotas que no me muestran ningún respeto. Tú vas a respetarme, ¿lo entiendes? Ella va a respetarme, y los dos harán lo que yo les diga. Soy su puto amo, soy el puto amo de esta mierda de ciudad, y si quiero reducirla a cenizas y a ustedes con ella, no me temblará la mano. No crean que no soy capaz de hacerlo, porque se equivocan. Les aseguro que lo haré.

—Ay, por favor, qué estúpido —dice Ashira.

Oigo su voz, y soy consciente de que está ahí, pero sólo puedo ver el cañón de la pistola moverse hasta apuntar directamente al pecho de mi amiga.

—¿Quieres morir, zorra? —le pregunta Aaron—. ¿Quién carajos te crees?

—A veces quiero morir. —Con cada palabra, Ashira se acerca un poco más a la pistola—. A veces, creo que el olvido sería una buena forma de escapar; pero ¿sabes qué? Tú tienes suerte de tener una familia a la que le importas, de tener un hermano que intenta cuidarte. Si mi hermana pequeña estuviera conmigo, despierta y sin un rasguño, y tuviera la oportunidad de hacer las cosas de forma distinta, como tú, ni se me pasaría por la cabeza intimidarla y asustarla con una puta pistola, pedazo de imbécil.

Ashira da otro paso adelante; a mí me fallan las rodillas, caigo al suelo y siento que mi cuerpo desaparece y sólo mis ojos siguen clavados en la escena.

Intento susurrar el nombre de Ash, pero no consigo emitir ningún sonido.

—Debes de tener mucho miedo —continúa, con voz tranquila y tierna, como si el hecho de que la apunten con una pistola no le importara—. Tienes que estar muy asustado y sentirte muy solo para pensar que el respeto importa más que el amor de tu familia o que la vida de tu hermano. Y creo que lo entiendo. Bueno, comprendo lo que es estar tan jodido. Yo me siento así muchas veces. Aun así, hay que tomar ciertas decisiones, vivir o morir. Asesinar o cuidar. Así que si necesitas apretar el gatillo para sentirte como un hombre, adelante. Volverás a la cárcel, y esta vez pasarás una buena temporada encerrado. Y tal vez ese sea el único lugar en el que de verdad puedas ser alguien. Adelante, esparce mis sesos por la pared si eso te hace sentir mejor. La verdad es que me importa una mierda.

A pesar de que creía haber descubierto muchas cosas sobre Ashira, no había llegado a conocerla de verdad hasta
que, de repente, vi tan claramente el vasto y oscuro océano
de tristeza que debe navegar sola cada día. Es tan crudo y
tan real que es capaz de mirar a un hombre fuera de sus cabales y con una pistola en la mano y sentirse reconocida y
validada.

Aaron permanece inmóvil durante uno, dos, tres, cuatro,
cinco y seis segundos. Después de diez, con la pistola todavía apuntándonos, sale del departamento dando un portazo.

DarkMoon
Encerrada

Aquí sólo hay basura y suciedad,
animales en las sombras
que quieren despedazarme.
Aquí reina el dolor y el sufrimiento,
un saludo frío y cruel
una vez, y otra vez, otra vez...

Me dijiste que siempre brillaría el sol,
me dijiste que siempre estarías conmigo.
Tú me convertiste en creyente
y después me encerraste.
Me encerraste.

Me dices que debo sonreír, incluso cuando sangro.
Dices que quieres ver mis dientes,
que el dolor que me infliges es una señal de amor,
pero no hay amor en ninguna parte, sólo dolor.
Dices que soy tu festín privado
y me muerdes, me muerdes una y otra vez...

Me dijiste que siempre brillaría el sol,
me dijiste que siempre estarías conmigo.
Tú me convertiste en creyente
y después me encerraste.
Me encerraste.

33

El sol está lo suficientemente alto en el cielo como para atravesar los intersticios de mis cortinas y deslumbrarme con su resplandor. Abro los ojos despacio, muy despacio, y siento el tirón de mis pestañas al separarse. Mi teléfono me informa que es casi mediodía, ¿por qué tengo tanto sueño? Y tantos dolores, como si me hubieran apaleado. Mientras identifico el sonido de la respiración que asciende desde el suelo, me vuelven a la cabeza los recuerdos de ayer en un amasijo confuso y caótico. Me doy la vuelta y veo a Leo, que sigue durmiendo dentro de su bolsa de dormir, con los ojos cerrados y carita de niño. Ashira está sentada apoyada en la pared, mirando la pantalla de su *laptop* con las piernas extendidas y un ceño profundo entre las cejas. El último recuerdo que tengo es el de verla en esa misma posición. Es posible que haya pasado así toda la noche.

No teníamos por qué habernos quedado juntos. Leo podía haber ido a casa de su tía Chloe para ver a su pobre madre, y Ashira podía haberse ido con sus padres. Sin embargo, cuando llegó el momento, ninguno quería despedirse. Nos sentíamos más seguros juntos, y ya. No queríamos hablar de lo que había hecho Aaron ni de lo que se sacó de la manga

Ashira. Sólo queríamos seguir juntos. Y el lugar donde resultaba más fácil hacerlo, y donde se podía llevar a cabo nuestro plan, era mi casa.

Aun así, no dejamos de sentir la presencia de los ausentes. La de Naomi, que se habría vuelto loca de haber visto a su hermana mayor en mi cuarto, y la de Rose. Han pasado más de veinticuatro horas y no sé qué le sucedió a ninguna de las dos; me resulta tan extraño y sorprendente como si se hubieran ido a la luna.

Mientras observo cómo sube y baja el pecho de Leo, me pregunto qué estará haciendo Rose. Casi cualquier otro día habría podido decirlo con exactitud nada más levantarme. Pero hoy no. Y han pasado muchas cosas, y muchas le habrían importado tanto como a nosotros. Pero no está, y... podría estar con él. Podría estar utilizándola ahora mismo, y me mata sólo pensarlo. Ash creía que aún no habían llegado a esa fase, pero también está obsesionada por acabar con esos pervertidos ella misma. ¿Y si se equivoca?

El teléfono de Leo está a su lado en el suelo, se asoma por debajo de su bolsa de dormir. Miro a Ashira y veo que sigue concentrada en la pantalla de su *laptop*. Leo se gira hacia el otro lado, ahora me da la espalda. Tras dudarlo un momento, levanto su celular y le doy la vuelta. No me sé la contraseña para desbloquearlo, pero veo las notificaciones que hay en la pantalla. Por supuesto, hay cinco mensajes de Rose. No puedo leerlos enteros, pero sí el principio.

Oye, *loser*, ¿qué hiciste ayer? ¿Todo bien? Estuve...
Leo, ¿estás ahí? Quiero comentarte una cosa...
No estoy muy segura de si voy a poder verte hoy. No sé cómo voy a...
¿Por qué no me respondes? ¿Estás enojado conmigo?
Bueno, Leo. ¿Qué te pasa? ¿Dónde estás?

—La contraseña será su fecha de nacimiento —murmura Ashira, tras lo que dejo el teléfono en su lugar. Cuando alzo la vista, me mira con una media sonrisa.

—No quiero entrar en su teléfono —le digo—. Estoy cayéndome de sueño, y lo confundí con el mío.

—Rose publicó un mensaje en todas sus redes sociales para pedir que te dejen en paz y decir que no hay ningún problema entre ustedes.

—¿En serio? —Me incorporo con más fuerzas—. ¿Y tú crees que está bien? O sea, no parecía como si..., ya sabes.

—Me parece que no. El tipo está muy blindado y no puedo rastrearlo. Mi única esperanza es poder cargar el celular de Nai y ver si hay algo ahí.

—Ash..., ¿y si estamos poniendo a Rose en peligro por no acudir a la policía?

—Está bien, el tipo dejó un mensaje anoche en la página en el que decía que aún estaban besándose y metiéndose mano, y que estaba deseando demostrarle cuánto la quiere. Decía que, con otra semana más, la tendrá comiendo de la palma de su mano, y entonces se la cogerá. Incluye un video y todo.

—Por Dios. —Me tapo la boca con las manos mientras me sube un sabor ácido y amargo por la garganta. Esto es real, está sucediendo, pero es como estar atrapado en los últimos quince minutos de una película de miedo y que nunca lleguen los créditos—. Por Dios, Ash...

—Mira, no te preocupes —dice con una breve sonrisa, que casi se borra antes de que pueda verla, pero, aun así, me ayuda—. Para entonces ya lo habré agarrado.

—Por cierto, ¿qué estás haciendo? ¿Dormiste algo?

—No voy a poder descansar hasta que acabe con esto —me responde, levantando la mirada—. Pero sí, cerré los ojos un rato, no quiero perder mi toque. Pero tengo que estar enchufada en todo momento si quiero dar con él. Y necesito conseguir su correo electrónico, su nube, su historial de internet, lo quiero todo.

—Eres consciente de que estás haciendo algo ilegal.

—Pues claro. —Ashira alza la barbilla—. ¿Te da miedo quebrantar la ley?

Me está desafiando, lo veo en sus ojos oscuros, y sé que, diga lo que diga, mi respuesta cambiará lo que piensa de mí.

—No —respondo despacio y con cuidado—, pero me da miedo que te descubran y que él se salga con la suya.

La boca de Ashira se curva en una sonrisa peligrosa.

—Tranqui, Red, lo tengo controlado —me asegura—. Tú, por ejemplo, tocas la batería superbién y no te lo cuestionas, sabes que es así. Pues a mí me pasa lo mismo con esto. Se me da.

—Ya. —Le devuelvo la sonrisa—. Lo único que digo es que, si acudimos hoy a la policía, si hablamos con ellos, podrían localizarlo. No tenemos por qué hacerlo nosotros. No tienes por qué hacerlo tú.

—Sí —dice Ashira—, tengo que ser yo.

—¿Por qué? —le pregunto, a la vez que Leo se incorpora frotándose los ojos.

—Lo tengo que cazar yo. Quiero hacerlo sentir atrapado y asustado, sin ningún control sobre su vida, incapaz de encontrar una vía de escape. Quiero venganza. Y para eso planeé un método infalible, pero necesito contar con ustedes dos para que salga bien. Si no están de acuerdo, si no se pueden callar lo que sabemos durante unos días, pase lo que pase, entonces no funcionará. Pero si confían en mí y me dejan trabajar, les prometo que lo haremos pagar en cuanto lo encuentre. Y le costará muy caro. Pero no pueden decirle nada a Rose.

—¿Es una broma? —suelta Leo, incrédulo—. No podemos usar a Rose como carnada.

—No me has entendido, vamos a asegurarnos de que este cabrón no haga ningún otro hueco por el que pueda colárseme. Si lo asustamos, eso será lo primero que haga, o saldrá corriendo para volver a aparecer con otro nombre de usuario, y entonces, ¿cuántas chicas más habrá? Es muy importante que no sepa que estamos tan cerca de él.

Ashira cierra la *laptop* para demostrarnos que habla en serio.

—Entiendo que quieran difundirlo —continúa—, yo también. Me muero de ganas de ir a contárselo a Jackie y a mi padre. Pero todavía no podemos. No es sensato arriesgarnos a que descubra algo de nosotros antes de que lo sepamos todo de él.

—Pero ¿no podríamos decírselo sólo a Rose y explicarle por qué no puede contárselo a nadie?

—No. —Ash me mira con los ojos entornados—. Cuando crees estar enamorada de alguien y esa persona te dice que mantengas su relación en secreto porque el resto del mundo no lo entendería, esperas que los demás quieran separarlos. Si te encontraras en una situación similar y te dijeran que no puedes ver a Rose, ¿qué harías?

—Pero es que no soporto mentirle —protesto—, porque al final se enterará de lo que hicimos y, entonces, ¿qué? ¿Y si tuviéramos la oportunidad de salvarla de algo terrible pero no llegamos a tiempo?

—Ahora mismo ni siquiera te habla, así que a lo mejor no notas la diferencia.

—A mí sí me habla. —Leo toma su celular y nos muestra otro mensaje de Rose—. ¿Qué le digo?

—Cuéntale lo de ayer, menos que yo estoy aquí y lo que descubrí, ¿okey?

Leo asiente y desbloquea su celular. Lo veo sonreír mientras lee los mensajes, y vuelvo a tirarme sobre la cama.

Nada es normal.

Nada es seguro.

Todo resulta extraño, como un rompecabezas cuyas piezas no encajan del todo.

No sé por qué me sorprende.

A fin de cuentas, así es mi vida.

Rose
¿Dónde estás?

Leo
Las cosas se pusieron feas con Aaron anoche. Red me ayudó. Nos libramos por poco, pero acabó bien y es posible que mi hermano no vuelva.

Rose
Guau. ¿Estás bien?

Leo
Creo que sí. Fue bastante fuerte. ¿Dónde estabas?

Rose
Por ahi, lo de siempre.

Leo
Rose..., ya sabes lo mucho que me importas.

Rose
Y tú a mí también.

Leo
Te veo en el ensayo.

Rose
Hasta luego, cocodrilo. Te dejo, ¡voy a desayunar en la cama!

34

Siempre es raro estar en la escuela fuera del horario de clase, cuando está todo desierto, pero resulta más extraño incluso un domingo, como si el edificio estuviera alerta y vigilante, a la espera del torrente de vida y energía que volverá a atravesar sus puertas a la mañana siguiente.

De todas formas, es posible que estos sean los únicos momentos en los que disfruto estar aquí: cuando no debería.

Me gusta que los pasillos estén vacíos y a oscuras, y las aulas, silenciosas y llenas de sombras. Ahora se pueden oír los sonidos secretos que pasan desapercibidos cuando todo lo ocupan las vidas de los demás. El crujido y el chirrido de tus zapatos sobre el suelo, el eco que retumba por las paredes al cerrar una puerta a tu paso, el murmullo del sistema de calefacción, o al menos creo que es la calefacción.

Este lugar tiene un toque especial cuando está vacío. Deja de ser un lugar de trabajo en el que pasas las horas más largas y aburridas de tu vida para convertirse en un escenario de película.

Pero hoy no. No tengo ni idea de cómo voy a superar las próximas dos horas.

Respiro hondo ante las puertas dobles que dan al auditorio y recuerdo las palabras de Ashira: «Si aceptan el plan, tienen que atenerse a él. Hay que actuar con normalidad delante de Rose, ¿de acuerdo? Pase lo que pase. Sé que no va a ser fácil, pero valdrá la pena».

Vaya eufemismo. Va a ser un infierno.

Rose ya está adentro, subida al escenario junto al micrófono, repasando las canciones mientras el señor Smith y los chicos del club de teatro repasan el plano de luces desde la cabina, una especie de balcón que recorre la parte trasera del auditorio y que es donde está situada la mesa de mezclas de música, video e iluminación. Atravieso el pasillo central, flanqueado por sillas para el concierto. Voy más o menos por la mitad cuando las luces se atenúan. Rose me ve, su sonrisa se quiebra hasta borrarse, deja el micrófono en el soporte y se baja del escenario.

—Red, ven un momento.

Miro hacia arriba y veo al señor Smith, que me saluda con la mano. Le devuelvo el gesto y me doy media vuelta para subir a la pasarela. Se me pasa por la cabeza contárselo todo, así tal vez podríamos quitarnos esta preocupación de la cabeza y todo se solucionaría. Me encantaría que hubiera otra persona a cargo de esta situación, porque yo no quiero tener que llevar el timón. Quiero irme a casa, meterme a la cama y no salir hasta que todo haya pasado.

—Ven a echar un vistazo al escenario desde arriba, está precioso —me dice el señor Smith con una amplia sonrisa.

Tiene razón. Logró convencer a una empresa de renta de equipos audiovisuales para que nos prestaran un montón de cosas, y quedó muy bien. El puente de luces se ve muy profesional, y hay una pantalla casi tan grande como el escenario justo detrás de mi batería, y otras más pequeñas repartidas por el auditorio. La idea es que sea un espectáculo multiplataforma, con videos y fotos de Naomi desde que era pequeña que su padre reunió cuidadosamente en una memoria USB. Sus palabras, las letras de sus canciones, y todo combinado con nuestra música. Debería ser la manera perfecta de que nadie se olvidara de la chica desaparecida, pero ahora será una especie de plegaria para que nuestra querida amiga por fin abra los ojos.

—Está de lujo —le digo al señor Smith—. Me había concentrado tanto en la parte del grupo que casi había olvidado lo demás, pero está increíble. Muchas gracias.

—Aunque me encantaría adjudicarme el mérito, lo cierto es que fue obra de Emily y de su equipo.

Emily, la misma que no pudo entrar al grupo, me sonríe con orgullo desde detrás de la tornamesa. En cuanto la veo, el cerebro se me vuelve de plastilina y parezco imbécil. Me sorprende verla aquí.

—¿Estás a cargo de la parte técnica?

—No te sorprendas tanto —me responde sonriente.

—No... Es que... Pensaba que se encargaba el club de teatro.

—Yo estoy en el club de teatro. Le pedí al señor Smith que me dejara echar una mano para ponerlo en mi currículum y porque se me antojaba mucho...

—Genial. —Me volteo hacia el escenario, preguntándome si Emily acababa de coquetear conmigo—. Entonces, ¿se podrá ver el *show* a través de las pantallas?

—Sí, y más que eso —me explica—. Iremos intercalando imágenes suyas, en vivo desde el escenario, con las fotos y los videos de Naomi. Todos van a llorar como magdalenas... Perdón, quiero decir que será muy emotivo. Por cierto, ¿cómo está ella?

—Todavía no se sabe nada, pero esto está increíble —la

tranquilizo—. De verdad. Oye, y ¿cómo sabes que no se irá todo a la mierda a la hora de la verdad?

—En primer lugar, mañana seré la única persona que pisará este lugar. Además, esta noche vamos a ensayar juntos, y luego sólo será cuestión de repetirlo.

—¿Puedo tomarte una foto? —le pregunto, ante lo que ella esboza una sonrisa radiante—. Para nuestro Tumblr.

—Claro.

—Ponte ahí para que salgan todos tus aparatos —le pido, y ella obedece, aunque se echa un poco hacia delante y me sonríe mirándome a los ojos mientras la enfoco con la cámara del celular.

—Perdón por interrumpir, pero Leo y Leckraj ya están en el escenario. —La voz de señor Smith me hace dar un brinco. Había olvidado que seguía allí—. ¿Y si bajas a probar el sonido?

—Claro. Hasta luego, Emily.

—¡Hasta luego, Red!

Bajo trotando y de repente me doy cuenta de que el señor Smith viene detrás de mí.

—Red...

—¿Sí? —Me detengo en el rellano y me doy media vuelta.

—Lo siento, pero no pude evitar fijarme en cómo tienes la cara. Espero que no te lo haya hecho ningún alumno después de ver el video ese de Rose...

—Ah, no. —Me toco la mejilla con el dedo—. No, fue... Bueno, mi hermana pequeña. Saltó a mis brazos, perdí el equilibrio y me di con la esquina de la mesita de centro. Pudo haber sido peor.

No tengo ni idea de dónde salió esa historia, pero ahí está, y la cuento sin ningún reparo. A pesar de todo lo que ha hecho, aún quiero proteger a mi madre, a mi hermana y nuestro hogar de las miradas indiscretas de los extraños, aunque se trate del señor Smith.

—Si tú lo dices... —Me dedica una sonrisa, pero no aparta los ojos de los moretones, y sé que está decidiéndose entre creerme o no—. ¿Qué se sabe de Naomi, hay alguna novedad?

—Van a despertarla mañana —respondo con una pizca de ansiedad al pensar en lo incierto del resultado—. O eso quieren creer. Es su cumpleaños, así que... Bueno, espero que salga todo bien. Sería increíble que estuviera despierta mientras tocamos. Significaría mucho para nosotros.

—Sí, desde luego. Puede que pase después a verla, y así hablo con sus padres para comentarles lo de mañana. —Se acerca un paso más a mí—. Pero antes de seguir adelante, quería saber cómo estabas. Sé que Rose y tú eran muy buenas amigas, y supongo que esta pelea habrá sido un golpe duro. Ya sabes que puedes contar conmigo si necesitas hablar, ¿verdad?

—Gracias. —Durante un momento estoy a punto de soltarlo todo, pero entonces pienso en Ash, en su mirada y en su tranquila determinación, y me convenzo de que debo confiar en ella. No, no es eso. No es una obligación, es que quiero confiar—. Todo va bien.

—Perfecto, Red —me dice con una sonrisa—. Adelante.

Unos segundos después, subo al escenario y me siento tras la batería.

—¿Todo bien? —me pregunta Leo.

—Sí, déjame calentar un poco.

Le hago un gesto a Leckraj, que rasguea el bajo para que vaya uniéndome a la melodía. Rose está junto al micrófono, justo delante de mí, repasando el repertorio con la cabeza gacha mientras sigue el compás de mis baquetas con el pie. Eso me basta para animarme, y sincronizo mi cuerpo con el ritmo de la música.

Pasaremos los próximos minutos enfrascados en las aburridas pruebas de sonido, mientras ajustamos los niveles y depuramos la mezcla entre las bocinas y los audífonos, pero voy emocionándome a medida que ejecuto los movimientos, y cada vez tengo más ganas de ponerme a tocar todo el repertorio. En realidad, lo estoy deseando, porque lo único que quiero hacer es golpear la batería hasta que una de las dos acabemos sangrando.

—Te luciste —me dice Leo en cuanto termina la última canción, y me alegro de verlo con los ojos brillantes y una sonrisa en el rostro.

Durante un instante, todo lo que ha pasado se borra y es como antes. Rose se le acerca dando saltitos, lo engancha del cuello con el brazo y le planta un beso en la mejilla.

—Fue lo mejor, ¿verdad? Sonamos muy bien. —Rose me mira un segundo con cara de euforia y felicidad, hasta que recuerda que no sabe qué pensar de mí y aparta la mirada—. Tú también lo hiciste muy bien, Leckraj. Impecable.

Leckraj, que ya está de rodillas recogiendo sus cosas tranquilamente, sonríe.

—Gracias —dice—. Mi papá va a venir a recogerme, lo esperaré fuera. Hasta mañana.

Nos quedamos los tres mirándolo, y nos morimos de risa cuando sale por la puerta.

—Qué tipo más frío. Es que no se inmuta —comenta Rose, risueña.

—Trae una onda muy tranquila, sin duda. —Leo me sonríe—. Fue increíble poder tocar esta noche con ustedes, son mis dos mejores amigas. ¡Y no la cagamos ni una sola vez en todo el repertorio! La pasé muy bien. Ya sé que han tenido sus problemas, y que ha sido muy raro, pero seguimos siendo nosotros, ¿no? Somos más fuertes.

Rose esboza una sonrisa.

—Estuvo muy, muy bien —dice con media sonrisa—, pero yo me voy ya, tengo planes...

—Ah, pensaba que íbamos a comernos una pizza antes de tener que recorrer medio Londres para ver a mi madre en casa de mi tía.

—No puedo, tengo un asuntillo pendiente —contesta ella encogiéndose de hombros.

—¿Qué asuntillo? —le pregunto, antes de recordar que soy la persona menos indicada y acabo de decir lo menos indicado en el momento menos indicado.

Su leve sonrisa desaparece.

—No es asunto tuyo. Hasta mañana.

—¡Espera! —la llama Leo.

Miro hacia otro lado, pero más o menos oigo lo que dicen.

—Oye, Rose, no hace falta que me cuentes con quién estás, pero tengo que decirte una cosa.

—¿Qué? —dice con un suspiro.

—Eres la chica más increíble que he conocido en la vida —le responde—. Nunca he tenido el valor para confesártelo, pero ahora que veo que te alejas de mí, no me queda más remedio, por si acaso no se me plantea otra oportunidad. Eres más que una amiga para mí, y quiero que lo sepas por si cambias de opinión sobre ese chico. Yo te trataría bien. Cuidaría de ti.

Los miro disimuladamente, y veo que Rose le sostiene la mirada a Leo durante un buen rato, y luego le toca la cara. Entonces se pone de puntillas, le da un beso en la mejilla y se va, saludándolo con la mano mientras desaparece tras las puertas.

—¿No había otro momento? —le pregunto—. ¿Por qué le dijiste eso?

Pensaba que iba a ponerme celosa y triste, pero cuando oí que Leo le abría el corazón a Rose sentí admiración... Le había echado muchas ganas.

—Porque es la verdad —confiesa—. Porque si poniéndome en ridículo consigo que exista la más mínima posibilidad de que piense dos veces lo de ese pervertido, habrá valido la pena. Sería terrible que me mandara a la mierda, pero si eso la mantiene a salvo cinco minutos, ¿qué más da?

35

El inesperado olor a comida que me asalta cuando entro por la puerta hace que me pare en seco. Me entrego al aroma, que me transporta a la infancia.

Hay algo en la caída de la tarde, en el amarillo de las luces eléctricas detrás de las cortinas corridas y en el olor del asado tradicional familiar de los domingos por la noche que no me hace sentir tristeza, tampoco felicidad, pero que logra devolverme durante un momento el recuerdo de cómo solía ser la vida en familia. Cuando siempre era todo como ese olor: familiar y cálido.

—¡Ya llegaste! —Mi padre abre la puerta de la cocina y veo que ya puso la mesa, con cuatro platos y cubiertos, la sal y la pimienta en el centro, junto a una enorme botella de cátsup, porque Gracie no come nada sin ella—. Se me ocurrió hacer la cena para cuando volvieras, porque la verdad es que ayer apenas te vimos.

—Genial —respondo mientras cuelgo la chamarra en el barandal de la escalera.

Por supuesto, no me siento genial. Estoy agotada y todavía me duele la cara y tengo muchísimas ganas de hablar con Ash para saber si ha descubierto algo y de preguntarle a Leo si Aaron ha vuelto a molestarlos, y la cena familiar se puede convertir en un infierno con comida.

—¡Red!

Gracie baja la escalera como trueno y se me lanza a los brazos con tanta fuerza que me hace trastabillar.

—¡Bicho! —La beso en la mejilla, que sabe dulce—. Veo que la has pasado bien. ¿Te gustó el algodón de azúcar?

Gracie abre la boca asombrada.

—¡Sí! ¿Cómo lo supiste? ¡Fuimos al zoológico!

Se ve tan sorprendida como yo; miro a mi padre, que se encoge levemente de hombros. Tengo que admitirlo: mis padres saben pasar con suma facilidad de un apocalipsis familiar a un mundo color de rosa.

—Anda, despierta a tu madre de su siestecita —le pide a Gracie, y mi hermana sube la escalera a toda velocidad, con el mismo entusiasmo con el que bajó.

—¿Una visita al zoológico, papá?

—Estoy intentando recuperar algo de normalidad. Por Gracie. Por tu madre. Por todo el mundo. Por eso hice la cena. Como en los viejos tiempos.

—Pero ya no estamos en los viejos tiempos. —Llevaba horas sin pensar en el moretón ni en el corte que tenía en la mejilla, pero, de repente, me palpitan cuando recuerdo cómo ocurrió—. Con esto de fingir que somos una familia feliz no vas a conseguir que mamá deje de odiarme, ni de beber, ni arreglar lo de tu amiguita.

—Ya lo sé. —Mi padre se da la vuelta de repente y baja la voz—. Pero por algún lado tenemos que empezar. Dame una oportunidad, cariño. Me estoy esforzando.

—Bueno. ¿Puedo ayudar?

—Sirve agua en los vasos.

Mientras estoy sacando los vasos de la alacena, mi madre entra detrás de Gracie.

—¡Vino Red! —exclama mi hermana, pero mi madre ni siquiera me mira.

Se sienta a la mesa; Gracie le da unas palmaditas a la silla que tiene a su lado para que me siente junto a ella.

—¿Cómo te fue con tu prueba de vestuario? —me pregunta mi madre.

Sigue sin mirarme a los ojos, pero al menos su voz no es tan fría como el hielo.

Yo lo único que quiero es que todo esté bien, como cuando ella era mi mamá y yo su niñita. No quiero tener que hacer un gran esfuerzo para perdonarla, ni que ella sienta la necesidad de perdonarme por ser quien soy. Me encantaría que fuéramos nosotras mismas, lo deseo tanto que hasta me duele, y mucho más que el moretón de la cara.

—Bien. Muy bien —le respondo.

—Le pregunté a mamá si teníamos boletos, pero me dijo que no, así que tendremos que comprarlas, ¿eh, Gracie? Tenemos que ver cómo toca Red, ¿verdad?

Mi padre, que está al lado del horno, estira el guante y hace como si tocara la guitarra. El pobre no tiene ni idea.

—¿Van a ir?

No me di cuenta hasta este momento de lo mucho que me había dolido suponer que no iban a presentarse.

—¡Pues claro que sí! —exclama mi padre—. No nos lo perderíamos por nada del mundo, ¿verdad, cariño?

—Por supuesto que no —responde mi madre, y esta vez fija la mirada en mi cara, y me hace bajar la vista a mí cuando se fija en el moretón.

Mi padre trae los platos llenos de comida humeante.

—Qué delicia —dice mi madre, aunque no se lo cree ni ella.

Gracie habla por todos nosotros, y me informa de absolutamente todo lo que pasó en el zoológico. La comida está buena, caliente y casera. Tenía muchas ganas de comer verduras y no me había dado ni cuenta. La ventana se empaña y durante un rato tengo una sensación acogedora, estoy a salvo, en la cocina. Casi se me olvida que todo se vino abajo.

Y podría olvidar si no fuera por que mi madre apenas toca la comida y se muestra inquieta y nerviosa. Su mirada no para de desviarse hacia la puerta.

—Vuelvo en un momento —dice en cuanto mi padre quita los platos de la mesa.

—Hay postre —le dice él—. ¡De caramelo!

—Vuelvo en un momento —repite mi madre, ya desde la escalera.

—Ya está todo bien, Red —me dice Gracie de repente, tocándome la mejilla con la mano—. Todo está bien.

Miro a mi padre, quien se da la vuelta.

—Claro que sí, bicho —le respondo—. Siempre estará bien mientras yo ande por aquí.

Mi madre no vuelve, así que me toca sentarme en el suelo al lado de la cama de Gracie, con la cabeza apoyada en su segundo osito de peluche preferido mientras mi hermana se duerme poco a poco. Su manita no suelta la mía, me agarra con fuerza por si tengo pensado dejarla sola.

La verdad es que no tengo ganas de ir a ningún lado. La adrenalina que me ha mantenido de pie ya se agotó y me dejó los músculos temblorosos y los huesos adoloridos. A lo largo de los últimos días he sentido todas las emociones posibles, y sólo Dios sabe lo que pasará mañana. Así que, de momento, aferrada a la manita de mi hermana, lo único que quiero hacer es descansar, cerrar los ojos y abandonar todo pensamiento o sentimiento o preocupación durante un tiempo.

—¿Está dormida?

El susurro de mi madre me despabila.

—Sí —le respondo; me incorporo un poco y meto la manita de Gracie bajo la colcha.

—Entonces vete a tu cama, cariño, tienes cara de estar exhausta.

Me llama «cariño», y yo lo tomo como una ofrenda de paz.

Logro ponerme de pie y entrecierro los ojos por culpa de la luz del pasillo. Ella se queda allí, y me doy cuenta de que quiere decirme algo más, así que espero.

—Lo siento mucho —suelta por fin—. Lo que te hice fue imperdonable.

—No pasa nada. No importa.

—Sí importa, cariño. —Da un paso hacia mí—. Soy tu madre. No debí haberte puesto la mano encima. Debería protegerte, pero no... no era yo misma.

—Está bien. —No es mucho, pero es suficiente. Es el mejor comienzo que puedo esperar, y quiero irme a la cama con esas palabras todavía resonando en los oídos—. Buenas noches, mamá.

—Creo que todo va a mejorar —añade, y odio cuánta esperanza hay en su voz—. Ahora papá está en casa y todo está mucho mejor. No sabía qué haría falta para hacer que volviera, pero... ya está aquí.

Mi dormitorio está a pocos metros, podría irme, meterme a la cama y descansar todas las horas que necesito. Dios, jamás lo había deseado tanto, pero no soy capaz. ¿Todo va a mejorar? No puedo morderme la lengua.

—Mamá, todavía no hay nada arreglado. Lo sabes, ¿no? Tengo que decírtelo: esta situación perfecta no es real.

—No, no quiero decir que todo cambie de la noche a la mañana, por supuesto que no, pero es un comienzo.

—No es un comienzo —le digo con toda la dulzura que puedo—. Que papá esté aquí es bueno, es genial, pero no es la solución. Papá nos quiere..., pero no nos puede salvar, no sabe. Pensé que quizá lo lograría, pero no puede. No volvió para quedarse, no ha vuelto por que quiera estar aquí. Volvió porque nos quiere todo lo que es capaz y se siente culpable de que nos hayamos separado. Pero papá no va a arreglar que no aguantes ni una cena sin levantarte por una copa, o que yo sea lesbiana y que me odies por eso.

Me preparo y espero a que salte, comience a gritarme, a insultarme y a pegar portazos, incluso a que me vuelva a levantar la mano. Pero no lo hace. Al contrario, se queda quieta un momento, y luego asiente.

—Ya lo sé —admite—. Pero ahora mismo no tengo fuerzas, Red.

Me llama por primera vez por el nombre que elegí, y tal vez sea lo más cariñoso y amable que haya hecho por mí.

—Ya.

Con mucho cuidado, muy lentamente, la rodeo con los brazos. Cuando apoya la mejilla en mi hombro, noto las últimas imágenes de mi infancia desprenderse de mí, como una cascada de fotos viejas. Mi madre me parece pequeña, delgada y frágil, más parecida a mí de lo que jamás habría imaginado. Yo fui creciendo y ella envejeció. En este momento, en el pasillo, bajo la luz eléctrica, nos reunimos en la mitad de nuestras vidas.

—Sé que no eres fuerte, pero creo que yo sí, mamá. Creo que soy muy, muy fuerte. Más de lo que ves. Puedo ayudarte.

Me abraza con más fuerza, y al cerrar los ojos, todo es luz del sol y cuentos a la hora de dormir y heridas en las rodillas a las que dan un besito para que se curen.

—Nos ayudaremos —me responde—. Pero te equivocas, Red, no te odio. Te quiero. Te quiero más de lo que puedo expresar; pero tengo miedo a lo que tendrás que enfrentarte en un mundo que no siempre te aceptará. Me aterra y dejo que parezca que es odio, porque es posible que me odie a mí misma. Pero a ti no, nunca. Te quiero, pequeña.

Para mí, eso es suficiente, más que suficiente. Por primera vez en mucho tiempo, cuando me meto en la cama, me siento en casa.

Y, entonces, me llama Ash.

—Desbloqueé el teléfono de Nai —me dice.

—¿Y?

—Todo lo que necesitábamos estaba en su WhatsApp. Si no hubiéramos encontrado su celular, habríamos tardado mucho más en descubrir quién es él. Si de verdad lo hubiera tirado por ahí, el tipo este se habría ido impune, pero Nai fue más lista. Debía de tener un resquicio de duda sobre él, porque lo escondió en un lugar donde tú podrías encontrarlo. Y ahora sabemos quién es.

36

—¿Quién es? —le pregunto, conteniendo la respiración.

En la fracción de segundo que Ash tarda en contestar, se me pasan un millón de posibilidades por la cabeza, un millón de respuestas y de resultados, y ninguno es más obvio que el que ella me revela. Terriblemente obvio.

—Es el señor Smith, Red. Es el puto cabrón del señor Smith.

—No puede ser —susurro—. No, Ash..., no puede ser. Porque... no puede ser. Estás equivocada...

—Lo siento, Red, en serio, pero una vez que accedí a los mensajes de WhatsApp, quedó claro con quién estaba hablando. Él le decía que saliera antes de clase, le hablaba de cómo se veía en la escuela. Lo comprobé dos veces, me metí a sus cuentas menos seguras y descubrí las secuencias que me llevaron a la verdad. Él pensó que había eliminado su rastro. La puerta de entrada era la típica página de Facebook, pero detrás había varios niveles. Había grupos secretos, donde los miembros subían las fotos que les habían tomado a las chicas y hablaban de lo que les gustaría hacerles. Había foros. Chats. Seguí el rastro que dejó hasta el nivel más profundo, hasta el sótano de la siniestra página donde encontré su otro nombre: MrMoon. Es él, no cabe duda. Es él.

Me quedé sin habla. Me siento como si me hubieran dado un puñetazo en el estómago con tanta fuerza que me hubieran dejado sin aliento. No puede ser. No quiero que sea él, porque eso significa... que todas las cosas amables que me ha dicho sobre Nai, Rose y Leo, todo lo que ha hecho por nosotros, el concierto, la banda... Todo lo que ha significado algo para mí este último año ha sido mentira.

Ash sigue hablando, y la historia empeora por momentos. Noto que le tiembla la voz, de miedo y de rabia, e incluso deseo que no me hubiera llamado. Me encantaría estar con ella, porque la abrazaría muy fuerte, con la esperanza de que ella hiciera lo mismo.

—Red, sé cómo acabó en el río. Él lo contó en ese puto foro de mierda, y alardeó de ello. Naomi trató de huir, intentó volver a casa, y él le dio una paliza, una tan fuerte que creyó que la había matado. Entonces la tiró al río. La había tenido encerrada en un viejo bloque de departamentos a poco más de un kilómetro de su casa. Pasó semanas prisionera.

—Dios santo. —Ni siquiera tengo claro si lo dije en voz alta. Se me llena la cabeza con las imágenes de lo que Nai se vio obligada a soportar. No, no soy capaz de imaginarlo—. Ay, Dios, Ash. Carajo. No. ¿Estás segura?

—Completamente. Tengo todas las pruebas, y se las voy a entregar a la policía, como tú querías. Pero antes, tengo una idea que le destrozará la vida para siempre. No lo vas a creer. Lo que vamos a hacer es...

Mi cerebro, que estaba paralizado por el asombro, se reactiva con una descarga de miedo.

—Ash, espera, dijo que iba a visitar a Naomi esta noche. Y... sabe que tienen planeado despertarla mañana por la mañana.

—¿Cómo lo sabe? —quiere saber Ash.

—Porque se lo dije yo.

—Carajo, tengo que irme.

—Nos vemos allí —le respondo.

Me pongo zapatos y tomo la tarjeta de transporte. Salgo corriendo de casa y la sensación de sueño desaparece mientras me dirijo a toda prisa hacia el metro.

Matt
Casi llega el momento de estar juntos. ¿Estás nerviosa?

Naomi
Si, bastante... Es que quería... ¿De verdad tengo que irme de casa? Mis padres y Ash se van a preocupar mucho, y ya los he hecho sufrir mucho. ¿No podemos seguir como hasta ahora?

Matt
Mira, Naomi, si ya no me quieres, dímelo, ¿ok? No me hagas pensar que te importo tanto como tú a mí si no es verdad.

Naomi
Me importas, en serio, más que nada en el mundo, pero... tú te puedes quedar en tu casa, en tu trabajo. ¿Y si nos escapamos? ¿Y si tomamos un barco a Francia?

Matt
Me agarrarían y probablemente acabaría en la cárcel. Dentro de un par de años ya no importará que la gente sepa lo mucho que nos queremos, pero ahora mismo, nadie lo entendería. No nos verían como somos, no sabrían lo que sabemos.

Naomi
Ya.

Matt
Mira, todo lo que he hecho, el departamento que te conseguí, la renta que te voy a pagar, todo eso es porque te quiero con locura, sólo para mí, todo el tiempo.
Si no quieres estar conmigo, mejor lo dejamos por la paz, y la próxima vez que te vea, intentaré fingir que no eres lo único que vale la pena en mi vida.

Naomi
No, no. Por favor, no hagas eso. Matt, te amo.

Matt
Yo también te amo. Procura estar preparada donde te dije, y recuerda tirar tu celular.

37

No sabemos cuánto tiempo lleva allí, sentado al lado de ella, mirándola fijamente. Ni por qué las enfermeras se lo permiten, ya que no está en la lista de familiares. Pero así es el señor Smith: un tipo encantador. Amable y atractivo. Cuando te mira a los ojos, tienes la sensación de que se preocupa por ti y por tu bienestar. Es la clase de persona en la que te quieres convertir. En la que confías. El peor monstruo que existe.

Y yo confié en él más que en mi propio padre. Jamás he querido hacerle daño a nadie hasta esta noche. Hoy quiero hacerle mucho, mucho daño.

—Vamos a hacerle frente —gruño—. Vamos a entrar y a decirle que sabemos lo que hizo.

—¡No! —Ash me agarra de la mano y me la aprieta—. Vamos a comportarnos como si no supiéramos nada.

—¿Por qué? —La miro fijamente—. Quiero matarlo por todo lo que le ha hecho a la gente que quiero y a mí. Ash, le conté cosas privadas. Pensé que le importaba. Tengo que hacerle daño, lo necesito.

Ash me pone las manos sobre los hombros y me obliga a mirarla a los ojos, y cuando lo hago, me siento un poco mejor, con los pies en la tierra y más tranquila.

—Sé que es difícil, pero necesito más tiempo. Me hace falta tiempo para conseguir hasta la última prueba que pueda sacar del teléfono. Además, está al lado de las máquinas que mantienen con vida a mi hermana.

Nos quedamos mirándonos a los ojos, mientras sus manos me calman el corazón, y permanecemos así hasta que respiramos con más tranquilidad y las piernas dejan de temblarme. Por fin, sin decirle nada, sé que podemos mirarlo a la cara.

—Hola —lo saludo al entrar.

—Vaya, qué tarde vienen.

Suelta la mano de Naomi, y me entran ganas de vomitar.

—Sí, es verdad. Ya no es hora de visitas —contesta Ash—. Me sorprende que las enfermeras no lo hayan hecho retirarse.

—La del turno de noche es muy comprensiva.

Nos acercamos hasta ponernos al lado de Nai, y me pregunto qué estará pasando detrás de esos párpados cerrados. Está menos sedada, eso ya lo sabemos. ¿Y si puede oír su voz? ¿Y si es capaz de notar su tacto, pero no puede moverse ni gritar?

—Todo está bien, Naomi —le digo mientras la tomo de la mano—. Ash y yo estamos aquí. Estamos contigo.

—¿De dónde salieron? —Una enfermera de aspecto cansado niega con la cabeza al vernos—. Tienen que irse. Mañana va a ser un día importante para Naomi y necesita descansar.

—Sí, vamos. —Me obligo a sonreír—. Mañana también es un gran día para los demás. ¡Es el concierto!

—Yo no me voy —contesta Ash negando con la cabeza—. Es mi hermana, y sé que otros familiares se han quedado a dormir. Y puede que... No sabemos lo que va a pasar mañana, ¿verdad? Así que quiero estar a su lado esta noche. Por favor. No molestaré. Es que no quiero dejarla sola.

La enfermera frunce los labios.

—Tendré que llamar a tus padres, para estar segura de que no les importa.

—No les importará —afirma Ash.

—Entonces, bueno. —Nos mira al señor Smith y a mí—. Pero ustedes tienen que irse.

—¿Quieres que te lleve? —me pregunta el señor Smith cuando ya estamos en la calle.

Miro sus ojos de expresión amable y sueño con arrancárselos.

—Prefiero regresarme caminando —le contesto.

—¿Seguro? —Me sonríe, y es un gesto dulce y gentil. Es una sonrisa en la que he confiado durante mucho tiempo—. Conmigo estarás a salvo.

—Seguro —insisto—. Soy mucho más fuerte de lo que piensa. No le gustaría tener problemas conmigo.

Se marcha riendo hacia su coche. No tiene ni idea de qué tan en serio se lo dije.

38

Espero a Leo en la estación de metro de Vauxhall, porque tiene que hacer un par de transbordos para llegar desde casa de su tía Chloe. La gente entra y sale de la entrada, y se separa sólo para esquivarme, como el agua de un arroyo alrededor de una piedra.

Llevamos semanas preparándonos para este momento. Es lo único que ha tenido sentido, el concierto, la colecta de fondos. Asegurarnos de que hacíamos todo lo posible por ella. Y había sido idea suya. Mientras nos decía que podríamos marcar la diferencia, que podríamos ayudar a que encontraran a Naomi, el señor Smith la tenía encerrada.

Es la crueldad llevada a un nivel superior.

Pero hoy es importante por más razones. Decidimos hacer el concierto precisamente hoy, un lunes de septiembre, cuando casi cualquier otro día de la semana hubiera sido mejor, por un motivo.

Es el cumpleaños de Naomi.

En los cumpleaños hacemos la Edición. Reunimos las fotos que nos hemos tomado a lo largo del año y preparamos un *collage*, con dibujitos y *emojis*, y planeamos una actividad estúpida e infantil y divertida. Esta mañana, cuando todavía no había salido el sol, en mi celular sonó el recordatorio de que era su cumpleaños.

Se me quitaron las ganas de dormir de golpe, y sobre todo con un día tan siniestro por delante. Existía la posibilidad de que fuera mi último sueño reparador.

Así que le hice una Edición a Naomi. Repasé mis fotos hasta los meses posteriores a su último cumpleaños. Había algunas que no miraba desde hacía meses, un montón. Naomi haciendo el tonto en el parque, cuando nos iniciábamos en lo del *cosplay*. Fotos en la escuela, en el cine, en todos los lugares a los que íbamos, sin pensar si esos momentos tendrían algún significado. Había al menos una foto de ella, o de las dos, o de todos, cada día, justo hasta antes de que desapareciera.

De modo que le hice la Edición y la subí, como habría hecho si hubiera estado despierta. Y hasta que estuve delante de la estación de metro, esperando a Leo, no le eché un vistazo a mi cuenta de Instagram; entonces me fijé en que Rose me había añadido de nuevo a todas sus redes, cuando apareció su nombre y su «me gusta» con forma de corazón justo debajo de mi mensaje. Me alegro mucho, porque se trata de un día en el que todos nos necesitamos. Preferiría ignorar las oscuras sombras que se ciernen sobre ella. En un momento así, debe de sentirse muy feliz, muy especial, muy amada. Y le vamos a arrebatar ese sentimiento.

—Hola —me saluda Leo, cuando sale vomitado de la boca del metro como todos los demás.

—Hola.

Caminamos juntos.

—Me gustó la Edición que le hiciste a Nai —me comenta.

—Gracias. Estaba pensando en la última vez que la vimos y en si podríamos haber hecho algo...

—No se podía hacer nada —me interrumpe Leo—. Lo he repasado en la cabeza un millón de veces. Red, no quería que lo supiéramos. Tendremos que aceptarlo, porque si hubiera querido, nos habríamos enterado. De alguna manera. Pero ¿sabes qué? Hoy, tú, yo y Ash vamos a clavar a la pared las bolas de ese cabrón.

—No tengo ni puta idea de la mierda que va a explotar, pero ¿sabes lo que deberíamos hacer hoy? —digo cuando llegamos al colegio.

—¿Qué? —pregunta Rose mientras cierra la puerta del coche de su padre y se nos acerca.

Al verla, siento al mismo tiempo alegría y unos nervios tremendos. Quiero advertirle de lo que ocurre y hacer que corte su relación con Smith de inmediato. Pero, a la vez, no estoy segura. Voy a obedecer a Ash, todos lo haremos, y no tardaremos en pagar por ello.

—Deberíamos celebrar su cumpleaños —dice Leo, que parece incapaz de mirar a la cara a Rose—. Pase lo que pase cuando intenten despertar a Nai, ella se lo merece.

Rose le acaricia la mejilla con la punta de los dedos, tiene los ojos llenos de lágrimas.

—Sí —responde. Luego se voltea y me toma del brazo—. Red, me encantó la Edición.

Veo a Ash mientras nos aproximamos a la escuela y le hago un gesto para que se acerque, pero niega con la cabeza y sigue caminando. No nos mira a ninguno cuando pasa a toda prisa.

—Ash, ¿estás bien? —le pregunta Rose, pero ella sigue sin detenerse.

—Hoy es un día difícil para ella —comento, y la sigo a con la mirada mientras entra.

Pocos segundos después, el celular me vibra en el bolsillo y lo saco mientras nos dirigimos lentamente al interior. Es Ash.

Tengo que verlos a ti y a Leo. En el auditorio, a tercera hora. Sálganse de clase. No traigan a Rose.

338

No me cuesta encontrar una excusa para salir de la clase de religión. Lo único que tengo que mencionar son cosas de chicas, y el señor Grimes me indica con la mano que salga antes de tener que ponerse a pensar en ello. Le digo que voy a buscar a la enfermera para pedirle paracetamol, pero, por supuesto, me dirijo de inmediato al auditorio. Se supone que está cerrado con llave para que no entren curiosos, y todo el equipo que nos prestaron está dentro, a salvo y preparado para la actuación de la noche. No tengo claro cómo planea entrar Ash, supuse que conseguiría piratear la tornamesa y las computadoras que se encargarán de los videos, pero, cuando nos ve llegar a Leo y a mí, nos hace un gesto con la cabeza para que la sigamos, y eso hacemos hasta llegar a la recepción. La secretaria está al teléfono, mirando por la ventana. Al ver una oportunidad, Ash se lanza corriendo hacia la puerta que lleva a la escalera de la tribuna. Al llegar, saca una llave y la abre. Desaparece en el interior y deja la puerta abierta tan sólo una rendija para hacernos gestos con la mano de que la sigamos otra vez. Esperamos. La señora Minchen cuelga el teléfono y vuelve a concentrarse en la pantalla de su computadora. Pasan los segundos. No tardará en sonar la campana para la cuarta hora de clase y, entonces, ya no tendremos permiso para faltar.

De repente, la señora Minchen se levanta y se dirige hacia la parte de atrás, al baño. Echamos a correr, entramos a toda prisa y subimos por la escalera a toda velocidad. Cuando llegamos arriba, vemos a Ashira con una pequeña linterna entre los dientes mientras teclea en la *laptop* conectada a la tornamesa. Siento una punzada de remordimiento al recordar la sonrisa de Emily cuando me enseñó la mesa, y lo orgullosa que estaba de ella. Me sentí mal cuando le mandé las fotos a Ash ayer por la noche, y ahora me asalta la misma sensación. Emily me cae bien, siempre sonríe y no le importa lo que los demás piensen de ella. Es una lástima que todos sus esfuerzos hayan sido en vano y que además no tenga ni idea. No sabrá nada hasta que se siente delante de la mesa esta noche. Espero que lo comprenda. Espero que entienda por qué hacemos esto.

Ash levanta la mirada y nos ve. Se quita la linterna de la boca.

—¿Para qué nos necesitas? —le pregunto en un susurro. El auditorio es grande y está vacío, pero no me parece apropiado hablar con un tono de voz normal.

—Anoche lo descubrí del todo —me explica Ash—. Entré en su mundo. Lo tengo todo, todo aquí, en la punta de los dedos. Todos sus asquerosos secretos. Y hay cosas que deberían saber. Cosas siniestras.

—Okey —respondo, y me siento en una de las sillas de plástico.

—Carly Shields fue una de las primeras. Encontré fotos, videos, correos. Y Danni también fue su víctima, Danielle Haven es su nombre real.

—Dios.

Me tapo la mano con la boca y miro a Leo, que niega con la cabeza y tiene los puños apretados.

—Escúchenme —nos dice Ash—. Sé mejor que nadie lo que están sintiendo, pero ya estamos muy cerca de atraparlo, por Naomi, por Carly, por Rose y por todas las demás chicas. Mantengan la calma, ya casi terminamos.

Miro a Leo, y me fijo en cómo aprieta la mandíbula.

—Va a ser muy difícil no soltarle un puñetazo...

—Díganme una cosa —lo interrumpe Ash con voz tranquila y cara de concentración—. ¿Están preparados?

Leo me mira.

—Sí, carajo.

—Hazlo —le digo.

Nos quedamos en silencio durante un segundo, porque los tres sabemos que ya no hay vuelta atrás.

39

Creo que voy a poder aguantar la clase de música, pero en cuanto la veo, al lado de él, hablando en susurros, todo se desmorona, y lo único que me importa en el mundo es separarlos.

—Hola. —Mi voz restalla, cruje como el metal al enfriarse. Intento suavizarla, hablar con un tono menos obvio, pero es imposible—. Se me ocurrió que quizá Rose y yo podríamos faltar a clase porque después ya viene el almuerzo y vamos a ensayar en el escenario una última vez.

—Creí que hoy iban a descansar, para estar con toda la energía esta noche —contesta el señor Smith con el ceño fruncido—. Luego estarán muy cansados. Además, los exámenes finales están a la vuelta de la esquina, Red. Tienes que venir a clase.

—Sí, es verdad, no nos hace falta ensayar más.

Rose me mira y también frunce el ceño. La tregua que tenemos es muy frágil, muy débil, y no quiero hacer nada que pueda romperla, pero lo que menos quiero es que él vuelva a ponerle un puto dedo encima en la puta vida.

—En realidad, si te soy sincera, Rose, todo esto se me está viniendo un poco encima. Es el cumpleaños de Nai, el concierto, los médicos van a intentar despertarla... Necesito tiempo. ¿Te vienes conmigo? Por favor.

Rose levanta la mirada hacia él, y veo con claridad la ansiedad en su rostro.

—¿Puedo? —le pregunta.

No se lo pregunta como un alumno a un profesor, hay mucha más intimidad entre ellos. El cambio en el lenguaje corporal del señor Smith es mínimo, apenas perceptible, pero lo noto. Le cuesta aceptar que Rose venga conmigo. De repente, comprendo el motivo. Para él no soy sólo una molestia, soy una rival.

—Por supuesto —responde, pero sin sonreír—. Es un día duro. Pueden estar un rato a solas, pero regresen dentro de diez minutos, ¿okey?

Voy a la salida más cercana e inspiro profundamente varias veces el aire frío.

—Red, me alegra que las cosas hayan vuelto a la normalidad en nuestra vida, y dijimos que hoy hablaríamos de Nai, pero ¿no te pasaste un poco?

—Es que... no quiero que te pase nada.

Se me escapan las palabras antes de poder evitarlo, y por supuesto, para ella no tienen ningún sentido. Como es natural, frunce el ceño, me mira incómoda y se aleja un poco de mí.

—Red, ya olvídalo, ¿sí? Mira, comprendo que estés como loca, igual que todos. Va a ser duro, pero yo estoy bien; la verdad es que me siento muy feliz, hacía mucho tiempo que no me sentía así. Creo que conocí a alguien que me comprende, que me ve como soy. Que se preocupa de verdad por mí. Sé que sigues enamorada, y me halaga, pero al fin y al cabo, jamás podremos tener una relación, Red. Así que, si no puedes aceptarlo y alegrarte por mí, entonces... creo que debemos mantener distancia.

Cada una de sus palabras me mata poco a poco, me arranca trozos del alma y los escupe. No por el rechazo, eso lo puedo asumir, me lo esperaba. Es la esperanza que resuena en su voz, la sonrisa que asoma en sus labios; lo convencida que está de su amor, y de que es correspondido. Eso es lo que no puedo soportar. No obstante, tengo que callarme durante unas horas más. Una palabra a destiempo y ganará él.

—Ya lo sé, y lo entiendo. Sólo quiero recuperar lo que teníamos antes, Rose. Que me gustaras ya no importa. No fue real, fue un momento de confusión. La verdad es que perdí a una de mis mejores amigas, y tú también. Y no quiero perder a otra.

—Okey. —Duda un momento, pero, por fin, me abraza—. Tienes mala cara, pero todo saldrá bien. Esta noche vamos a tocar de maravilla, y sé que parece que vamos a pasar el resto de la vida atrapadas en esta trampa, pero ¿sabes qué? Todo va a pasar muy deprisa, y ¿a quién carajos le importan los exámenes finales? Hay cosas mucho más importantes, como los viajes y las aventuras. ¡Y cruzar medio mundo para explorar el Amazonas!

—¿Explorar el Amazonas? —Sonrío—. ¿Tú? ¿La chica que ni siquiera soporta ver una cochinilla?

—Porque son malvadas —me contesta con total seriedad, y no puedo evitar sonreír de nuevo.

—¿Volvemos a clase?

—Sí.

Nadie ve la mirada que Smith y Rose intercambian cuando entramos al salón, nadie salvo yo.

40

El auditorio ya resuena con voces y risas, y ni siquiera ha comenzado a llegar el público. Sólo está el equipo de iluminación, además de Emily y de algunos de los profesores, que llegaron temprano para desearnos suerte. Tengo nudos dobles y triples en el estómago, la boca reseca, y no he podido comer nada desde el desayuno. Si esto no fuera más que un concierto, estaría nerviosa, claro está, pero también muy emocionada, incluso exaltada, todo mi cuerpo estaría preparado para actuar. Pero no se trata de un simple concierto, sino que puede que sea lo más importante que haga en la vida.

Resulta extraño ser una de las pocas personas que sabe que ya comenzó la cuenta regresiva para una revelación horrible que lo cambiará todo. Sólo espero que Ash, Leo y yo salgamos bien parados, y que sea un desastre sólo para él.

—¿Todo bien?

Emily aparece a mi lado.

—Eso creo. ¿Y tú?

—Sí, la verdad es que el trabajo más duro ya está terminado. Ahora prácticamente sólo tengo que pulsar una tecla y cruzar los dedos. —Su sonrisa es dulce, su voz, clara. Me gusta mirarla—. Red, le he dado muchas vueltas y...

Antes de que pueda decir algo más, suena mi teléfono. Cuando veo el número, sé que tengo que contestar.

—Lo siento —la interrumpo, y le enseño el celular como una completa maleducada—. Tengo que contestar.

—¿En serio? ¡La gente va a empezar a entrar dentro de cuatro minutos! —me grita Emily mientras me alejo.

—¡Ya! —contesto, pero ya estoy escuchando a la persona que me llamó—. Sí, estamos en eso.

Nos encontramos detrás del telón, sólo nosotros tres, porque Leckraj sufre un caso agudo de pánico escénico y todavía está en el baño, desde donde oye cómo el salón se llena de voces. Hay un hueco diminuto para ver las butacas y nos vamos turnando para echar un vistazo. Veo a mis padres y a Gracie, y espero que mi padre tenga el sentido común suficiente como para sacarlas de aquí antes de que comience el plan. Ash vino, pero sus padres no. No se han separado de Nai. Siguen esperando que vuelva con ellos.

Cuando la veo sentada en primera fila, en el lugar que le reservé, me esfuerzo por escrutar la expresión de su cara en busca de alguna señal de cómo está Nai, pero no soy capaz de averiguar nada. Nada en absoluto.

—Vuelvo enseguida —digo.

—¡Red! ¿Adónde vas? —me grita Rose.

Bajo del escenario y me pongo en cuclillas delante de Ash.

—¿Cómo está? —le pregunto.

Cuando me mira, veo que tiene los ojos llenos de lágrimas. No me habla, y niega una sola vez con la cabeza.

—¿Quieres ir al hospital? —Le cubro las manos con las mías—. Puedes irte, no hace falta que estés presente.

—Tengo que hacerlo —me susurra—. Tengo que hacerlo. Lo dejé todo preparado para que funcione solo, pero también tengo el control con mi celular. Además, quiero verlo caer. Tengo que verlo. Por ella. Estoy bien. Puede que dentro de un par de horas me desmorone, pero hasta entonces, estaré bien.

—¡Cariño!

Mi padre me ve y me hace señas para que me acerque. Le aprieto las manos a Ash antes de mirar un momento al telón y luego correr hacia donde está sentada mi familia.

—Tengo que irme. Mira, papá, mucho de lo que va a pasar no es apropiado para Gracie. Palabrotas y cosas así, se va a hablar sobre la muerte y sobre la depresión. La primera canción es muy buena, pero creo que luego te tienes que llevar a Gracie a casa. Justo después de la primera canción.

—¿No quieres que te veamos?

—Claro que sí —le aseguro—, pero no quiero que Gracie la pase mal. Mamá se quedará, ¿no?

Mi madre está pálida y algo encogida, y agarra con fuerza su bolsa, pero se le ilumina la cara cuando le pido que se quede. Me sonríe.

—Sí, cómo no.

—No quiero irme a casa —protesta Gracie.

—¡Red! —me grita Leo desde el otro lado del telón—. ¡Date prisa!

—Escucha, cuando termine, podremos hacer nuestro propio grupo, ¿bueno?

—¿Puedo ser la cantante? —pide Gracie.

—Por supuesto.

—¡Papá, voy a ser la cantante!

Miro a Ashira mientras vuelvo corriendo al escenario, y ella me hace un gesto de asentimiento.

Es.

El.

Momento.

El sonido estalla por las bocinas e inunda el salón. Cierro los ojos y me dejo llevar por la música. Cada parte de mi cuerpo, cada átomo, se sintoniza con el ritmo y vibra con una sincronización perfecta. Leo se abre camino con su guitarra, Rose canta con el alma y Leckraj está bajo todo ello, uniéndolo. Pero en mi corazón, en mi cabeza, no lo oigo a él, ni siquiera lo veo detrás de mis párpados. Es ella. Cerca de mí, mirándome, como siempre hacía, algo inclinada mientras canalizaba toda la energía que poseía en la música, marcando cada compás con la cabeza. Durante tres minutos increíbles, está en el escenario, tan grande como la vida misma, entonando esa canción que ella misma escribió, haciéndola suya de nuevo, y son tres minutos mágicos. No soy la única persona que percibe su presencia. Sé que los demás también la sienten, lo veo en sus sonrisas, en la manera en que se mueven, en el modo como se eleva la voz de Rose, y de repente, lo entiendo: el modo de enfrentarme a toda esta mierda es golpeando a muerte las baquetas.

Los platillos resuenan, el bombo vibra y la canción termina. El público se pone de pie. Rose se gira y me mira sonriente mientras el señor Smith cruza el escenario. Rose se aparta del micrófono.

—Ese fue un comienzo muy especial para una noche muy especial —le dice al público—. Es maravilloso que estemos todos aquí para honrar a esta joven tan extraordinaria.

La fotografía de Naomi aparece detrás de nosotros, en la pantalla, y todos nos volteamos para mirarla.

—Tuve la suerte de ver crecer a Naomi —sigue diciendo—. De ver la mujer tan notable en la que se convirtió. Todos sabemos que pasó por malos momentos, en los que no podía recurrir a nadie. Y por eso hemos organizado este concierto para ella, para demostrarle cuánta gente la quiere, y también recordarle a cualquier joven que se sienta igual que no está solo.

Llamo la atención de Leckraj y le indico con una señal que se acerque.

—No empieces la próxima canción, ¿okey? Tenemos una sorpresa. Díselo a Rose.

Leckraj se encoge de hombros y se acerca a Rose para susurrarle al oído. Ella se da la vuelta y me lanza una mirada interrogativa. Me levanto y me dirijo a la parte frontal del escenario, donde me quedo mirando fijamente al señor Smith. Se da cuenta de mi presencia y por un momento titubea, pero luego sigue con el discurso. Una asquerosa mentira tras otra. Leo deja la guitarra en el suelo y se coloca al otro lado del señor Smith, y también se le queda mirando fijamente. Tras un momento, deja de hablar y suelta una pequeña risita.

—Tengo la sensación de que estos dos intentan decirme algo.

—Así es —replica Leo—. Esta noche no sólo queremos recordar a Naomi, sino también intentar comprender qué le pasó y evitar que otras adolescentes como ella, como nosotros, sufran el mismo destino. Y sabemos que usted se interesó por ella. Un interés muy personal. Así que le hicimos un video especial.

Miro a Ashira, y ella aprieta una tecla de su celular.

Vemos a Naomi correr y reír bajo el sol. Hay nieve en el suelo y le sonríe a la cámara, hacia la que manda besos. Trae el pelo suelto y le brilla la mirada. Hay un forcejeo, un momento de confusión, el suelo, el cielo, una cara borrosa, y luego queda claro que es Nai quien sujeta el teléfono, porque lo voltea hacia quien estaba grabando. El público suelta una exclamación cuando ve al señor Smith.

—¡Dime que me quieres! —le pide Naomi entre risas—. ¡Vamos, dilo! Quiero oírte decir que me quieres otra vez.

—Te quiero —dice el señor Smith a la cámara—. Y, ahora, ¿me lo devuelves?

La grabación pasa de repente a una habitación con una luz eléctrica intensa, donde Naomi está sentada en una cama desconocida, encorvada y abrazándose a sí misma en un intento por taparse. Está llorando. Esta vez es él quien habla.

—Dime que me quieres —le ordena con una voz robótica, desprovista de toda emoción—. Vamos, dime que me quieres.

Se oyen gritos ahogados y voces de asombro entre el público mientras el señor Smith se voltea para mirar la gran pantalla y se queda paralizado al ver las entrañas de su propia vida expuestas ante todos. Decenas de fotos llenan la pantalla en una rápida sucesión, con los cuerpos y las caras de las chicas pixelados a propósito. Son capturas de pantalla de sus grupos secretos, con sus comentarios.

«Miren esta, ya está en su punto.»

Aparecen su lista de correos, los foros, la biblioteca de imágenes. Todo está ahí: las imágenes de Smith abrazando a chicas que parecen atemorizadas, perdidas, a chicas que conozco. Pero no hay imágenes de Rose. Todos nos pusimos de acuerdo en eso. Nadie tiene por qué descubrir lo suyo.

La gente se queda callada mientras las imágenes se siguen sucediendo. Algunos se tapan la boca con las manos, otros lloran. Hay quienes se ponen de pie en un intento por comprender qué pasa.

Entonces, miro a Rose, que empieza a entender lo que ocurre y lo que significa. Creo que por fin descubre las auténticas intenciones de Smith y qué se escondía detrás de sus promesas. En su rostro se hace evidente que está tomando conciencia de todo lo que estaba a punto de pasar, cuando creía que había encontrado el significado de su vida. Se pone de espaldas a la pantalla para mirar a Smith. El dolor de su rostro es insoportable. Niega con la cabeza, se da la vuelta de nuevo y se echa a correr. Quiero salir tras ella, pero Smith me bloquea el paso.

—¿Quién está haciendo esto?

Smith consigue a duras penas salir de su estupor y reaccionar. Mientras tanto, Rose empieza a tirar de los cables para tratar de dejar sin corriente los aparatos, y derriba la enorme pantalla justo cuando comienzan a aparecer los mensajes de WhatsApp de Naomi.

—¿Qué está pasando? ¿Por qué están haciendo esto? —grita Smith.

El video se sigue viendo en la pared posterior, y surge una luz procedente de la tribuna. Sé que es Emily, que está haciendo todo lo posible para que nadie se pierda nada.

—¡No sé quién está haciendo esto, pero son mentiras! ¡Mentiras!

Su aspecto es patético, con la cara enrojecida y la voz desgarrada, pero no se acerca ni de lejos a lo que les hizo pasar a las demás chicas.

Justo cuando se está acabando el video, se abren las puertas de la parte posterior del salón y veo a la agente Wiggins, la mujer policía que conocí en el parque. Se queda en la entrada mientras le hago un gesto a Ashira, que se levanta y le pasa un paquete. Cuando Ash llega a las puertas, me mira y me sonríe.

Y luego se marcha.

La grabación dura unos cuantos segundos más, y después el silencio y el asombro reverberan por todo el salón.

—¿Matthew Smith? —La agente Wiggins y dos compañeros suyos bajan por el pasillo central hacia él—. Acompáñenos a la comisaría, queremos hacerle unas preguntas.

Smith me mira, y veo exactamente lo que ansiaba ver: terror y confusión, miedo y horror, y, sobre todo, la certeza de que su vida ha quedado destrozada. Justo en ese momento, se da media vuelta y sale corriendo.

Leo y yo no necesitamos ponernos de acuerdo para seguirlo. Lo hacemos sin más. Noto que está a mi lado cuando los dos bajamos de un salto la vieja escalera de madera que lleva al laberinto de pasillos. Lo vemos doblar una esquina y corremos detrás de él, somos más jóvenes y estamos más en forma. Para cuando atraviesa con velocidad una salida de incendios y tropieza bajo el cielo nocturno hasta caer y rodar de espaldas, ya estamos pegados a sus talones. Se lleva las manos a la cara en un gesto protector cuando Leo se coloca sobre él, pero no lo golpea. Se limita a quedarse de pie, mirándolo.

—Creo que vas a ser muy popular en la cárcel —le dice Leo—. Tengo unos cuantos contactos dentro, y se van a enterar de por qué te encerraron.

Cuando los policías aparecen en la esquina, Smith empieza a lloriquear, y lo agarran antes de que se pueda levantar.

—Es un error —solloza Smith mientras los agentes lo ponen de pie y lo llevan hasta el asiento trasero del coche—. Todo esto es un error, no fui yo, no sé qué pasó. Es una venganza, un montaje. Está claro que estos niños me odian. ¿Puedo llamar a mi casa? ¿Qué me va a pasar?

Mientras lo meten a la patrulla, la agente Wiggins se me acerca.

—¿Qué está haciendo aquí? —le pregunto con sequedad.

—Iba a venir de todas maneras, porque a mi hijo le encanta su grupo, pero además me pasaron una gran cantidad de pruebas muy incriminatorias de forma anónima. Ahora nos llevaremos todo su material informático y lo examinaremos.

—¿Quién la avisó?

Wiggins sonríe, aunque sólo levemente.

—Ni idea, pero este hijo de puta va a pagar por lo que hizo. Me voy a asegurar de que así sea.

—¿Dónde crees que está Rose? —me pregunta Leo mientras vemos cómo se aleja la patrulla.

—No lo sé, estaba destrozada. ¿Crees que...?

—Vamos.

Nos echamos a correr, trotando al principio, pero a medida que nos acercamos a nuestro objetivo, aceleramos hasta que vamos a toda velocidad hacia nuestra amiga, decididos a mantenerla a salvo de cualquier daño.

Sólo nos detenemos al verla, sentada en la parte superior de la resbaladilla.

Por supuesto, vino al lugar donde siempre nos vemos. Es el lugar más seguro que conocemos, incluso en la oscuridad, incluso esta noche.

Miro a Leo, que me devuelve la mirada, y nos dirigimos juntos hacia ella. Leo sube por la escalera y yo me siento en la parte de debajo de la rampa.

—¿Desde cuándo lo sabes? —me pregunta.

—Desde ayer.

—Los dos lo descubrimos ayer —le aclara Leo.

—¿Y ninguno me lo dijo? Puta madre, ¿por qué carajos no me lo dijeron? ¿Por qué me dejaron quedar como una imbécil delante de todo el mundo viendo todo eso? Esas cosas tan horribles. Naomi...

—Porque... sabíamos que sólo teníamos una oportunidad para atraparlo y...

—¿Y pensaron que yo le iba a avisar?

Logro atisbar el blanco de sus ojos cuando me mira fijamente. El resto es una combinación de sombras negras y naranjas bajo la luz de los faroles.

—Rose, me dijiste que estabas enamorada, que era especial y diferente. Si te lo hubiera contado hoy, antes de la clase de música, ¿me habrías creído? ¿Te habrías puesto de mi lado? ¿De parte de la lesbiana enamorada que se había arrastrado por ti? ¿O habrías ido corriendo a él para contarle hasta qué punto había llegado mi locura? Te habrías creído cualquier cosa que te dijera y le habrías dado la oportunidad de volver a casa y borrar para siempre las pruebas. Quería decírtelo, de verdad, los dos estábamos muriéndonos por decírtelo. Pero esto era... más importante. Necesitábamos que te dieras cuenta de qué clase de hombre es de verdad antes de contarte nada. Tenías que verlo con tus propios ojos.

Rose se queda callada. Parece acurrucarse sobre sí misma en la parte superior de la resbaladilla y se abraza las piernas hasta convertirse en una bola diminuta. Veo a Leo detrás de ella; Rose se inclina sobre sus brazos y se echa a llorar sobre su hombro. Me quedó allí durante un rato, bajo la luna y las luces parpadeantes de los aviones que cruzan el cielo anaranjado, mientras oigo el sonido del tráfico y los sollozos de Rose, que poco a poco se apagan.

Al final, me levanto.

—Me voy a casa. El cansancio me domina. Rose..., lo siento mucho. De verdad. Sé lo dolida que estás, porque yo estoy igual. Y triste. Como todos.

Justo cuando llego a las puertas que dan a la calle, oigo unos pasos a mi espalda. Rose me alcanza y se me lanza encima para abrazarme.

—Gracias. Gracias. Estoy dolida y soy una imbécil, pero al menos, no llegó a nada más. Me siento muy afortunada, así que gracias a todos. Gracias.

Le devuelvo el abrazo con fuerza, y al hacerlo, mis ideas, por fin, se aclaran: sigo pensando que es la persona más maravillosa y genial que conozco, y ahora veo que es más fuerte de lo que creía; sin embargo, los sentimientos que albergaba hacia ella, y que yo creía que eran amor, no lo son. Por supuesto, la quiero, es mi mejor amiga, pero no siento un amor romántico por ella. No creo que lo haya sentido jamás.

Creo que hizo falta que me enamorara de verdad de otra persona para darme cuenta de mi error.

—Nos vemos mañana, amiga —le digo.

—Nos vemos, amiga —me contesta.

Me suena el teléfono en la mano y contesto poniendo el manos libres.

—¿Ash?

Los tres nos quedamos callados, a la espera de que hable.

—Es Nai —nos dice con la voz llena de lágrimas—. Nai despertó. Está aturdida..., pero se va a poner bien.

41

Mi madre me está esperando cuando entro.

—Te busqué por todas partes. Estaba muy preocupada. ¿Qué pasó? Cuéntamelo todo desde el principio.

Me siento con ella a la mesa de la cocina y me prepara una taza de chocolate y pan tostado. Me lo pone todo delante y comienzo a hablar. No sé exactamente de dónde salen las palabras, pero de muy dentro seguramente, y una vez que empiezo, no puedo parar. Todos y cada uno de los momentos por los que he pasado a solas salen a borbotones; le hablo de Naomi, de Rose; intento explicarle quién soy de verdad, y que, si bien me encantaría ser esa otra chica por ella, la del pelo largo y el vestido bonito, no puedo. Porque sería traicionarme a mí misma. Hablo y lloro a la vez, mientras le explico lo que le pasó a Naomi, y lo triste y atemorizada que debe de haberse sentido, y lo sola que acabó por culpa de Smith. Le mintió durante tanto tiempo y tan bien que la convenció de que no podía hablar con sus amigos, su hermana ni sus padres. Y mientras hablo, mi madre me pone un brazo sobre los hombros, y mi padre baja y me abraza también.

Por fin, me quedo sin palabras, al menos durante un rato. Las usé todas y me quedo en silencio.

—Demostraste mucho valor.

Mi padre me toma las manos.

—Te enfrentaste a todo eso sin ayuda —añade mi madre—. Te fallamos.

Digo que no con la cabeza, porque no quiero que se sientan mal. Sólo pretendo que lo comprendan, que entiendan quién era y quién soy, y que me dejen ser quien quiero ser.

—Eres increíble, Red —me dice mi madre abrazándome con más fuerza—. Mucho más fuerte y mucho más valiente de lo que nunca pensé. Y eres mi hija. Y estoy orgullosa de ti, y de todo lo que defiendes. Te admiro muchísimo.

La miro.

—¿En serio? —susurro.

Mi madre asiente.

—Papá se va a quedar mientras me recupero. Ya buscamos ayuda. Me va a llevar tiempo y será muy difícil, pero cada vez que quiera abandonar o ceder a la tentación, pensaré en ti. —Me limpia los ojos—. Mi hermosa, increíble y maravillosa hija.

—Creía que me odiabas por ser gay.

—No te odio. No sería capaz. A veces odio el mundo, y me odio mucho a mí misma, pero nunca a ti ni a Gracie. Y te juro que no te volveré a fallar.

—Yo tampoco —añade mi padre.

Miro a mi madre y a mi padre, y por primera vez en mucho mucho tiempo, creo que me siento normal.

Porque lo normal para mí es ser una chica pelirroja, con el pelo enmarañado, que toca la batería y sueña con enamorarse de la mujer perfecta.

Y es que lo normal es lo que tú decidas que lo sea.

42

Es primera hora de la mañana, y hoy no tengo que ir a clase. Cerraron la escuela por orden de la policía, que está registrando sus dependencias. Ahora bien, nada de eso importa porque nos dirigimos al hospital decididos a llegar lo antes posible y verla en cuanto nos dejen.

Está sentada en la cama, con la tele puesta, aunque no la está viendo. Tiene la mirada fija en Jackie, y ella se la devuelve. Madre e hija simplemente se miran mientras la luz dorada del sol del amanecer tiñe la habitación, lo que convierte la escena en la más feliz y hermosa que haya visto en mi vida.

Le quitaron las vendas, y eso deja a la vista una línea de puntos que le cruza la cara en diagonal.

Max nos indica con un gesto que entremos, y lo hacemos lentamente y en fila.

—¿Qué tal todo, *loser*? —dice Rose, que es la primera en hablar.

—Tengo la garganta un poco seca. Mataría por una cerveza —responde Naomi.

Jackie sonríe y llora al mismo tiempo, y nos agolpamos a su alrededor. Sonrío como una idiota, sin saber qué decir.

—Vamos a salir un rato —dice Jackie, y mira a Max, quien asiente—. Pero sólo un momento. Necesita descansar. Tiene mucho de lo que recuperarse.

—Okey —contesto, y me siento en la silla de Jackie cuando se marcha—. Me alegro mucho de que no te hayas muerto —le digo a Nai.

—Yo también —me responde. Luego mira a Rose y a Leo—. Los médicos no querían que mi madre me contara en lo que andaban metidos. Pensaba que la tensión podría hacer que me desmayara o alguna de esas mierdas, pero mi madre sabía que yo querría estar al tanto. Creo que sabía lo mucho que significaría para mí...

Es imposible imaginarse lo que le pasa por la cabeza, pero los ojos se le llenan de dolor y de lágrimas.

—No puedo hablar de lo que pasó. Todavía no quiero pensar en ello. Quizá nunca sea capaz. Sé que los próximos meses van a ser difíciles, pero estaré bien, con mis padres, y con ustedes, si quieren seguir siendo mis amigos.

—Por supuesto —contesto.

—Pues claro —añade Rose.

—Como si fuera posible otra cosa —le dice Leo con una sonrisa.

—Genial. —Naomi se tumba de nuevo—. Y, ahora, ¿se pueden largar, por favor? Ya estoy harta de verlos.

—Volveremos más tarde.

Le doy un beso en la frente.

—Traeremos películas —le ofrece Rose.

—Y chocolate —añade Leo.

Justo cuando llegamos a la puerta, la oímos susurrar.

—Chicos. —Nos damos la vuelta para mirarla—. Carajo, los quiero mucho.

Veo a Ash en el pasillo, tumbada sobre tres sillas, y me paro.

—¿Quieren desayunar? —nos pregunta Rose—. No tengo ganas de estar sola. Yo invito, le robé la tarjeta a Amanda.

—Sí, claro, pero luego los alcanzo, ¿okey? —le digo.

Rose y Leo cruzan una mirada, como si supieran algo que yo no sé. Pero se equivocan. Esta vez, sí estoy al tanto.

—¿Ash? —Le toco el hombro, y me sobresalto cuando abre los ojos de golpe—. Pensé que estabas dormida.

—Sólo tenía los ojos cerrados. No puedo dormir, estoy demasiado tensa. —Se incorpora hasta quedar sentada, y yo me coloco frente a ella—. Va a ser difícil volver a la normalidad. Es casi imposible después de todo lo que hemos hecho juntas.

—Sí... Mira, voy a decirte algo, puede que te inquiete un poco, y sólo quiero que sepas que si no te gusta, está bien, estoy acostumbrada a esa reacción, y que no cambiará nuestra amistad de ningún modo, porque reprimiré mis emociones y fingiré que no existen, pero lo que... lo que quiero decirte es...

—Red.

Ash se levanta y se acerca a sentarse a mi lado.

—¿Sí?

Me preparo para lo peor.

—¿Sabes lo que deberías hacer? —me pregunta Ash con una leve sonrisa en los labios.

—¿Qué? —pregunto con un susurro.

—Deberías callarte y besarme de una vez.

Seis meses después...

Hace un frío de espanto a primera hora de la mañana. La escarcha brilla a lo largo de todo el puente, por lo que reluce como si centelleara. El aliento se condensa mientras caminamos, los seis, con los dedos metidos debajo de los brazos para mantenerlos calientes.

Me quedo atrás y veo a Ashira tomar a Naomi del brazo y guiarla lentamente hacia la pasarela.

Van seis meses de recuperación para su cuerpo, para su corazón y para su cabeza. Es una recuperación que dista mucho de estar completa. Tiene una cicatriz que le cruza la cara en diagonal. Los cirujanos dicen que se la podrán dejar casi invisible, pero Naomi dice que todavía no está preparada, que forma parte de ella. Como el tatuaje de su brazo, que será una prueba crucial en el juicio contra Smith, cuando se celebre por fin. La policía le había dicho que podían documentar su existencia y que se lo podía quitar o tapar, pero Naomi también se negó. Dijo que lo conservaría hasta que tuviera la certeza de que Smith, y todos los demás hombres con los que estaba en contacto, acababan tras las rejas.

Vinimos a este lugar, al puente donde la encontraron, para darle las gracias al destino por habernos dado la oportunidad de volver a tenerla con nosotros, ese destello de suerte en toda la oscuridad que la salvó y nos la devolvió. La confianza en nuestros amigos.

Sonrío mientras las hermanas avanzan con un ramo de margaritas africanas de color naranja. Se inclinan por encima del barandal y las lanzan una por una al agua oscura y en movimiento. Luego llega Leo con sus margaritas blancas y, tomada de su mano, Rose.

Les van quitando los pétalos a las flores y dejan caer unos cuantos. Algunos salen volando, arrastrados por el viento hacia el sol invernal durante unos segundos, antes de caer como confeti. Rose agarra por la cintura a Leo. Él se voltea y le da un beso en la coronilla.

Ella sigue sin mencionar las palabras que él le dijo en aquel momento, antes de que todo empezara. Nunca han vuelto a hablar de ello, pero sí se produjo un cambio: la promesa mutua de que, cuando llegue el momento oportuno, serán el uno del otro.

Leckraj es el siguiente, con una rosa roja; antes de lanzarla, mira con cariño a Naomi. Hubo un momento incómodo, cuando Nai volvió por primera vez al salón de ensayo y él ya estaba allí, temprano, como era habitual; yo temía que tendríamos que echarlo. Sin embargo, antes de que nadie pudiera decir esta boca es mía, levantó una sábana que dejó a la vista el teclado eléctrico que había colocado en una esquina.

—¿Les había dicho que también toco el teclado?

Me toca a mí.

Llevo tres iris en la mano y los dejo caer al río de uno en uno.

Por el pasado.

Por el presente.

Por el futuro.

Sonrío a Naomi, que se me acerca y nos fundimos en un largo abrazo.

Cuando por fin me suelta, Ash me está esperando.

Me tiende la mano y yo la tomo. Me estrecha entre sus brazos y nos besamos; el frío ambiente matutino se contrapone al calor de nuestros cuerpos, que nos brinda un pedacito de verano.

—Bueno, y ahora, ¿qué hacemos? —dice Leo con un brazo sobre los hombros de Rose.

Observamos la ciudad que se extiende a nuestro alrededor.

Miro a mis amigos, y sonrío.

—Lo que nos dé la gana —respondo.

Entrevista a
Cara Delevingne

¿De dónde sale la idea de *Mirror, Mirror*? ¿Cuál fue tu inspiración?

Quería escribir un libro que mostrara una imagen sin censuras de lo difícil y doloroso que puede resultar el hacerse adulto. Los jóvenes están sometidos a mucha presión para ser perfectos, pero quería señalar que todos lo somos si nos queremos a nosotros mismos.

Además de ser el nombre del grupo, Mirror, Mirror se refiere al reflejo en el espejo, una importante metáfora a lo largo de toda la novela. Cuéntanos sobre lo que querías expresar con esto.

Siempre hay más de una versión de una persona, como el reflejo en una casa de los espejos. Está la versión perfecta y filtrada que mostramos por internet, la versión de clase o del trabajo, la que conocen nuestros amigos, y luego está la verdadera, que con demasiada frecuencia solemos reservar para nosotros. El mensaje es que sólo nos hace falta una única identidad, la que corresponde con quienes somos en realidad.

Eres una persona a la que sigue mucha gente en internet, y las redes sociales desempeñan un papel clave en la investigación de nuestros protagonistas sobre el destino de Naomi. ¿Quieres decir que las redes sociales pueden estar al servicio del bien?

Pueden estar al servicio del bien, pero también son peligrosas. Lo que más me gusta de las redes sociales es poder conectar con mis seguidores y hacerlos partícipes de mi vida. Además, es una manera estupenda para que la gente descubra quién es, encuentre gente afín y haga contactos. Por otra parte, el deseo de aparentar una vida perfecta puede resultar abrumador y volver más vulnerable a quien ya lo es de por sí. La clave está en actuar con la cabeza y ser cauto.

Nuestros protagonistas luchan por encontrar su propia identidad, ¿esto es algo a lo que te has enfrentado tú misma?

Sí, desde luego. Creo que la búsqueda de la identidad es lo que nos convierte en seres humanos. Establecer relaciones profundas con los demás es lo que nos hace ser felices y levantarnos por las mañanas. Son cosas que nos ayudan a entender mejor quiénes somos, pero es algo casi imposible de describir con palabras. Es más bien una sensación.

En el libro hay muchos personajes fuertes. ¿Con quién te identificas más?

Me identifico con todos de alguna manera, porque creo que todos hemos estado en su situación en algún momento de nuestras vidas. Red se siente aislada y trata de conocerse a sí misma; Rose es invencible por fuera, pero se siente herida y vulnerable por dentro, mientras que Leo está sometido a la presión de las circunstancias y a lo que los demás esperan de él por ser quien es.

En *Mirror, Mirror* se producen grandes giros a lo largo de toda la historia. ¿Sabías cómo iba a terminar, o fue una sorpresa para ti?

Siempre supe cómo iba a acabar la historia porque quería que esos fantásticos personajes hallaran la fuerza en su interior para superar todos los obstáculos. Creo sinceramente que todo el mundo es capaz de hacerlo con un poquito de confianza en sí mismo.

¿Sabremos más cosas sobre las vidas de Red, Leo, Naomi y Rose? ¿Habrá una continuación?

Aún quedan muchas cosas por contar sobre ellos, así que es probable que haya una continuación, pero tendrán que esperar un poco para saberlo.